子鵺
KONUE
船坂 叶馬
FUNASAKA TOUMA
東 久留美
AZUMA KURUMI

長倉 梅香
NAGAKURA UMEKA
秋月 杏
AKIDUKI ANZU
峰村 桃花
MINEMURA TOUKA
CHARACTER
[HIGH!] SCHOOL HACK & SLASH

# CONTENTS

# ハイスクールハック
# アンドスラッシュ4

竜庭ケンジ

BRAVENOVEL
ブレイブ文庫

# 開幕

豊葦原学園《とよあしはら》。

それは日本国内において最大規模のダンジョンを保有する、ちょっと変わった学園であった
現代社会から隔離された箱庭。

常識からかけ離れた非現実《アンリアル》の異世界《ファンタジア》。

そんな学園生活であっても、生徒たちは順応し、それはいつしか日常へと変わっていく。

環境に順応する力は生物の基本的能力だ。

モンスターとの戦い、スキルや魔法、外界から隔離されて風紀の乱れた学園生活。

どんな状況であれ、日々を過ごして青春を謳歌している。

「う～ん」

鉛筆を上唇に乗せた少女が、椅子の上で身体を揺すっていた。

小柄な体格は新入生よりも幼く、可愛らしい。

彼女たちグループの元倶楽部長である、蜜柑《みかん》だった。

「どうしたのかな？　蜜柑ちゃん」

うんうんと唸っている蜜柑に、のべーっと机に突っ伏していた凛子《りんこ》が顔を上げる。

同級生である蜜柑とは正反対の、柔らかく潰れている巨乳がクッションとなっていた。

いろいろと対称的なふたりだが、一年生からのクラスメート同士で親友と呼べる間柄になっている。

「あのね、えっとね、新しい部室のレイアウトっていうか、ポンチ図を起こしてるんだけど」

「あ〜、うん。たしかに前より広くなったしね。前の部室で諦めてたギミックも搭載できるかな」

「でしょ？」

彼女たちが立ち上げ、既に解散した倶楽部『匠工房《アデプトワーカーズ》』は、『職人《クラフター》』と呼ばれる非戦闘クラスの集まりだった。

学園の生徒はダンジョンの中でモンスターを倒し、自分のレベルを上げて身体強化《ブーステッド》していく。

ダンジョンを攻略する人間がモンスターと戦う力。

そのひとつがクラスチェンジだ。

『戦士《ファイター》』『盗賊《シーフ》』『術士《マギ》』『職人』『文官《オフィサー》』『遊び人《ニート》』をアーキタイプのクラスとして、派生する上位クラスへの道も開けている。

そうして自らを強化しつつ、ダンジョンの深層へと攻略を進めるのだ。

ただし、獲得するクラスを自由に選択することはできない。

学園施設の聖堂《カテドラル》で行われるクラスチェンジの結果はランダムだ。

本人の資質、可能性、宿業、それらの要素により、相応しいクラスが自動的に選ばれて付与される。

そこで獲得するクラスは、学園生活にも大きな影響を与えていた。

戦闘能力に優れたクラスが花形として優遇され、非戦闘系のクラス保持者はあまり評価を得られず冷遇されていた。

蜜柑が所持しているクラス、『鍛冶士《ブラックスミス》』。

凛子が所持しているクラス、『鑑定士《オーセンティケーター》』。

どちらも『職人《クラフター》』系の上位クラスだ。

職人系からの上位派生は多くの種類が確認されており、得意分野の能力が強化されていく。

それでも所詮、『職人』という評価は変わらなかった。

「できれば、狭くてもキッチンは欲しいわね」

『調理士《シェフ》』のクラスを持つ久留美《くるみ》は、蜜柑の席向かいで腕を組んでいた。

不機嫌そうな顔に見えるが、それが彼女のデフォルトだ。

だが、蜜柑も凛子も他のメンバーも、誰よりも仲間思いである久留美の性格は知っている。

「……です。コンロがひとつだけでも」

同意したのは『調香士《パフューマー》』のクラスを持つ鬼灯《ほおづき》だった。

大人しい性格が揃っている職人組の中でもひと際内気な性格をしており、自分から意見を出すのは珍しい。

蜜柑と同じくらいに小柄な身体を、自信なさそうに竦めている。

「絶対、欲しいです。電子レンジ、オーブンもある、嬉しいです」

ふんふんと鼻息を荒くしているのは、『菓子調理士《パティシエ》』のクラスを持つ芽龍《めいろん》だ。

国際結婚した両親の元、生まれも育ちも海外な芽龍は、少しばかり発音がたどたどしかった。

もっとも、それを気にするようなメンバーはいない。

「この広さなら悩まなくても大丈夫ですよ～。格納可能なら邪魔にならないですし、作業台もおっきなのを……」

さり気なく自分の要望も混ぜてきたのは、『裁縫士《ドレスメーカー》』のクラスを持つ杏《あんず》だ。

ほわほわとした笑顔は、今までよりも柔らかく楽しそうだった。

自分たちの能力を認めて、求めてくれる人がいる。

それは杏だけでなく彼女たち全員に、少しの自信と大きな喜びを与えていた。

「作業道具や器具も増える、というか必要になると思います。これからはモンスター素材もレベルが高くなるでしょうから」

杏の隣に座っているのは、『調合士《ファーマシスト》』のクラスを持つ桃花《とうか》だ。

ここにいるメンバーの中では、凛子に次いで豊かな胸を机に載せている。

「ですです。叶馬くんたちが採ってくる素材を加工するには、同じくらいハイレベルのツールが必ず必要になってきます」

両手の拳を握って頷くのは、『彫金士《ホワイトスミス》』のクラスを得ている市湖《いちこ》だ。

ふた房に結われた後ろ髪が、ぴょんぴょんと跳ねていた。

「あ、あの、できれば大型工作機械の置けるスペースも欲しいな、って……」

地味に無茶な発言をするのは、『機関士《エンジニア》』のクラスを持つ柿音《かきね》だ。

一般的にコミュ症に分類される彼女たちは、オタクやマニアと呼ばれる気質が強かった。

つまり、コミュニケーションは苦手でも自分の得意分野には妥協しない。

「いっそ、工房《ファクトリー》を設置するのもアリだと思います。決闘結界の原理はだいたいわかりますし、たぶん自作できます」

学園に知られたら連行されそうなことを言い始めたのは、『錬金士《アルケミスト》』のクラスを持つ智絵理《ちえり》だ。

柿音とは特に仲が良く、ブレーキの壊れた暴走コンビでもあった。

「えーっと、事後承諾になっちゃいましたけど、寮の裏庭を耕して畑を作ってみました」

マイカップを手にさり気なく報告をしたのは、『植栽士《ガーデナー》』のクラスを持つ朱陽《あけひ》だ。

まったく悪びれた様子もなく、マイペースにのほほんとした笑顔を浮かべていた。

自覚も罪悪感もない、実にいい笑顔である。

「大丈夫です、行けます。設計は任せてください。麻鷺荘を要塞化してみせます」

怪しい方向に盛り上がってきたなかで挙手したのは、『要塞建築士《インゲニアトール》』のクラスを持つ梅香《うめか》だ。

辛うじて名称がクラス辞典に記載されていただけの、とてもレアなクラスホルダーである彼女は、紛うことなきトラブルメーカーであった。

もちろん、本人に自覚はない。

彼女たちが気弱で内気な性格であることに間違いはなかった。

今までの学園生活でも搾取される側であり、何かを成し遂げてきたわけでもない。

だが、叶馬たちに望まれ、期待され、活躍が許される環境になった今。

ぶっちゃけて言えば、かなり暴走し始めていた。

「よーし。それじゃあ、全部やってみよー。新しい部室を私たちのお城に改造だよっ」

彼女たち職人組十二名のリーダーである蜜柑が、ちっちゃな拳を掲げて宣言した。

「……いや、だから待ちなさい。蜜柑ちゃん」

疲れた顔を見せているのは、麻鷺荘の寮長《ソロリティーリーダー》である乙葉《おとは》だった。

特製の紅茶とスイーツで接待されている場所は、麻鷺荘のミーティング室である。

本来は寮の自治組織《ソロリティー》によって使われるべき部屋だ。

ただし、ソロリティーの会合はメンバーの自室を使うのが通例になっており、実質は物置にされていたスペースであった。

部屋にいるのは『匠工房《アデプトワーカーズ》』改め、叶馬《とうま》を部長として新生した『神匠騎士団《アデプトオーダーズ》』の職人メンバー＋麻鷺寮長の乙葉だ。

「勝手に改造されると寮長として面目が立たないっていうか、寮の改装には学園の許可が必要なのよ。ねぇ、みんなも聞こえてるよね？　無視されると切ないいんだけど」

「まあまあ、乙葉。悪いようにはしないかな」

慰めるように肩へ手を置いたのは、苦笑している凛子だった。

乙葉と凛子、そして蜜柑の三人は、一年生のときのクラスメートであり気心も知れている。

「正式な部室がもらえて引っ越すときには、ちゃんと原状復帰もするかな。心配しないでも寮が崩壊したりはしないから。たぶん、ね？」

ジトッとした乙葉の視線に、片目を閉じた凜子がカップを掲げて見せた。

# 第四十一章　赤点

柔らかい翠の若葉も段々と深みを増し、風に混じる山の匂いが変わり始めていた。

窓からの景色は緑豊かな、というよりも未開の原生林しかない。

豊葦原学園の周囲は、田舎を通り越した陸の孤島だ。

時計塔の鐘が授業の終了を告げる。

連休の休みボケも抜け、教室の中では倶楽部活動の話題もチラホラと聞こえてくる。

一年生にとっては、五月の連休明けから新たに追加されたイベント要素になる。

実力、運、コネで上級生倶楽部からヘッドハンティングされる者もいれば、仲の良いクラスメート同士で新しく倶楽部を結成する者もいた。

またこの時期の名物として、倶楽部棟の前には仮設の勧誘所が設置されている。

「倶楽部ランクというのがあってだな。作ったばっかりの倶楽部は最低ランクの『F《フリー》』になるわけだ」

机の上に腰かけた誠一《せいいち》が、学生手帳の液晶画面を指先で撫でた。

タッチパネル方式となっている電子学生手帳には、倶楽部規約についても登録されている。

「倶楽部を作るのには十名以上の部員が必要。んで、最大部員数は二十名までになる。Cランクになると二十五名まで増えて、Bランクで三十名、Aランクで三十五名、Sランクになればマックス四十名だな」

「人数が増えると何かいいコトあるの？」

机に肘をついた麻衣《まい》が小首を傾げる。

「んまあ、人数に応じた部費が学園から支給される」

支給される学内通貨である『銭《ぜに》』は大した額ではない。

だが、小さな倶楽部やダンジョンでの稼ぎが少ないエンジョイ組にはそれなりの収入になる。

逆にランクアップするようなガチ戦闘倶楽部ほど予算を必要としないため、枠は増えても部員を厳選する傾向があった。

「後はFランク倶楽部だと、必ず部室が割り当てられるわけじゃねえ。人数多いところに優先して回してもらえるって感じだ」

「どっちもあたしたちには関係ないっぽいかなー」

「もらえるものはもらっておきましょう」

「まあねー」

椅子に横座りしている静香《しずか》の言葉に麻衣が頷く。

設立したばかりの倶楽部『神匠騎士団《アデプトオーダーズ》』は、一年生七人と二年生十二名となり、計十九名の部員を数える。

新設の倶楽部としては珍しいほど大人数だ。

　この時期に乱立する一年生の新設倶楽部では、逆に下限人数を揃えるのに苦労しているくらいだ。

「まともに学園公認の倶楽部として扱われるのは、Bランクからだな」

「ランク上げるにはどうすればいいの？」

「四半期毎に開催される『倶楽部対抗戦』のランキング次第だ。Sランク上位四部、Aランクが十二部、Bランクが四十八部の枠争奪戦になってる」

　SランクとAランクは別格としても、Bランクからはプレハブではない立派な倶楽部棟も用意されている。

　また、同じBランクでも順位で割り当てられる部室にはクオリティー差がつけられており、常に競争を煽られる環境となっていた。

「ん～。Aランクは厳しそうだから、とりあえずBランクが目標かな」

　お気楽な麻衣の発言に、誠一が突っ込みを入れた。

「いやいや、無茶言うなよ。ランク飛ばしすぎだろ。ナンボなんでもいきなりは無理……だよな？」

「良きに計らえ」

「殿様か、お前は」

　実際には殿様ではなく、ただの部長である。

ぐったりと机に突っ伏した叶馬の台詞に、誠一がため息を吐いた。

「うーん、流石の叶馬くんも干からび気味？」

「お腹が空いているから、かと」

「蜜柑ちゃん先輩たち艶々《つやつや》だったしな。ひと晩でどんだけカロリー消費してるんだっつう……」

「そのおかげで蜜柑ちゃん先輩たちを取り込めたんだしね。ほとんど部員枠がいっぱいになっちゃったから、叶馬くんが更なるハーレム部員を増やすためには早々にランクアップしなきゃ」

「既にダンジョン攻略に必要な面子は揃ってるから、追加要員が欲しければ好きにしろって感じだけどな。ちなみに倶楽部対抗戦は六月だぞ」

手帳をポケットに戻した誠一が脚を組む。

「その前に中間テストがあんのを忘れんなよ？　特に問題はないと思うが」


——穿界迷宮『YGGDRASILL』、接続枝界『黄泉比良坂』——

——第『漆』階層、『既知外』領域——


「あ〜、うんうん。もうすぐ昼間テストだね。ふ、不安なら勉強を見てあげようか？」

視線を泳がせた蜜柑先輩が、お姉さんアピールをしてきた。

背後にいるゴライアスくんも、明後日の方向を見ている。

ダンジョンアタック中に余所見をしてはいけない。

というか、見た目が遮光式土偶のゴライアスくんも、ちゃんと首が回転するらしい。

「パワーレベリングだし、そんなカリカリしなくてもイイんじゃない？」

マジックロッドを担いだ麻衣が、くぁっと欠伸をしていた。

まあ、今回の主目的は蜜柑先輩のレベル上げである。

元『匠工房《アデプトワーカーズ》』組の先輩たちは、俺たちよりもレベルが低かったのだ。

なので、こうして先輩たちをダンジョンへと連行し、強制的にＥＸＰを稼いでもらっていた。

全員同時は効率が悪いので、ローテーションで順番を決めている。

その甲斐あって、今は先輩たちもみんな第二《セカンド》段階クラスを獲得していた。

そういえば蜜柑先輩に限っては、最初からセカンドクラスのホルダーになっていた。

本人に自覚がなかったので、恐らくスキップでチェンジしたのだろう。

特定のクラス適性が高い場合、稀によくあることらしい。

「っていうか、ダンジョンに来てまでテストの話とか止めてよね。あーもー鬱ぅ」

「いや、しかし」

「しかし、じゃなーい。蜜柑ちゃん先輩だって困ってるでしょ！」

勉強アレルギーのある自分と一緒にするなと。

いや、蜜柑先輩も優等生ではないか。

なにしろ特殊な学園なので、勉強ができれば成績優秀というわけではない。

そういう一般的ではない特殊なケーススタディーについて、先達である蜜柑先輩に聞きたかったのだが。

たしかに地上に戻ってから聞くべきか。

「大丈夫。何でも聞いていいよ」

頼りになる上級生をアピールする蜜柑先輩は、ちっちゃなお胸にポニっと拳を当てている。

とても可愛らしいが、包容力とか余裕とかは感じられなかった。

ゴライアスくんもダンジョンの壁にライトアームを押し当てて、頭を垂れた落ち込みポーズをしていた。

『強化外装骨格《アームドゴーレム》』にはスタンドアローン運用の自動操作《オートモード》と同調操作《シンクロモード》、そして騎乗操作《パイロットモード》の三種類がある。

基本は本体が安全な、遠距離からの単独起動で用いられていた。

細かい作業にはシンクロモードが有効なのだが、油断するとこういう嘘発見器みたいになる。

後はエッチの最中にシンクロしていると絵面が酷いことになるし、とても危ない。

「こ、これは違うんだよ。わざとだもん」

俺の視線に気づいた蜜柑先輩が、ゴライアスくんとのシンクロを解除した。

パタパタと慌てている姿がラブリー。

包容力はないが庇護欲をそそられます。

「……むぅ。叶馬くんの意地悪。どうせ頼りにならない先輩だもん。補習常連の落ちこぼれだもん」

うりゅっと涙目になった蜜柑先輩から、上目遣いで睨まれました。

麻衣にフォローを求めたら、あたし知～らないって感じで、前線にいる誠一のところまで逃げていった。

今回はいつもの一年生メンバーに蜜柑先輩を追加したパーティーだ。

現状は俺たちだけでも殲滅力が過剰となっており、前線と控えを交替しつつ攻略を進めている。

「そのようなことは」

「叶馬くんもクラフターはダンジョンの中で役立たずだ、って思ってるんでしょ」

すっかりいじけてしまわれた。

まあ、ダンジョンの戦闘で足手まといという思いは、蜜柑先輩だけでなく職人クラスに共通したトラウマなのだろう。

それについては一応、改善案があるのだが、今は素直に話を聞いてもらえそうにない。

「ひゃぅ！　と、叶馬くん？」

大部屋のモンスターハウスでは沙姫《さき》がハッスル斬殺し続けているし、まだ少し余裕はあるか。

プリプリと拗ねているお尻にタッチ。

ビクッと跳ねた蜜柑先輩は、既にノーパンだ。

「う～……また、スルの？」

「します」

スカートを捲ると、小振りで可愛らしい生尻が見える。

それなりに性交回数を重ねてきたので、キツキツだった蜜柑先輩も普通に致せるくらいには開発済みだ。

「叶馬くんは溜ってると暴走しちゃうんだもんね。仕方ないから……好きなだけ抜いても、いいよ？」

恥ずかしそうにスカートを持ち上げる蜜柑先輩は、少しだけお姉さん風味。

こんな可愛い先輩さんに許可を頂戴したのなら、こちらも抜かねば無作法というもの。

「あ、けど……あの、優しく、してね？」

「無理かと」

「はうぅ、叶馬くんの意地悪ぅ」

小柄な身体を後ろから抱え込んだ。

両足の間に手を滑り込ませると、ヌルッと指先が滑った。

ダンジョンにダイブした直後に一回目の性交は済ませている。

パーティーを組むようになっても最初の内は恥ずかしがっておられたのですが、いい感じで静香たちに毒されてきました。

両方の太股を抱えて、ぐいっと股間を開かせた。

「やぁ」

反射的に隠そうとする蜜柑先輩であるが、空中に持ち上げられた不安定な姿勢にされている。

摑んだのはスカートではなく、自分の太股を抱えている俺の腕だった。

そしてお尻の高さを調整して、真下からヌッと中に侵入させた。

ヒクッと震えた蜜柑先輩だが声は漏らさなかった。

幼顔を艶やかに火照らせ、ぽーっとした様子で受け入れている。

小柄な蜜柑先輩は、中も小さくて狭い。

先端に生じる、肉を押し広げていく感触を堪能しながら、より奥まで筋道を刻み直していった。

小振りな臀部を空中に固定したまま、俺が腰を振って出し入れする。

次は腰を振るのを中断して、先輩の身体を揺すってピストンをさせる。

それを交互にしばらく続けていたが、自然と俺も腰を振りながら、蜜柑先輩の身体も揺れるようになっていた。

声を我慢していた蜜柑先輩も、可愛らしい鳴き声を零している。

「叶馬さん。周囲のモンスターが片付いたので移動を……と、思ったのですが」

「む」

どうやらモンスターハウスの掃除が終わってしまったようだ。

槍を抱えて近づいてきた静香は、小首を傾げて和やかな笑みを浮かべる。

「いえ、最後までどうぞ。ごゆっくり。途中で止めると先輩も切ないでしょうから」

「や、ぁ」

身悶える蜜柑先輩を、静香はニコニコと見守っていた。

順調ですね、という呟きは聞かなかったことにします。

「旦那様〜。私も一緒に」

「沙姫ちゃん」

「今は駄目、です」

後ろからも何やら聞こえてきますが、まあ、気にしない。

＊＊＊

「——で、あの子たちはいったい何者なの？」

麻鷺荘の旧ミーティングルーム、現『神匠騎士団《アデプトオーダーズ》』の仮設部室。

扉を開ければ受付カウンターに陳列棚と、既に会議室の面影は残っていない。

カウンターの前には小さなラウンジが設けられ、フリースペースとして寮生なら誰でも『神匠騎士団』特製ブレンドティーが楽しめるようになっていた。

寮生を味方につけるため、彼女たちは着々と準備を進めていた。

「それって、叶馬くんと愉快な仲間たちのことかな？」

ティーカップから立ち上《のぼ》る香りに、目を細めていた凛子が首を傾げた。

小さな丸テーブルを挟んで、椅子に座った乙葉がため息を漏らす。

「そう。あの子たちのパーティー、ちょっと異常なんですけど」

「ん～、ダンジョン内でのセックスセラピー？　叶馬くんがオーバーヒートしてキレちゃうから必須だって静香ちゃんが言ってたケド。まあ、乙葉もあっという間に馴染んだみたいで何より」

「ちがっ、馴染んでなんてないし！　ていうか、私も自然に仲間扱いするのは止めてちょうだい」

「往生際が悪いなぁ……」

発足したばかりの『神匠騎士団』では、主に静香と凛子が実務的な活動をしていた。

お互いにほとんどの情報を共有している。

当然、情報には男女関係も含まれていた。

副部長として登録されているのは静香と蜜柑であったが、『匠工房《アデプトワーカーズ》』時代にも実際に取りまとめ役を務めていたのは凛子だった。

部長がマスコット的シンボル扱いなのは、現状もあまり変わっていない。

「今はあの子たちの話をしているの」

「ほいほい」

「とにかく、あの子たち絶対におかしいでしょ。誠一くんは忍術を使っていたからセカンドクラスの『忍者』だろうし、麻衣ちゃんもあんな弾幕魔法を張れるってことは『術士《マギ》』系の上位クラスになってるはず。沙姫ちゃんは……あの子、なんか私より強いんですけど？」

「あー、うん。あの子はぶっちゃけ天才とか鬼才とかの、常人外カテゴリーだろうから気にしないほうがいいんじゃないかな。蜜柑ちゃんと話が通じるってことは、そういうコトだろうし」

類が友を呼ぶという言葉があるように、常人とは異なるセンシティブな人種のシンパシーだろうと凛子は思っていた。

そう割り切って受け入れたほうが、お互いにとって楽である。

「要するに、あの子たちは私たちより、ただ『レベル』が高いってだけでしょう?」

「……あり得ない」

「実際に、そうだし。乙葉が本当にコッチ側に来たらわかるよ」

公開してもいい情報と秘匿するべき情報の線引きについて、静香と凛子の意見は一致していた。

立ち位置を明確にしていない乙葉は、あくまで『部外者』扱いのままだ。

「まあ、あの子たちのパーティーが戦闘狂《バトルマニア》なのは間違いないかな。羅城門の開門直後からダイブして閉門までがっつり探索するんだよ。それも見敵必殺《サーチアンドデストロイ》で」

「だから、それがおかしいでしょ。軍戦推奨敵《レイドエネミー》っぽい相手に突貫して蹂躙するのよ。それも連戦で」

「あの子たちはマップの外エリアを踏破してるからねぇ。それくらいできなきゃ進めないんでしょう。おかげでレア素材をわんさか持ってきてくれるし」

それ自体は別にルール違反ではない。

学園が通達している階層の推奨レベルを超えるモンスターが出没するリスクはあるが、稀少《レア》や上位《アッパー》カテゴリーのモンスターから素材やマジックアイテムのドロップを狙える。

そうしたリスクを承知で既知外エリアに挑戦するパーティーもまれに出てくる。

だが、早々に撤退してしまうのが現状だ。

既知外エリア攻略の難易度を高めているのは、超越個体《オーバーボーダー》と呼ばれている存在だ。

例えば、深層への接続地点である界門《ゲート》。

そのゲートから流出する瘴気圧によって、界門守護者《ゲートキーパー》は階層規定値というレベルの縛りから超越した存在となる。

同様に、討伐されずに限界まで瘴気を吸収したモンスターも、『彷徨う脅威《ワンダリングモンスター》』と呼ばれる超越個体として恐れられていた。

既知エリア内にそうした超越個体が迷い込んできた場合は、軍戦推奨敵として学園から緊急討伐クエストが発行される事案になるくらいだ。

「……ほら、そういう対ボス戦ではっちゃける理不尽な子が、いるし」

「……ええ、そういうことなんでしょうね。あの子が軍戦推奨敵を潰してるから、マップ外エリアでも攻略できてるんだと思う、けど」

何者であるのかという疑問は解決されていない。

そもそも凛子たちも叶馬が何者なのかわからないのだ。

そしてなにより、叶馬本人が一番わかっていない。

「まー、叶馬くんが理不尽だろうがわけわかんなかろうが関係ないし。理不尽に最強なくらいが私たちの代表として頼もしいかな」

＊＊＊

夜も更けた麻鷺荘は、夜の森に沈んでいた。

学生寮が点在する広大な学園の敷地において、周囲に何もないほど僻地にある女子寮だ。

校舎や学生街からも遠く、純粋に不便な立地でもある。

故に転寮届けが絶えない、不人気学生寮として知られていた。

「うーんむむむぅ～」

腕を組んで可愛らしい唸り声を上げている蜜柑に、濡れた髪をワシワシとタオルで拭う凛子が首を傾げる。

寮部屋に空きが多い麻鷺荘とはいえ、十一名もの転入希望者には個室を用意できなかった。

蜜柑たち転入組は新入生と同じように、二人《ふたり》一《ひと》部屋《へや》が割り当てられている。

「どしたの？　蜜柑ちゃん」

ベッドの上に座り込んだ蜜柑は、起き上がり小法師《こぼし》のように身体を左右に揺すっている。

自分のベッドに腰かけた凛子がタオルを首にかけた。

「えっとね。今日のダンジョンで叶馬くんから言われたんだけど……」

「蜜柑ちゃんがチッパイなのはステータスだと思うかな」

「オッパイの話じゃなーい！」

地雷がドーンと爆発した蜜柑だったが、すぐしおしおになって自分の胸元を押さえた。

「男の子にとっては、大きさよりも形が大事らしいかな」

「うー、そういう話じゃないもん……」

そもそも蜜柑の乳房は『小』ではなく『微』のカテゴリーである。

形を愛でるほどの膨らみはない。

「まあ、叶馬くんのパーティーメンバーを見るかぎり、おっきくてもちっちゃくても問題なさそうかな」

蜜柑とは次元の違う、凛子のたわわな胸がシャツを内側から押し上げていた。

恨めしそうな上目遣いでボイン山脈をチラ見した蜜柑がプルプルと首を振る。

「まあ、冗談はほどほどにして。叶馬くんから何を言われたの？」

「う、うん。ダンジョンでの『職人《クラフター》』の戦い方についてなんだけど……」

部員のレベリングという名目で、叶馬たちパーティーに『職人』メンバーが参加している。

実際にパワーレベリングも行っているのだが、主な目的はパーティーを結成して羅城門からダイブすることによる情報閲覧《インターフェース》での情報取得が目的だった。

戦闘クラスの戦闘スキルと比べて、動きが鈍く使えないという『職人』の『強化外装骨格《アームドゴーレム》』だが、パワーと装甲には申し分ない。

足りないのは機動力、そして戦闘をサポートする手段だ。

パーティーメンバーのサポートと理解があれば無力ではないが、やはり足手まといと認識されている。

「戦い方を勘違いしてるんじゃないのか、って言われたの」

「それは……」

動きを止めた凛子が憮然とする。

戦闘に向いたクラスではないという自覚があるのに、そういう言い方はないと思う。

「そうじゃなくて……。えっとね、宝箱からおっきなハンマーをゲットしちゃったの」

「あの子たちは、またそうやってあっさり宝箱とか」

普通に既知エリアを探索している場合は、月に一度宝箱を発見すれば運がいいとされるレベルだ。

「こーんなにおっきなマジックハンマーだったんだけど」

両手でバンザーイする蜜柑だが、実際は柄の部分だけで二メートルを超えていたので全然足りない。

『撃震鎚《インパクトメイザー》』という能力がエンチャントされた『銘器《ネームド》』だ。

インパクトの瞬間に振動を与え、装甲を貫通してダメージを与えるマジックアイテムだった。

「それをゴライアスくんが持つように言われてね。それで見たこともないおっきなトカゲちゃんをドゴーンって吹っ飛ばしちゃったの」

「蜜柑ちゃんが？」

「うん。ゴライアスくんが」

蜜柑はゴライアスと名付けているが、『強化外装骨格《アームドゴーレム》』はイメージをトレースする自意識のないアバターだ。

強引に振り回すだけの、単純なハンマーという武器だから扱えたと言える。

逆に言うのなら、本体である『職人《クラフター》』が戦闘技術を学べば、『強化外装骨格』は様々な武器を扱える可能性があるということでもあった。

「……それは考えたことがなかった」

そもそも『職人』による戦闘スタイルというものが学園では確立されていない。

最初から相手にされていないのだ。

「後ね。カスタマイズとか、オプション装備はないのかって」

「それって、『強化外装骨格』の？」

「うん。モンスターの素材を使って強化装甲とか増設筋肉とか射出武器とかジェットブースターとか……」

「ちょっと待って、蜜柑ちゃん」

眉間を押さえた凛子が目を瞑る。

ダンジョンから採取されるモンスターの素材は、物質の形状をしているが本質的には瘴気《みあずま》であり魔力そのものだ。

学園の周囲は瘴気濃度が高い故に劣化速度も穏やかだが、放置していればやがて空気に溶けるように分解する。

基本構成物質が魔法素子以外のマジックアイテムの場合、地上ではマジックパワーが使えなくなるだけだ。

魔法素子その物であるモンスター素材の場合は全て還元、いずれは消滅してしまう。

劣化に関しては、例えば乙葉が使っているモンスター素材で作られた甲冑などであれば、定期的にダンジョンの中へ持ち込んで瘴気を吸収させれば問題はない。

だが、物質化した魔力とは、つまり自分たちの『強化外装骨格《アームドゴーレム》』と同じ構成物質ということだ。

「うん。うん、できる。できる、かも……実験してみないとわからないけど」

あくまで本人の分身なので、腕を増やすような原型から逸脱した改造は難しいと思われた。

それに同じ『職人《クラフター》』クラスでも個人個人で形体が異なる『強化外装骨格』は、本人の潜在意識が反映されていると考えられていた。

改造《カスタマイズ》は慎重に検証をする必要があるだろう。

それでも、実現すれば『職人』にとって革命となる戦力アップになるはずだった。

「それでね、それでね！　徹甲虫っているでしょ？　ばびゅーんって飛んでくるおっかないテントウ虫。それのね、噴射器官をゴライアスくんの肘の部分に組み込んだらね。すっごいダイナマイトパンチがドカーンって撃てるようになってねっ」

『徹甲虫《ペネトレイトビートル》』は別名『騎士殺し』とも呼ばれて恐れられている昆虫型モンスターだ。

生体ジェット噴射器官を持ち、外骨格は鋼以上の強度がある。

小さく発見しづらいモンスターなので、不意打ちで突撃を食らえば前衛クラスの重装甲ですら貫通した。

「……蜜柑ちゃん、ちょっとお話しよっか。叶馬くんも呼んでくるから少し待っててね？」

「え、えっと、今日は静香ちゃんたちの番で、今頃」

「大丈夫。すぐ終わるかな。たぶん、夜明け前には」

＊　＊　＊

平日の教室、平日の授業中。
学生の本分たる神聖な勉学タイム、だというのに。
眠い。
ヤバイくらい眠い。
窓の外はポカポカといい天気。
蝉が鳴き始めるのはまだ早いが、鳥の声が山のほうから聞こえている。
ああ、眠い。
意識を保つのがつらい。
眠りの砂を目に撒かれたようだ。
だがしかし、授業は真面目に受けるべき。
居眠りなどは論外である。
「いや、いっそ大人しく寝ててくれ。誰も起こそうと思わないから」
誠一の声で悪魔の如き誘惑が聞こえるがガンスルー。

「デフォルトの能面が般若みたいになってるから。慣れたあたしでも、不意打ちで見たら悲鳴上げるレベル」

「歯を食い縛るほど眠いのかと。周りの連中がストレスで早退してるんだが」

「……思うに、睡眠付与攻撃を仕掛けてくるモンスターもいるらしいのでちょうどいい睡眠耐性訓練だ死ね」

「お前、言葉尻が不自然だろ。どう考えても」

去れ、悪魔よ。

俺は今、試練を受けているのだ。

煩悩の化身であるマーラの誘惑をはね除けたブッダの如く、悟りを開けるような気がしてきた。

我、六根清浄を遂げニルヴァーナへと到達するべし。

白い聖なるカレイドスコープが脳裏に弾け、俺は解脱するとともに宇宙の真理に触れていた。

これが真理の世界。

柔らかく穏やかで至福に満ちた温もり。

「……お目覚めですか？」

「我、開眼せり」

教室で自分の席に座っていたはずなのだが、何故か静香の膝枕の上で熟睡していた模様。

女の子の膝枕はニルヴァーナであると悟れり。

「頼むから寝かせてやってくれと、満場一致で教室を追い出されました」

「ソーリー」
静香を巻き込んでしまった。
というか、どうやって俺をここまで運んできたのだろう。
まさかお姫様抱っこされてきたのだろうか、ちょっぴり恥ずかしい。
授業のノートは誠一から借りよう。
あれで結構、筆マメなのだ。
生垣を背にした硬いベンチのベッドも、静香の膝枕があれば快適な寝具だった。
穏やかな木洩れ日と、草と土の匂いがしている。
どうやら図書館近くの庭園にいるらしい。
手入れされている広い中庭は、学園のパンフレットにも記載されていた名所だ。
拘りの感じられるガーデニングは見応えがあった。
管理人の趣味がいいのだろう。
授業中である故か、他に人の気配は、まあ、ボチボチしかなかった。
授業をサボってアンアンアッアーンしている素行不良生徒が複数組いるっぽい。
こういう性風紀に関しては、本当にフリーダムな学校だと思う。
規制も管理もされていない思春期の男女であれば、この姿が自然なのかもしれないが。
生殖能力を獲得して、一番性欲の昂ぶる世代は、未成年と呼ばれる今だ。
そのときに子作りを禁じられているのだから、少子化になるのも当たり前である。

年を取ってリスクを考えるようになれば、無計画に子どもも作れまい。

生物的には、本能のままに行動して結果的にできるのが子どもであり、理性で考えて子作りするのに無理があるのだ。

ああ、心底どうでもいい。

なんで俺が、日本の次世代について思い悩まねばならぬのだ。

「叶馬さん……」

頭を撫でてくる静香の右手はどこまでも優しく、目と閉じれば再びニルヴァーナへと旅立ってしまいそうだ。

だが、左手でケツも一緒に撫で回されているのがすごく、痴漢電車感。

俺は進行形で性的にイタズラされちゃってる、という羞恥と屈辱と快感が入り混じったスプラッシュマウンテン。

いや、まあケツ刺激程度でスプラッシュはしないがマウンテンはする。

「昨夜は途中で邪魔が入りましたので」

「ああ」

ほぼ徹夜で凛子先輩に叱られていました。

「……それに、最近はふたりきりになれるタイミングがなくて」

それはたしかに、常に誰かと一緒だった気がする。

寮住まいの学園生活なので、基本はオールタイムの集団生活だ。

プライベートな時間の確保は難しい。

こうしたふたりだけの、のんびりとした時間も悪くない。

「もう、いっそ叶馬さんを監禁してしまえば、ずっと一緒にいられるのかな、と」

「思い留まりくだされ」

静香さんが欲求不満のあまり病んでしまっている模様。

じぃ…と熱っぽく見詰めてくる瞳がマジ度数高め。

こうなったらもはや奥義、痴漢返しを使わざるを得ない。

いきなり空気を読まずにガバッと反転。

反対側も耳掻きしろと言わんばかりの掟破りな荒技だ。

急所に顔を押しつけられた静香も、これには参ったとばかりに頬を赤らめつつ慌てて、いなかった。

頭から耳たぶに移行したナデナデに背筋がゾクゾクする。

そして不覚にもケツ揉み揉みが股間正面へと移行してマウンテンデュー。

いや、ズボンの上からマウンテンを撫でられてもデューはしないが刺激度は鰻登りだ。

反転によるダメージ換算は俺にとって不利であった。

だが、ここまではあくまで段取りだ。

膝の上での頭グルンにより静香のスカートがずり上がり、絶対領域と化した箇所へのダイレクトアタック。

俺の破廉恥極まる痴漢攻撃により、静香はキャアと可愛らしい悲鳴を、あげない模様。

太腿の奥に滑らせた指先が滑っています。

既にショーツの上からぐっしょりとお濡れになっておられた。

「……膝枕をしている間に、とめどない妄想が思い浮かび」

「サレンダー」

痴漢行為が成立せず、故に俺の攻撃が無意味化されるという完全敗北。

「膝枕をしていたご褒美が欲しいな、と……」

ジーとジッパーが降ろされると、エクステンションなマウンテンが静香の手中に。

あまり焦らすと予想外の方向にヒートアップしてしまいそう。

ベンチから降りて静香も立たせ、前屈みで座板に手を置かせる。

スカートを捲り返すと、プリンとしたお尻を包んでいるショーツが半分くらい濡れていた。

ピンクの可愛いフリルショーツに手をかけて臀部を剥く。

両手を尻タブに乗せて谷間を開くと、艶々と濡れている恥丘もパックリと口を開いた。

既に制衣開放《クロスアウト》しているマウンテン棒の先端を尻溝にあてがうだけで、つるりと粘膜の中に亀頭が滑り込んでしまった。

そのまま静香の尻を摑んで根元まで填め込む。

ほぼ毎日のように挿入している静香の尻は、俺が一番慣れ親しんでいる女性器だろう。

だが、使い飽きてしまったということは、まったくない。

俺にとって女体の基準は静香であり、蜜柑先輩がドヤ顔で造り合わせた刀と鞘のようなぴったりフィット感がある。

静香の中でギンギンに反り返るマウンテン棒が、天井側の襞を刮ぎ落とすように膣洞をピストンしていく。

手を添えている尻の谷間は挿れるタイミングでキュッと締まり、抜くタイミングでは太腿がプルプルと震える。

静香のお尻と合体しながら、天気のいい青空をほのぼのと振り仰いだ。

周囲が静かになるほどのパアンパアンパアンという静香太鼓を打ち鳴らした後は、時計塔の鐘が鳴るまでベンチに座ってイチャついていた。

何故か周囲のお仲間さんたちが、急に和太鼓に目覚めていたのが謎。

最後まで膝から降りなかった静香も、終了の合図とともに普段どおりに戻った。

腕を組んだりベタベタと引っついてきたりはしない。

男の後を三歩下がってついてくるという感じだ。

亭主関白を気取るつもりはないが、その静香の距離感が心地いい。

その代わりに、セックスの間中は誰よりも甘えん坊さんになるのだが。

授業をボイコットしてしまったが、たまにはこんな日があってもいいのかもしれない。

「んー、あーやっと終わった。マジダルー」

自分の机にべしゃりと潰れた麻衣が、伸ばした手をプラプラさせる。

「お疲れ様でした」

答案用紙が回収され、中間テストの緊張感から解放された教室にざわめきが戻っていた。

授業以外の予習復習をサボり気味だった静香も、特に問題のない手応えを感じて安堵の吐息を吐いていた。

「今更、国語とか数学のテスト勉強とかマジ意味わかんない」

「麻衣さんは昨日も漫画を読んでいたような気もしますが……」

テスト前の一夜漬けすら放棄している麻衣だった。

「漢字とか数式とかアルファベット見るのが苦痛」

「麻衣は基本、どうしようもないくらい馬鹿だよな」

机に肘をついて顎を乗せている誠一の言葉に、ムッとした麻衣が顔を上げる。

「そういう誠一も同じでしょ？」

「回答欄は全部埋めたけどな。ケアレスミスでもなきゃあ問題ねえだろ」

「……それって満点取る自信があるってコトじゃないの」

「いや、ぶっちゃけ中坊レベルの問題だったろ？」

学園側としてもペーパーテストで赤点などを取られて座学補習をさせるより、ダンジョン攻略を優先させたいという思惑がある。

学力に対してのボーダーラインは底辺校並みに低い。

「まあ、ペーパーテストでいい点取っても意味ねっし。名前さえ書いときゃ問題ねえよ」

「何その余裕の笑顔ムカツク」

「ヤメロ、突っつくんじゃねえ。実際にキッチリ補習があんのはダンジョン実習テストのほうだが、俺らには関係ねえしな」

一年生一学期におけるダンジョン実習の中間テストは、ダンジョンの第二階層に到達すること、だった。

彼らにとっては最初から通り過ぎた階層になる。

「叶馬さんも、お疲れ様でした」

「ああ」

「叶馬くんも余裕の顔じゃん！　何この男ども。無駄にスペック高くて超ムカツク」

「いやいや俺らが高いんじゃなく、麻衣の頭が悪いだけであってな」

「うららー！」

連続麻衣パンチを片手でいなす誠一が欠伸をする。

「まあ、明日からテスト休みだし。少しのんびりできるさ」

豊葦原学園では定期考査の後に、『試験休み』という休日が設定されていた。

今回の中間テストでは、日曜の休日を含めた三日間がテスト休みとして確保されていた。

この期間に成績不良生徒の補習が行われる。

対象はペーパーテスト、つまり一般科目の学力不足ではなく、ダンジョン実習の課題未達成者に対する補習だ。

とはいえ、赤点判定のボーダーは厳しくない。

ダンジョンに入ること自体を怖がっている生徒や、よほど実習をサボっている者が対象となる。

彼らにとって問題はない。

問題はないはずだった。


「――叶馬くん。ちょっといいですか？」

強《こわ》ばった顔の担任教師である翠《みどり》が背後に立っていた。


「お前、何をやらかしちゃってんの？」

予想外のトラブルに困惑している俺を、額を押さえた誠一があきれながら罵倒している。

「お前がダンジョン実習で赤点とかバッカじゃねえの」

「生徒手帳は常時携帯って、入学式のオリエンテーションでも耳タコで言われてたじゃん」

腕を組んで仰け反る麻衣がゴミを見る流し目。

だが、ちょっと待ってほしい。

俺にもいろいろと事情があるのだ。

「――もう一度、もう一度ちゃんと翠先生と話をすればわかってもらえる、わからせる」

真剣なお顔をした静香さんが、怖い目でブツブツと呟いているのがちょっとホラー。

さて、一度冷静に俺が如何にしてダンジョン実習テストで赤点を取ってしまったかを分析しよう。

一年生一学期ダンジョン実習の中間テストの課題は、『ダンジョンの第二階層に到達』である。

これは定期考査毎に一層ずつ深度が増えていく。

豊葦原学園は三学期制なので、それぞれ中間と期末テストで目標階層がプラスされ、最低一年で六層を攻略せねばならない。

二年生に進級するためには七層、三年生に進級するには十三層までの到達という感じだ。

最低限の深層攻略に必要なダンジョンマップは購買部で販売しているそうなので、ただ到達するだけならば運任せのゾンビアタックでも抜けられそうな気はする。

ただし、ダンジョン実習のテストは、本来ならばダンジョンの到達階層のみではない。

指定モンスターの素材提出や提示されるクエストのクリア、実力試験など様々な追加の課題があるそうだ。

一年生にとっては初めての定期考査ということで難易度が低いのだろう。

俺たちパーティーメンバーは当然クリアしている課題、なのに俺だけ赤点評価である。

「だから前にも言っただろ？　コイツが生徒個人のパーソナルデータを記録してるモバイル端末だって」

誠一がポケットから取り出した学生手帳を振ってみせる。

謎のテクノロジーで、モンスターの討伐数や階層移動を感知する電子手帳だ。

つまり、俺が持っていると何故か煙を噴いて壊れる『電子機器』である。

受け取った初日に、机の引き出しの奥に放り込んだまま。

要するに、ダンジョン実習のテスト評価は、ソレのデータを元にしていた、というわけだ。

「ダンジョンアタック回数ゼロ、モンスター討伐回数ゼロ、取得ＥＸＰゼロ。叶馬くんサボりすぎでしょ」

ケラケラと笑う麻衣が、机の上に置かれている新しく配布された俺の生徒手帳を突っつく。

翠先生に事情を説明したら、ため息を吐かれつつも新しく手配していただいた新品である。

更新手数料が無料だったので助かったのだが、持ってるとまた煙を噴いて爆発するような気がする。

「だったら、まあ裏技になるんだが静香にでも預かっててもらえばいいだろうが」

同じように生徒手帳を一度破壊して差し上げたはずの誠一が声を潜める。

たしかに不正の臭いがプンプンする抜け道だ。

だが、そういうズル技は、誠一がどこからか調べてきた学生手帳の仕組みを知っているからこそ思いついたのだろう。

普通はわからないと思う。

しかし、ずいぶんとザルなシステムであると言わざるを得ない。

「叶馬くん、残念だったね～。テスト休みがパーじゃん」

「ぐぬぬ」

テスト休みにそれほど未練はないが、ものすごく嬉しそうな麻衣に天罰が落ちるように祈る。

俺のぐぬぬパワーはもはや天元突破。

何となく『天罰』を落とせそうな気さえする。

こう、見えないスイッチを捻るように、クイッと。

「あははは、ワハー」

「おいおい」

バキィ、と座っていた椅子の脚が折れた麻衣が床に転がる。

「……あ痛たた。この椅子不良品すぎぃ！」

慌てた誠一から助け起こされた麻衣が椅子を蹴っていた。

俺のGPメモリバーがちょっと減少しているように見えるが、たぶん気のせいだろう。

椅子の脚を折るスキルとか微妙すぎぃる。

「まあ、今回はしゃあねえから補習受けるしかねえだろうな」

「已むを得まい」

「補習については俺も詳しくは知らねえんだが、テスト休み中の泊まり込み合宿ってのが引っ掛かってるんだよな……」

補習通知のプリントには、三泊四日のダンジョン実習と記載されている。

俺も学園敷地内の寮に住んでいる生徒を、わざわざ缶詰にして合宿させる意味がわからない。

逃げ出す奴を監禁する目的か。

明日、補習会場に行ってみればわかるだろう。

そんなことより問題は、だ。

「わからせる、わからせてやる……。私を叶馬さんから切り離そうとする牝豚に身の程を思い知らせてやる。私も一緒に、どうして駄目なの、許せない、許せない、許さない」

「どうどう」

膝の上に組んだ手を握り締め、俯いたままブツブツと呪詛を放っている静香をナデナデ。

翠先生へ事情を説明するために同行した時も、普段の押しの弱い性格が反転して半狂乱になってしまった。

「……うんにゃ、静香って普段から結構ヤンデレだよね」

「そういや、ずっと叶馬と一緒だったもんな。依存気味だとは思ってたが」

静香には悪いが巻き込めない。

俺の不始末なので、ケツは自分で拭うべき。

「情緒不安定っぽいし、今日は一緒にいてやれよ」

「ああ」

「だがな。まあ、ちっとばかし嫌な予感がする。……イザとなったらお前の異常性がバレても構わねえからガチマジでいけよ。他の連中はどうでもいいが、お前は絶対に死ぬな」

さり気なく俺をディスってくるのは止めてほしい。

# 第四十二章　轟天の石榴山

さて、補習は泊まり込みという触れ込みだったので、替えの下着に洗面道具を詰めた鞄を肩に担いだ。

集合場所の体育館まで、のんびりと朝の学園を散歩する。

単独行動は久しぶりなので、正直ちょっと清々しい。

学園に来るまではロンリーなウルフ状態だったので。

昨夜は暗黒面に落ちてしまった静香を宥めるために、付きっきりでメンタルケアをする羽目になってしまった。

おかげでまったく準備ができなかったのだが、まあ装備に関しては空間収納《アイテムボックス》に預けてあるので問題ない。

ゲームとは違い、重量のある装備の持ち運びというのは負担が大きい。

ダンジョンの中では戦闘よりも探索の時間が長いくらいだ。

重量物の持ち運びで体力を消耗すれば、肝心の戦闘で実力を発揮することはできない。

上位パーティーでは火力役《アタッカー》や盾役《タンク》などとは別に、荷役《ポーター》という荷物運び専門のメンバーが加えられることもあるそうだ。

よく考えたら、俺たちのパーティーでは雪《ゆき》ちゃんが該当してそうな感じ。

一応、手ぶらというのも体裁が悪く、いつものバックパックだけは所持している。

格好もいつもどおりにブレザーの制服姿なので、普段の登校とあまり変わりがない。

当たり前だが他の生徒はテスト休みであり、通学路がスカスカなのは寂しい。

決して俺が寝坊したのが原因ではないのだ。

まあ、沙姫&夏海《なつみ》部屋で目覚めたときには誰もおらず、若干寝過ごしてしまったのは否定しない。

誰か起こしてくれても良かったのではないか、と思わなくもない。

俺を行かせまいとする静香の作戦なのだろうか。

邪推はさておき、しっかりと平らげた朝食を腹ごなししつつ、俺はのんびりと体育館へ到着していた。

遅刻してしまったのは仕方がない。

慌てないことが大事だ。

さり気なく体育館の壁に張りついて、中の様子を覗き見る。

結構なざわめきに人の気配。

ざっと三百名くらいの要補習生徒が集まっているようだ。

好都合である。

これならこっそりと紛れ込んで合流しても気づかれまい。

体育館の下窓から様子を覗いつつ、ホット缶コーヒーを片手に合流タイミングを計る。

ザワッ、と悲鳴にも似た生徒たちの声に窓から様子を覗いつつ、オヤツ用に準備していたホットサンドのラップを外す。

まだ冷め切っておらず、トロリとしたチーズがいい感じ。

どうやら課題内容が告知された模様。

思ったよりも遅れていなかったようだ。

聞き逃さずに済んだのは、普段の行いだろう。

ダンジョン実習の補習内容は『レイドクエスト』への強制参加、らしい。

達成目標はなく、参加するだけで合格になるとか楽勝ではあるまいか。

まあ現状、参加できずに落第の危機に陥っているが。

口直しの棒アイスを舐めながら、体育館の様子を観察する。

自動販売機コーナーと行き来しているので、一部聞き逃しているような気もするが問題ないだろう。

ちなみに、この身体に悪そうなエメラルドグリーンとチョコチップがケミカル臭くていい感じ。

集まった生徒たちからつらそうに顔を逸らした翠先生とルッキングクロス。

休日出勤ご苦労様です。

一応、缶コーヒーを持ったほうの手を上げて、ちゃんと参加していますよの合図。

お顔が引き攣っておられるようだが、こっそり合流する予定なので安心してほしい。

二本目になる棒アイスのパッケージを剥ぎながら、要補習生徒たちの様子を眺める。

全員がダンジョンダイブ用のガチ装備を身につけ、パンパンに膨らんだバックパックを背負っていた。

散歩スタイルな俺の場違い感がすごい。

みんな揃って羅城門へと向かうようだ。

体育館からゾロゾロと出てきて渡り廊下を歩いていく。

さて、どうやって合流するべきかとコーン部分を齧りながら悩んでいると、見知った生徒のグループが不安そうにキョロキョロとしつつ集《つど》っている。

どうやら蜜柑先輩たちもダンジョン実習で赤点だったらしい。

そういえば昨日、麻鷺荘に戻ってからも静香がべったりしがみついていたので話もできなかった。

ちょっと距離があるので学年章が見えないが、要補習生徒は一年生だけでなく上級生も結構混じっているようだ。

情報閲覧《インターフェース》も重複表示が多すぎて見えづらいが『遊び人《ニート》』系クラスが多い気がする。

他にも『職人《クラフター》』や『文官《オフィサー》』などの非戦闘クラスが目立っている。

ふむ、とりあえず提示されていたレイドクエストは三つだった。

『餓者髑髏城《がしゃどくろじょう》』

『テュイルリー興廃園《こうはいえん》』

『轟天《ごうてん》の石榴山《ざくろざん》』

『餓者髑髏城』は最近発見されたらしいレイドエリアだそうだ。

『テュイルリー興廃園』は過去に外国のダンジョンで確認されており、そのときは攻略もされたらしい。

『轟天の石榴山』は何やら学園に古くから伝わる封印対象レイドで、活性化の兆候があるので地鎮のために選ばれたそうである。

なるほど、まったく意味がわからない。

そもそも『レイドクエスト』とやらがわからないので、絶望の表情を浮かべる同胞たちと共感するのは難しい。

体育館から先生たちが付き添っているのは、誘導というよりも逃がさないように監視しているかのようだ。

そんなに見られていると、さり気なく合流できないのだが。

俺も渡り廊下の外を歩きつつ同行する。

蜜柑先輩たちに挨拶をしておきたいのだが、人混みに紛れてしまった。

仕方ないのでさり気なく便所の窓から校内に侵入し、廊下を集団移動する流れにさり気なく合流した。

我先にと羅城門への階段を下りていく集団は、もう少し心に余裕を持つべきだと思う。

というか、渋滞して詰まる。

羅城門が設置されている地下大空洞は、案の定補習生徒ですし詰め状態となっていた。

後ろからぎゅうぎゅうに前へと進もうとしている生徒たちを、マッスルマッチョな用務員らしきオッサンたちが押し留めて仕分けしている。

対象になるレイドクエストの振り分け先は、アバウトな定数先着順っぽい。

最初は髑髏城、次に興廃園、最後に石榴山のようだ。

察するに、最初のレイドクエストのほうに人気があるのだろう。

自由に参加クエストを選べるのならば、蜜柑先輩たちとご一緒したいものである。

仕分けされた最初のグループが、今まで開いたのを見たことがなかった最左門の前に並んでいた。

羅城門の扉は五つある。

これは授業で習っているし、先日のテストでも出題された。

一番最初のダンジョンダイブで利用したのが、最右にある『始界門』。

通常のダンジョンダイブに利用しているのが中央三門。

今回開放されているのは、一番左端にある『極界門』という名称のゲートだ。

レイドクエスト専用の門ということで、指定したエリアに入口を固定できるような特殊機能でもあるのだろう。

現に開放された門の奥は通常とは違い、歪んだ渦のように歪曲したままになっている。

我先にと詰めかけた割りには、死人のような顔をした生徒たちがゾロゾロと門の中へ潜っていく。

ビジュアル的には地獄で閻魔様に裁かれた亡者が、奈落の六道へと誘導されていくようである。

やはり転移ゲートは開きっぱなしらしく、第一陣は次々と吸い込まれるように入っていった。

蜜柑先輩たちを探したいところだが、まだまだ待機組は黒山の人だかりだ。

まあ、リーダーの蜜柑先輩始め、他の先輩も要領の悪い子たちが揃っているから、最後の『石榴山』レイドクエストグループになるだろうと思う。

俺は無駄な努力を諦め、生欠伸を噛み殺してぼーっと順番を待つことにした。


――穿界迷宮『YGGDRASILL』、特異分界『轟天の石榴山』――

――様式『王権』、※時空圧差『壱：玖』――

――※Option Intercept 『軍戦式《レイドモード》』Adjustment――

――※Model 『煉獄《パーガトリー》』――

――※Confine 『72時間／648時間』――

＊　＊　＊

空に映るは茜雲。

黒と赤の境目は、昼と夜の境界。

郷愁をかき立てるグラデーションオレンジ。

陰と陽の境目が曖昧で、まるで血染めのような色は災禍の象徴。

古来より不吉を示す時刻を、『逢《お》う魔《ま》が時』や『大禍時《おおまがとき》』と呼んだ。

『異世界《レイド》』空間内において、その『世界法則《ローカルルール》』は物理的な法則を逸脱している場合が多い。

特にタイプ『王権』に分類されるレイドエリアは、その世界の要であるレイドボスモンスターが創造した空間だ。

創り出された空間は世界から切り離され、断絶した新しい世界となる。

『異世界』、即ち世界の大きさはボスの格に比例する。

ダンジョン内で発生したレイドボスモンスターとは、階層法則を大幅に逸脱した特異点だ。

ダンジョン階層という『世界』から弾き出された異物は、階層を越えてダンジョン内を泡沫のように彷徨う。

そうした特異点の移動について法則はわかっていないが、流離《さすら》う『異世界』と繋がったダンジョンのポイントは階層法則が変質していくことが知られていた。

挑戦者がダンジョンを攻略する上ではイレギュラー。

だが、そうしたレイドボスモンスターを討伐できれば、イレギュラーな報酬を手に入れることができるチャンスでもある。

豊葦原学園が管理している既知領域に繋がった『異世界』は監視下に置かれている。

それは、通常では入手できない特殊素材の獲得が目的、ではない。

『異世界』とリンクした座標から侵食される変異は階層を越えて、放置すればダンジョンから溢れ出て地上へと影響を及ぼすと言われているからだ。

故に学園では『異世界』発見の報告を受けると、高額報酬の『レイドクエスト』を発行して早期攻略を推奨していた。

学園において『軍戦《レイド》』とは、基本としているパーティー単位の戦闘ではなく、複数のパーティーが同時に強襲して対応するべき超越決戦《オーバールール》と定義していた。

「こっちか？」

「わかんね。つかもうマジ怠いっつーの」

うっそうと生い茂った潅木を掻き分け、強制補習レイドクエスト『轟天の石榴山』の参加メンバーが歩いていた。

色づいた葉っぱから見える空の色が、同じような茜色に染まっている。

防寒具などの特殊装備を必要としない、穏やかな秋の季候であった。

長時間のダイブが前提となるレイドクエストにおいて、フィールドの環境難易度は重要な攻略要素のひとつだ。

活火山帯や極寒のフィールドであれば、専用の環境装備が必須となる。

「かなり拡張されてるように見えるんだけど。ヤバイんじゃねぇの？」

未開の森林ともいうべきネイチャーフィールドを見回した男子が身震いする。

通常の低階層ダンジョンは、基本的に玄室と回廊が組み合わされた人口構造物だ。

天井という空間の制約すらない、広大な無限空間ダンジョンは第十階層まで到達しなければ見ることはない。

羅城門からダイブする『ダンジョン』とは、物理的な地層の重なりではなく、あまたの空間が連結された一種の時空回廊である。

「ま、大丈夫っしょ。『石榴山』はちょいちょいクエスト対象になるレイドだし。拠点はまだ残ってるだろ」

もうひとりの男子が、手にしたマチェットで枝を払った。

通常のナイフより一回り大きな刀身を持つマチェットは、実際にジャングルでの藪漕ぎなどでも草木を払うツールとして利用される。

『轟天の石榴山』は、特に補習の強制レイドでは定番になっているクエストだ。

攻略記録『なし』、推定ボス難易度『極級』という封印指定異世界。

つまり、攻略は不可能だと判断されているクエストだ。

学園側としては定期的に贄を捧げて『活性化』による空間侵食の暴走を留め、既知外領域へ異世界が転移するのを待つという消極的対応にならざるを得ない。

「〜ッ、スッペー」

見える範囲だけでもあちこちに実っているザクロの実をもぎ取り、赤いツブツブをまとめて口に含んだ男子が口を窄める。

石榴山の名の通り、この異世界には無数の石榴の木が生え、常に果実を実らせていた。

あまり腹の足しになるような果物ではないが、貴重な食料源になる。

クリア難易度は『極級』であっても、最初からクエスト攻略を諦めている補習参加メンバーからすれば、生存環境難易度が低い『轟天の石榴山』も悪い選択肢ではなかった。

「おっ。あったぜ。ベースポイントだ」

「あー、ずいぶんと木に覆われちまってんな」

潅木が切り開かれた空き地に、攻略前線基地が設置されていた。

これは『轟天の石榴山』だけではなく、ある程度攻略に時間がかかりそうな大規模レイドエリアに建てられる基地だ。

異世界への侵入ポイントは比較的瘴気が薄く、通常ダンジョンの界門《ゲート》と同じようなセーフエリアになっている。

生徒からベースポイントと呼ばれる基地は、シンプルなかまぼこ型の兵舎《クオンセットハット》だ。

ドラム缶をふたつに割ったような兵舎の外壁は迷彩に塗られ、内部には寝泊まりに必要な最低限のツールが準備されていた。

同じような攻略前線基地は、襲撃モンスターによる破壊対策も兼ねて複数地点に設置されている。

一年の頃から何度も同じクエストに参加した経験のある彼らには、ベースポイントの位置もだいたい見当がついていた。

　ドラム缶の蓋部分にあたる扉を開くと、中には既にお仲間たちの姿があった。

「ちっすー。まだ定員オーバーしてねっすよね？」

「おぅ。まだ全然余裕だぜ」

　丸太を輪切りにした椅子に座っている先客が、自分のバックを開いて中身を確認しながら新入りに答えた。

　規格化されている攻略前線基地の定員は二十名。

　利用メンバーは先着順が暗黙の了解とされる。

　もっとも、老朽化やモンスターの襲撃によって崩壊した基地もあり、参加メンバー全員分は確保できていない。

　生徒同士がやり繰りして施設を利用しているのが現状だった。

　攻略意識が低い『轟天の石榴山』に参加するような補習メンバーにとって、快適な生活空間を確保することは何よりも優先される。

「おほっ、さっそく始めてますねー」

　手持ちの荷物を空きスペースに放り投げた男子が、仕切りのない基地の中を見渡した。

　前線基地《クォンセットハット》の内部空間は快適さとは無縁だ。

　真ん中の通路になっている屋根の高さも、手を伸ばせば届く程度だった。

　通路の両側にはそれぞれ十組のベッドが並べられており、仕切りもない空間でプライバシーなどは考慮されていない。

半数のベッドには先客が陣取り、予想どおりの光景が展開されていた。

使用中のベッドにはそれぞれ、剥かれて丸出しになった女子の尻が乗せられている。

そして、同じベッドには丸出しになった男子の尻も組になっていた。

ひとつのベッドをふたり一組で使えば、数不足も解消される。

そんな大義名分の元、気に入った女子生徒を拉致してベッドパートナーにする。

補習クエストの常連である上級生たちは、クエスト期間中を快適に過ごすノウハウを学習していた。

彼らに罪悪感はないし、それを罰する規則もない。

学園の構内と同じか、それ以上の無法地帯となるのがダンジョンの中だった。

さらに、レイドクエストという環境は特殊だ。

設定された期間内は絶対に脱出できず、異世界領域《レイドエリア》に監禁される。

通常ダンジョンとは違い、死に戻りすらも逃げ道にはならない。

それを知っている女子生徒たちは、拒絶や抵抗など考えもせずに手管を尽くしていた。

「んおっ……。出た出た。まあ、あんま好みじゃないけど嫁役はコイツでいいか」

「おう、一発ヤッたんなら交換しようぜ」

隣り合うベッドの上で、使用済みの女子がスワッピングされている。

最初からプライベートなど存在せず、全てシェアリングになるのも当然の展開だった。

硬いマットレスの上でまぐわう男子にとって、道中で釣ってきた女子は性処理するクエスト中の暇潰し道具にすぎない。

味見として遠慮なくペニスを叩き込んでいる様子は、小便器に小便を済ませている姿そのものだった。

「さってー、俺らも人狩り行ってくっか？」

「ソイツでよけりゃ、一発抜いてってもイイゼ？」

バックを漁っていた男子が、手前のベッドで仰向けになっている女子を顎で指した。

既にスカートとショーツは剥ぎ取られ、下半身すっぽんぽんで脚をM字に開いている。

天井をぼんやりと見上げている彼女は、上気した顔を蕩けさせて余韻に喘いでいた。

「コレってたぶん、四年モノくらいの先輩さんでしょ。具合良くてもお人形さんは萌えねっすよー」

「チンコ突っ込みゃ即アヘっから楽なんだけどな」

ダンジョンに適応できないまま上級生となった女子生徒は、周囲に流されるまま境遇に順応だけはしていく。

そうした生徒の多くには、同じような傾向があった。

判断力や自発的な行動の低下、感情の起伏の欠如が知られている。

「抱き枕にするにゃあ、こういう先輩のが俺は好きだけど」

「そーな。とりあえずノルマひとり一匹捕まえてきて、後は適当にローテーションで回せばいいでしょ」

ダンジョンでは瘴気圧により、生物としての能力、本能が増幅されている。

それが極級レイドの中ならなおさらだ。

クエストを攻略するつもりなど最初からなく、ブーストされた能力の全てを用いて基地に引き籠もり、セックス漬けの爛れた二十七日間を過ごすのが彼らのプランだった。

パンパンパンパンパンと尻ドラムを鳴らしているカップルたちは、もはや交尾するだけの動物になっていた。

出した直後に精子がリチャージされる環境では、射精後の余韻を愉しむより、射精回数を増やして快楽を貪ったほうがお得だ。

少なくとも、何も考えずに腰を振っているだけで、いつもより気持ちよくなれる。

そして、何も考えずに流し込まれる大量の精気は、女子にとって受け止められる容量《キャパシティ》をたやすく超越する。

飽和状態となった肉体はクールダウンすることなく延々と火照り続けた。

一度堕ちてしまえば燃料を継ぎ足されるかぎり、クエスト中はずっと従順な牝犬と成り果ててしまう。

女子生徒にレイドクエストが嫌われている所以だ。

「ちゃっす。まだ空いてますか？」

「全然オッケー」

入口から姿を見せた新しい入舎者は、連れ立った小柄な女子の肩に手を回していた。

出会った直後にスカートを森の中へ廃棄された女子は、羞《は》ずかしそうに両手で上着の裾を下ろしている。

「あー、よかった。ちっとムラッときたんで一発カマしてたからさ。出遅れたと思った」

ニヤニヤと笑いながら、隠そうとしている女子の手を無視して股間に手を滑り込ませる。

一度突っ込んできっちりフィニッシュまでした穴は適度にほぐれ、歩いている内に滴ってきた膣奥からの精液でヌルヌルに塗れている。

周囲からも同じようにニヤニヤ笑いを向けられた女子が俯く。

その恥じらいは、学園生活が長くなるほどに摩耗していくものだ。

そして、恥じらいの仕草が好物という男子は多い。

背後に回った男子は、見せびらかすように再挿入する。

「んおぅ。やっぱ一年のアソコはスゲー締まるわー」

「イイね。俺らも一年狙って釣ってくるか。今回は結構一年生女子いたっしょ」

「先行っててってくれ、俺ちょっと勃起したんで一発抜いてイクわ」

ベッドに放置されていた四年生女子の両脚を摑んだ男子が、肩に担いでジッパーを降ろした。

四年間数え切れない本数のペニスで調教されてきた女子の性器は、ポーションやヒーリング効果の影響を受けてペニスを扱く機能をこれでもかと発達させている。

簡単に快感でわななく身体も、肉オナホとして使用するには申し分ない道具だった。

「おっおっ、豆腐みてぇなヤリマンも悪かねぇぜ」

担いだ脚を抱えて尻ドラムを突き鳴らす。

締めつける機能の代わりに、何重ものヒダが絡みついてくるように進化していた。

「いやいや、やっぱ初々しさが残ってねーとでしょ」

「つ…っ…ヒィ」

『男娼《エルフ》』の男子にとって、格下の女子を開発するスキルなど山ほどある。

あえてギリギリの自尊心を残せる程度に加減して、初々しい反応を愉しんでいるだけだ。

奥からゆっくりとペニスが抜かれていき、亀頭の膨らみが入口の肉輪を広げる。

そのまま小刻みに出し入れすると、膣口の粘膜がベロベロと捲れて亀頭をしゃぶっているようだった。

執拗に入口を捏ね回した後は、ぐにゅっと奥へ再侵攻していく。

下腹部を奥から圧迫された少女は、小さく開いた口から舌を覗かせている。

「可愛いね〜。学園に戻ってからも俺のモノが忘れられないようにしてやるぜぇ」

「どうせ一日中セックス漬けだし、三日でアへって誰の上でも腰振るようになるだろ？」

「わかってないねー。頭の気持ちイイ回路、全部俺が開発してやれば一生俺を忘れられなくなるんだな、コレが」

クリトリスを弄くられながら膣ピストンされる一年女子は、膝をガクつかせながら舌を出して絶頂していた。

「やっべ、俺も犯りたくなってきた。近くにボインちゃん落ちてねぇかな……」

ため息を吐いて外へと足を向けた男子だったが、外から聞こえてくるざわめきに眉を寄せた。

定員をオーバーする人数のグループであった場合。

暗黙の了解は簡単に実力行使で覆される。

上級生と下級生の肉便器を使用していた男子たちも、それぞれの獲物を握って外へと踏み出した。

「言っとくけどな。もうここには、あんまり空きがねぇぞ？」

「あっちゃー……やっぱりかよ。コイツらがトロトロ歩いてやがっからよ」

「ちょっと、勝手に触らないでくれるかな」

「コラー！　みんなに変なコトすると、ダイナマイトパンチしちゃうんだからねー」

伸ばされた手を弾いた女子の後ろでは、ちっちゃな子がピョンピョン跳ねながら激怒している。

「……オイオイ。こいつァ、ずいぶんと大量に釣ってきたじゃねーか」

抜き身の剣を手にした男子三人から先導されていたのは、大荷物を背負っている十二名の女子生徒たちだった。

二十日以上もレイドエリアで生活するつもりなら、食料の持ち込みだけでバッグがいっぱいになる。

「いやいや、これはちょうどええでしょ。いろいろと手間が省けるわ」

基地のグループに新しく三名の男子が追加されれば、男手としてはちょうどいい人数となる。

少しばかり女子の割合が高くなってもローテーションが捗るだけだ。

基地の寝具は二十セット分しかないが、女子を肉布団に勘定すれば収容も許容範囲だ。

食料や女子目的で略奪を仕掛けてくる相手にも、対応可能な戦力になった。

基地をベースとしてセーフティーポイントに引き籠もる生徒にとっては、モンスターの襲撃よりも同じ生徒からの襲撃に注意が必要になる。

極界門を利用したレイドクエスト中は、たとえ死んでも羅城門に戻されることなく、同じ異世界内にランダムポップアップで復活させられる。

更に記憶も保持される仕様だ。

堪えがたい苦痛には、自殺して記憶をリセットする。

当たり前のように選ばれる逃避手段だが、レイドクエスト中に利用することはできない。

モンスターから殺害される苦痛や、食糧が尽きて餓死する記憶は、補習参加者たちの心をへし折るに足りる。

「今回の補習は楽しく過ごせそうだな、オイ」

舌舐めずりした男子が、連行されてきた女子集団を視姦する。

一年生のような初々しさはない、だが擦れきってもいない。

そして全員、充分に可愛らしい。

「ずいぶんと頭の中がピンク色かな。あなたたちの下の世話をするつもりなんてないわ」

女子グループの先頭に立った凛子が腕を組んで男子を睨む。

後ろでピョンピョン猛っている子は、あまり相手にされていないようだ。

「へぇ、勘違いしちゃってる子がいるじゃん。さては、初めての補習クエストかぁ？」

「そーそー。俺らが保護してやるっつってんだよ」

基本的にダンジョン実習で赤点を取るような生徒は、学園の落ちこぼれだ。

良識のある男子や、自己救済できるような女子は、最初からここにはいない。

レイドクエストのような監禁状態での極限空間では、粋がる男子に女子が媚び縋るという状況になりがちだった。

どのみち、いずれかのグループに所属しなければ生き残ることができず、死ぬこともできないのだから。

「いんや？　以前のレイドで見た顔が何人もいるぜ」

「つうか、お前も補習の常連じゃねーかよ。しこたまケツ掘りしてやっただろ？」

凛子の顔を眺めていた男子がニヤリと笑う。

「思い出した。一年時のクラスメートじゃん。お前、毎回赤点で補習だったよな。補習で見っけるたびに粉吹くまでヤッてやったろ。クズ狐のパートナーにされてたから普段ヤレなかったけど、レイドの度に俺のチ〇ポのがイイって喚いてたじゃん」

「覚えてないかな。そんなエノキダケ」

鼻で笑った凛子の眼差しに、顔を引き攣らせた男子が腰に手をやった。

股間のエノキダケを握ったのではなく、腰に下げた得物に手をかけている。

「はぁ……ていうか、やっぱりいないかな。あの子なら目立つと思ったんだけど」

「ほ、他のクエストに行っちゃったんじゃ……」

おずおずと泣きそうな顔をする桃花の隣で、久留美が八重歯を剥いた。

「あの馬鹿。寝坊してサボったんじゃないでしょうね」

「そこまで間抜けなら折檻《せっかん》かな。ま、ココにはいないようだし。他のベースを回ってみましょ」

「……ずいぶんとコケにしてくれちゃってまあ、余裕見せてんのか。コラ」

「オメーらはココで俺らの肉便器になんだよ。アホ言ってねーで、ケツ向けて一列に並びやがれ」

「全員試すだけで一日終わっちまいそうだな。ドレから挿れっかなー」

エノキ呼ばわりされた男子を除き、他の男子は全員ズボンの前を開いてペニスを扱き始めていた。

死と隣り合わせのレイド領域において、一度辿り着いたセーフティーポイントは砂漠のオアシスと同じだ。

離れられるわけがないし、実際に今までならば保護者となる自分たちに逆らえはしないはずだった。

「ん～、コイツら二年だろ？　俺はさっきの一年ちゃんを開発してるわ。あの子マジウブなんだよね」

「おぅ。んじゃ、中の野郎ども呼んできてくれ。輪姦祭りだってな」

「ほうら。お前らはさっさと跪いてチ○ポしゃぶれや！」

「ヤッ……叶馬、くんっ」

手首を掴まれた市湖が悲鳴を上げる。

少しばかりレベルが上がって、新しい戦闘手段を身につけ始めたとしても、今まで言いなりに従っていた記憶が身体を竦ませていた。

「なになに、惚れちゃってる奴が一緒に来てんの？　ヤッベ、滾《たぎ》る！　寝取りシチュ！」

「おうっ、連れてきてくれや。目の前で代わるがわる鳴かせてやっから」

「アンタたち、もー許さないからねー！　召喚、『強化外装骨格《アームドゴーレム》』……」

仲間たちに手を出されてドカーンと爆発した蜜柑が、両手を空に掲げて力を込める。

身構えた男子たちだったが、詠唱ワードが『職人《クラフター》』スキルであるとわかると力を抜いた。

『職人』が呼び出す『強化外装骨格』は、図体がデカイだけの木偶の坊、せいぜいが荷物持ちにしか使えないというのが常識だ。

男子たちも補習クエスト常連な落ちこぼれだったが、それなりに戦闘訓練を積んで場数も踏んでいる。

わざわざ召喚を妨害するまでもない。

ソレが頼みの綱だというなら、目の前でへし折ってやれば従順になるというものだ。

腕組みをした男子たちは、いっそ微笑ましいというくらいの眼差しでちっちゃな召喚者を見守っていた。

＊　＊　＊

さて、どうしたものやら。

腕を組んでため息を吐いたものの、轟々と唸りを上げる風が少しばかり息苦しい。

周囲を見回しても何もないが、見晴らしはいい。

というか、地面すらない。

ダンジョンダイブしたつもりがスカイダイビング。

パラシュートもなく、現在フリーフォール中である。

補習のレイドクエストとやらは、かなり過酷な難易度らしい。

初っ端から全力で殺しにきている。

順番待ちに飽きて自販機にジュースを買いに行っていたら、何故か羅城門ゲートが閉まる寸前だったので慌てて飛び込んだ影響ではないとは思う。

開放されていた順番的に、ここは『轟天の石榴山』レイドなのだろう。

どれくらいの高度から落下しているのかわからないが、眼下に広がるのはジャングルのミニチュアだ。

結構な時間を落下し続けていると思うのだが、不思議と地上との距離が縮まらない感じ。

慌てても仕方ないので買ってきた缶ジュースのプルタブを起こす。

えた。

悲報。

スカイダイビング中は缶ジュースが飲みづらいことが判明。

無重力状態とはまた違うのだが、風圧でぶわーっと飛び散っていく悲しみ。

ストローで吸える紙パックジュースにすれば良かったと後悔。

ヤクルトに吸いつく感じでチュウチュウ吸っていると、何やら鳥さんが近づいてくるのが見えた。

極彩色の羽毛に、たなびく尻尾。

立派な鶏冠《とさか》がバリバリと帯電している模様。

見たことがない鳥さんなので、恐らくモンスターの一種なのだろう。

何よりデカイ。

バサリと広げられた翼開長は三十メートルくらいありそうだ。

情報閲覧《インターフェース》の表示では『百雷鳥《プラズマサンダーバード》』となっている。

しかし、日本産のライチョウはもうちょっと小さかった気がする。

いや、もしかして成長すると、これくらい大きくなるのだろうか。

食い出がありそうだが天然記念物っぽいし、狩ってもいいのだろうかと悩んでいたら、向こうからクチバシを開いて捕食しようとしてきた。

問題なく正当防衛が成立である。

落下中の俺に、真正面から馬鹿正直に突っ込んできた雷鳥のクチバシをダッキングで躱し、髭っぽい羽毛を摑んで首の後ろへ跨がるようにフットロック。

ガラスを割れそうな鳴声を上げ、鶏冠のバリバリ放電が雷鳥全身に広がって白く発光した。

だが生憎、こちらは帯電体質に長年悩まされている一般人だ。

落雷の直撃程度では服が焦げるくらいである。

首元の羽毛に腕を回すと、実際の太さは丸太くらいのサイズであった。

鳥類は羽を毟れば意外とガリなのだ。

食材に感謝の気持ちを忘れずスリーパーホールド。

暴れる暴れる。

最近は筋トレの成果か、全力を出せば鋼鉄の柱もねじ切れる自信があったのだが、なかなかに頑丈な頸骨をしている。

次第に翼のはためきもビクンビクンになってきており、このまま地面に叩きつければ流石に殺せるだろう。

いい感じで大地が近づいてきた。

轟音と供に爆発した地面は、地中貫通爆弾《バンカーバスター》が直撃したような状況になっていた。

すり鉢状に抉れた爆心地の底には、土を被った巨鳥が無惨にも息絶えている。

幸いにもかまぼこ型の兵舎が遮蔽物となり、飛び散った石土や砕けた木々の飛散物による怪我人はいなかった。

男子も女子も、その場にいる全員が腰を抜かしてへたり込んでいたが。

だが、ずるり、ずるり、と心胆を寒からしめる不吉な音が穴の底から響いてくる。

人の背丈ほどもある怪鳥の頭部、人間をひと呑みにできる凶悪なクチバシ、恐怖に硬直した蜜柑たちを映し出したガラスのような狂眼。

男子たちは一目散にベースを捨てて森の中へ逃げ出していた。

危機察知能力は彼らのような三級線ランクほど鍛えられている。

穴の底から這いずり上がった巨鳥の首は、明後日の方向にひん曲がっていた。

「む。蜜柑先輩たちではないですか。どうかしたのですか？」

「あっ、あっ……と、叶馬くん？」

危ういところでお着替えが必要になりかけた蜜柑が、腰を抜かしたまま巨鳥を担いでいる叶馬を指差す。

「……これには深い事情が」

「それって、まさか」

「ええ、あくまでこれは正当防衛なのです。いくら俺でもうまそうだという理由で天然記念物を狩ったりしません」

普段から無口なタイプが多弁になるのは、後ろ暗いことがある故である。

「そうじゃなくて、叶馬くんが空からキョエーって降ってきてドッカーンって」

「高所からの落下については、きちんと受け身を取ればダメージを相殺できます」

「……いろいろと突っ込みどころはあるんだけど。うん、まあ、ちゃんとピンチのときにやってくるヒーローしてくれたかな」

立ち上がってスカートの土ぼこりを叩いた凛子が、叶馬に駆け寄る部員たちに頬を緩ませた。

# 第四十三章　拠点を構築せよ

「まあ、遅刻したのは許してあげようかな」

トテカントテカンと賑やかなバックミュージックを背に、丸太チェアーに腰かけた凛子先輩が丸太デスクに肘をついていた。

椅子も机も、ちゃちゃっと先輩たちが作ったハンドメイド品である。

周囲の木々はすっかり伐採され、ちょっとした広場のようになっている。

広場の中央では梅香先輩が音頭を取って、既に何本もの柱が建てられていた。

梅香先輩の『要塞建築士《インゲニアトール》』は、『職人《クラフター》』系でもかなりのマイナークラスらしい。

比較的メジャーな『建築士《カーペンター》』の亜種というか原型というか、大規模建造物のクリエイトに向いたクラスらしい。

伐採した樹木の製材は部員のみんなが協力して行っている。

『職人』基本スキルの『加工《プロセス》』が使われると、雑木丸太があっという間に板材へと変わっていく。

全員が『強化外装骨格《アームドゴーレム》』を出して作業をしているので、丸太をまとめて運ぶとかいうのも楽勝っぽい。

というか、見る見る小屋らしき建屋ができていくのがすごい。

こうして先輩たちの『強化外装骨格』を改めて見ると、いろいろなタイプがいるのがわかる。

スマートで背が高かったり、首がなくて腕が張り出していたり、ゴリラのように上半身だけ逞しいスタイルだったりといろいろだ。

「聞いてるのかな。叶馬くん？」

「だいたいは」

だが、ちょっと待ってほしい。

合流する約束とか、前もって相談とか聞いていないのですが。

こことは別のレイドクエストに紛れ込んでしまったら、どうするつもりだったのだろう。

同じ麻鷺荘に住んでいるのだから、事前に誘ってくれるか、一緒に行動すれば良かったのではないだろうか。

「……そのつもりだったんだけど、静香ちゃんがね」

「ごめんなさい」

反射的に頭を下げざるを得ない。

俺を補習に行かせまいとする妨害活動に巻き込まれた模様。

「先輩方も全員、赤点でしたか」

「うっ……まあ、そうだけど、何か文句があるのかな？」

「あはは。やっぱり私たちって戦うのはちょっと苦手だからね」

蜜柑先輩が苦笑しながら頬を掻いていた。

上級生のダンジョン実習テストは、一年生とは違っていろいろな試練があると聞く。

相談してもらえればお手伝いしたのだが、もう過ぎた話か。

次のテストでは助力させてもらおう。

今はとりあえず、『轟天の石榴山』クエストを共同攻略だ。

「そういえば、叶馬くんは初めてレイドクエストに参加するのかな？」

「ええ」

「普通にお散歩するみたいな装備でビックリしたよ。叶馬くんには、アレがあるのはわかってるけどね」

空間収納《アイテムボックス》スキルについては、蜜柑先輩たちにも教えてある。

たぶんラノベ的なテンプレスキルだと思ってるのだろう。

使用者からすると、何かちょっと違うような気がするのだが。

それはさておき。

先輩たちが持ち込んだ荷物には、いろいろな生活用品がある模様。

蜜柑先輩がティーポットからマグカップに注いでくれたのは、淹れ立ての紅茶だった。

石を積んだだけには見えない立派な竈は、最初に出来上がってヤカンと鍋が設置されていたりする。

先輩方の生活力が高すぎ問題。

ちなみに、意図せず半壊させてしまった攻略前線基地は、学園の共用施設であったらしい。

歴代のレイド参加者たちが、少しずつ資材を持ち込んで作るそうだ。

そういう基地は他にもいくつかあるそうなので、ひとつくらいぶっ壊しても誤差だと思う。

俺たちは離れた別の地点に、新しい拠点をゼロから建築している。

ＰＫ［パーティーキラー］対策とかいろいろあるらしいので、蜜柑先輩たちにお任せだ。

「モンスターの襲撃より、生徒に襲撃されるほうが厄介だしね。女の子だけのグループだと拉致って強姦しようってグループが絶対くるかな。いや、拠点が侵略されたらそのまま居座って、私たちは性奴隷としてご奉仕を強要されちゃうかな」

なるほど、殲滅せねばならない。

「うん。叶馬くんは独占欲強いもんね。ハーレムを守るために頑張って」

「叶馬くんの、エッチ……」

ニマニマする凛子先輩の隣で、上目遣いになった蜜柑先輩がお顔が真っ赤にされている。

ハーレムの主人というよりも、先輩たちの種馬的扱いになりそうな予感。

蜜柑先輩のエッチ攻撃に視線を逸らすと、周囲は伐採が進んで広場が広がっていた。

何やら岩場から石材を切り出し始めていたりもする。

仮設拠点はログハウス風のコテージみたいな感じで、組み合わされた丸太がどんどん積み重なっていく。

余った木材は先端を尖らせ、拠点を囲うように外向きで杭打ちされていた。

あれは逆茂木《さかもぎ》だろうか。

大型モンスターが突進してきても串刺しにできそう。

先輩方、ちょっと本気を出しすぎだと思う。

「ん～、ちょっとセーフティーポイントから外れてるし。用心に越したことはないかな」

紅茶に口をつけた凛子先輩や蜜柑先輩も、作業をサボっているわけではない。

凛子先輩のゴーレムも蜜柑先輩のゴライアスくんと一緒に、梅香先輩の指示に従ってえっちらおっちらと拠点建築の手伝いをしている。

セミオートマティックみたいな感じなのだろう。

ふたりとも『鍛冶士《ブラックスミス》』に『鑑定士《オーセンティケーター》』という、拠点構築作業には向かないタイプである。

他にも、俺が絞め落とした『百雷鳥《プラズマサンダーバード》』などは、『調理士《シェフ》』の久留美先輩が羽を毟っている最中だ。

こちらもあまりダンジョン攻略には向かないクラスのような気もするが、モンスターの解体や素材獲得能力《ドロップライズ》に優れているという話である。

晩ご飯は鶏肉祭りになりそうなので期待したい。

「おっきいもんね。骨とか羽とか、素材もすっごいレアっぽいから装備もいろいろ作っちゃおうー」

「お肉も大量に確保できたね。燻製にでもして保存できれば食糧問題も解決かな」

スモークチキンとか好物である。

お米や調味料は、先輩たちが手荷物として持ち込んでいるそうだ。

「そういえば、倒したモンスターがクリスタルにならないのですね」

「うん。そっか、叶馬くんは初めてのレイドクエストだもんね！」

ドヤ顔で得意そうに説明を始める蜜柑先輩ウザ可愛い。

先輩アピールができて嬉しいのだろう。

蜜柑語を翻訳しつつお話を拝聴する。

レイドクエストフィールドの場合、通常のダンジョンとはいくつかの設定が異なっているとのことだ。

討伐したモンスターについては、死骸が瘴気に還元せずにそのまま残るそうである。

モンスタークリスタルは還元した瘴気が濃縮結晶化したものなので入手不可。

素材の加工ができない一般生徒には面倒なだけかもしれないが、『職人《クラフター》』系クラスにとってはお宝取り放題のボーナスステージだ。

そして重要なポイントとして、モンスターを倒せば食糧の確保にもなる。

何故重要なのかというと、レイドクエストというのは長期間監禁型ダンジョンダイブになるからだ。

監禁というのはその名の通りで、設定された時間内は外に出ることができない。

死亡からの復活というセーフティーは機能しているものの、復活場所は羅城門ではなく同レイドクエストフィールド内になると。

どういうシステムになっているのかわからないが、復活の際にも記憶の初期化がないそうだ。

これがレイドクエストが嫌がられている、最大の理由らしい。

痛かったり苦しかったりする記憶なら、全部忘れてしまいたいというのが本音だろう。

今回、俺たち補習組に課せられた補習日程は、丸々三日間。

生き残りサバイバルというほど長くはないが、短い時間ではない。

通常の放課後ダンジョンアタックは、最長でも五時間程度なのだから。

「あ。えっとね、それなんだけど……」

蜜柑語の翻訳間違いかと思ったら、凜子先輩を見ても無言で頷いている。

どうにもファンタジーっぽいのだが、レイドクエスト中の時間は地上の時間経過とは異なるそうだ。

『時空圧差』と呼ばれている現象で、授業でも習うらしい。

これはレイドクエストに限った話ではなく、ダンジョンの深層に向かうほど時間の流れが圧縮されていくそうだ。

十階層くらいだと一・一倍程度だが、二十層になれば一・五倍、三十層になれば二倍以上に時間の流れが加速していると。

例えば中で一時間活動して外に出ても、三十分しか経過していないという感じ。

微妙に腕時計の時間が狂っていた原因は、コレっぽい。

深層ほど時差が大きいということは、つまり時差が大きいフィールドに棲息するモンスターほど強力ということになるのか。

「ふむ。『轟天の石榴山』の場合、どれくらいの時差なのでしょうか？」

「うん。えっとね、そのね。九倍っていわれてるの……」

「まぁ、現状学園で確認されてる最大難易度、『極級《アルティメット》』レイドのひとつだからねぇ」

なるほど、わからん。

とりあえず時差が九倍ということは、三日が二十七日まで引き延ばされるということ。

まるで浦島太郎のようだ。

というか、約一か月近くも極限状態で監禁されるとか、余裕で精神に異常をきたすレベルと思われる。

「実際にイッちゃう子も出るかな。一応学園からのお情けで、コレの中に精神安定剤《トランキライザー》という名称で気持ちよくなっちゃうお薬が配布されてるんだけど」

凛子先輩が手にした小さなポシェットは、『轟天の石榴山』に参加する全員に特別配布されたファーストエイドキットだそうだ。

怪我や病気に対する応急処置用、のはずなのだが向精神薬っぽいのが混じってるらしい。

他のレイドクエストに比べ長時間、高難易度のレイドに対する学園の配慮だろう。

何故か俺はもらっていない理不尽。

だが、この手のお薬はダメ、絶対。

「みんなから没取しておいてください」

どんな聖人君子であろうと魔が差すのが人間なので、最初から破棄しておいたほうがいい。

「じゃあ夕食の時にでも回収しようかな。叶馬くんが面倒見てくれるから、こんなの要らないよね」

「叶馬くんのエッチ……」

蜜柑先輩のエッチ攻撃による精神ダメージ。

「のべつ幕なしにセックスされちゃうのかな。全員パンツ穿くなって命令されちゃって、ところ構わずみんなの前でも関係ねーって、片っ端からずぶっずぶって」

建造中のログハウスは屋根にまで到達した模様。

丸太が組み合わさってる角っことか、アルプスの少女感がある。

アームドゴーレムのパワーとマルチハンドは、建築用重機よりも使い勝手が良さそうだ。

杏先輩たちが出来上がった小屋に入って内装の仕上げをするかたわら、梅香先輩は引き続き部屋を拡張するために丸太を組んでいた。

ブロック状に切り出された石材も、丸太の攻性防柵の内側に城壁みたいな感じで積まれていく。

智絵理先輩の『強化外装骨格《アームドゴーレム》』が地面に穴を掘っているのは、もしかして井戸掘りしてるのだろうか。

四角いワンルームの山小屋を想像していたのだが、既にちょっとした要塞である。

「対モンスター、対人用どっちも対策は必要だし？　ああ、心配しなくてもベッドルームはひとつかな」

「はうぅ、叶馬くんエッチすぎ……」

凜子先輩と蜜柑先輩のコラボレーションによりエッチ攻撃がコンボ。

エッチっていう子のほうがエッチなんですー、と反撃して蜜柑先輩をはぅはぅさせたい。

＊　＊　＊

「それじゃあ、拠点の完成を祝して……カンパーイ！」

蜜柑がマグカップを掲げると、円卓を囲んだメンバーが音頭に唱和した。

腕時計の針は、もう晩餐には遅い時刻を指している。

だが、窓から見える空は、この異世界《レイド》に入った当初から変わらぬ夕暮れ色だ。

『轟天の石榴山』では時間が経過しても、昼にも夜にも変わることはない。

例えば、アンデッドモンスターがボスの異世界では永遠の夜が続くように、レイドフィールドでは時間帯や季節がボスに最適化された環境に維持される。

真新しい木の匂いに充たされたリビングルームには、中央に木製の円卓、人数分の椅子は丸太を削って作られた簡易な物が並んでいる。

まだまだ手を入れるところがあるにしろ、雨露をしのげるログハウスに二重の防御壁と、半日と少しでゼロから築き上げたベース拠点だった。

まさにクラフター系クラス集団の真骨頂といえるだろう。

ミネラルウォーターが注がれたマグカップは各自が持ち込んだ代物でも、皿などの備品は現地生産品だ。

テーブルの中央にドンと鎮座している大皿は、久留美の自信作であるタルタルプラズマサンダーバード南蛮である。

野菜類がないので彩りは寂しいが、炊き立てご飯との相性は抜群だった。

彼女たちが持ち込んだのは野戦食《レーション》ではなく、調味料や米、小麦粉といった原材料だ。

自分たちで調理するといった発想は、他のレイド参加者たちにはない。

一般的な参加者が持ち込んでいる食糧は、そのまま食べることのできるレーションだ。

高カロリーで保存性に優れ、調理の手間がかからず簡単に摂取できることを第一としていた。

マズイとはいえないが、決して食べ続けたい味ではない。

余裕がある生徒はハードビスケットに缶詰やレトルトの野戦糧食《コンバットレーション》セットを、懐が寂しい生徒は大量のプロテインバーやインスタントラーメンで鞄を膨らませる。

一応『轟天の石榴山』には多くの可食性モンスターが確認されており、攻略前線基地には井戸も掘られているので自給自足は可能になっている。

仮に食糧が尽きて餓死した場合でも、レイドにログインした状態に復元されて復活《リスポーン》はした。

ただし、もっとも避けたい死に戻りシチュエーションとして知られている。

「わぁ……すっごくおいしい」

幸せそうにカツを頬張る桃花の台詞に、頬を染めた久留美がふんっとそっぽを向く。

他のメンバーも久留美を褒めながら箸が止まらない。

クラスが『調理士《シェフ》』であるとはいえ、スキル一発で自動的に料理は完成しない。

『加熱』『撹拌』『熟成』などの過程をスキルとして簡略化できるだけで、味付けや調理については本人のセンスが必要になってくる。

仲間内での晩餐だったが、やはり騒ぐ者はいなかった。

レイドクエスト中という環境に緊張しているわけではない。

元より『匠工房《アデプトワーカーズ》』時代から、大人しい性格の集団であったのだ。

基本的に内向的なタイプが多く、得意分野には積極的になれるがコミュニケーションは苦手。

ある種の職人体質な彼女たちが『職人《クラフター》』のクラスを得たのは必然だ。

彼女たちも『神匠騎士団《アデプトオーダーズ》』のパワーレベリングで、全員が第二段階クラスにチェンジしていた。

蜜柑：『鍛冶士《ブラックスミス》』
凛子：『鑑定士《オーセンティケーター》』
杏：『裁縫士《ドレスメーカー》』
久留美：『調理士《シェフ》』
桃花：『調合士《ファーマシスト》』

市湖：『彫金士《ホワイトスミス》』
梅香：『要塞建築士《インゲニアトール》』
智絵理：『錬金士《アルケミスト》』
柿音：『機関士《エンジニア》』
朱陽：『植栽士《ガーデナー》』
芽龍：『菓子調理士《パティシエ》』
鬼灯：『調香士《パフューマー》』

現在は十二名それぞれが違うクラスに就いている。

上位クラスへのチェンジがない分、第二段階《セカンド》クラスの種類が多いのが『職人』系と『文官《オフィサー》』系の特徴だ。

第三段階《サード》のクラスカテゴリーは存在しないが、次のクラスチェンジでは新しいセカンドクラスを獲得できる。

「それで、梅っちは大丈夫なの？」

「スキルの使いすぎだから休めば大丈夫。ちょっとばっかし張りきりすぎちゃったみたいかな」

部員の中では活発なタイプになる久留美に、診察した凛子が答える。

情報閲覧《インターフェース》で『ＳＰ』として表示されるポイントが枯渇した影響だった。

叶馬のように直接視認することはできなくても、経験則としてＳＰの存在は知られていた。

ＳＰはスキルの使用で消費したり、モンスターからの攻撃を防ぐバリアとしても使われている。

一般的に学園の生徒からは、魔力やオーラ、マジックポイントなどと呼ばれていた。

消費してもダンジョンの中にいるかぎりゆっくりと回復していくが、一度に大量消費すれば目眩いや倦怠感などのバッドステータスを引き起こすこともあった。

「叶馬くんが付き添ってくれてるから大丈夫だよー」

「それって逆に危なくない？」

「どうなっちゃうのが危ないのかな、っていう話」

「そっ、そんなの決まってるでしょ……」

言葉に詰まった久留美の頬が真っ赤に染まる。

それは久留美だけではなく、円卓を囲んだ全員が同時にだ。

一様に顔を伏せ、気まずそうにチラチラとお互いを確認する。

ビクッと震えたり、はぅ、と声を漏らしそうになった口元を押さえるのも、同じタイミングだ。

「だ、だから……要するに、こうなっちゃうんじゃないかってコト！」

顔を真っ赤にしたままの久留美が握った拳をプルプルさせる。

「あ、あはは……もー、叶馬くんはしょうがない子だなぁ」

「まあ、今更かなっと。どうしても嫌な子は『組合《ギルド》』を解除するってことで」

困ったように照れ笑いする蜜柑と、ニマニマ笑いでテーブルに肘をついた凛子が対照的だった。

「ホント、ちょっと時と場合を考えなさいよ。あのエロ猿……やんっ！」

悪態のついでに可愛らしい嬌声を漏らしてしまった久留美が、机に突っ伏して耳たぶまで真っ赤になる。

そのまま何かを堪えるように、両手の拳をプルプルとさせていた。

『職人《クラフター》』の基本スキルのひとつに、『組合《ギルド》』という永続型の半パッシブスキルがある。

職人同士の情報共有ネットワークリンケージを構成するスキルであり、対象は一対一ではなく複数人数が同時に参加可能だった。

この『組合《ギルド》』ネットワークにより、拠点構築のときのような作業の効率化や情報の共有が図れる。

さらには熟練値ともいうべき感覚の追体験による技能取得、ＥＸＰの分散獲得というクラフタークラスの真髄ともいうべき有用スキルだった。

もっとも彼女たち自身も、『組合《ギルド》』スキルの重要性に気づいてはいない。

『組合《ギルド》』のリンケージとはプライバシーの共有化という意味であり、信頼と親愛がなければ難しい。

実際『匠工房《アデプトワーカーズ》』時代には、彼女たちですら『組合《ギルド》』を使おうとはしなかった。

恩恵が大きいスキルに違いはないが、思春期の彼女たちにはなかなか受け入れがたいペナルティーを伴うのも確かなのだ。

尿意を我慢しているなどという感覚まで共有されるのは羞恥心がかき立てられるだろう。

共有する感覚はある程度任意でコントロールできるが、我を忘れてしまっているような状況では全てが筒抜けになってしまう。

例えば、現在の梅香のように、我を忘れてベッドの上で喘いでいるような状況である。

ただし、『組合《ギルド》』ネットワークの参加不参加については、各自に主導権があった。

シンクロを受け入れたくなければ、いつでもギルドから脱退できる。

お互いを牽制するように視線を交わしている彼女たちは、全員がネットワークをオンにしたままで、その現状もお互いには筒抜けだ。

先抜けのチキンレースではなく、解除していないのは自分だけじゃないという安心感を得ている。

全員が叶馬のパートナーになったものの、人数が人数だ。

個人的なわがままも言いづらいし、お務めにも順番というものがあった。

誰も表だってはいわないが、感覚を共有していれば二日に一度、自分を含めて十二人分もの追体験があったわけで、麻鷺荘に引っ越して以来『組合《ギルド》』ネットワークは構築されたままになっている。

久留美が憤慨しつつもプルプルと何かを堪えているのも、つまりそう云うことだった。

＊＊＊

ほぼ完成している居住施設には生木の香りがしていた。

内部もワンルームではなく、用途別に部屋が分かれている。

俺たちがいるのは寝室だが、流石にまだベッドやタンスなどの家具はない。

「梅香先輩、無理をしてはいけません」

「うぅ。けどね、叶馬くん」

頑張りすぎて、バタンキューしてしまった梅香先輩である。

『要塞建築士《インゲニアトール》』という聞き慣れないレアクラスを持っている梅香先輩だ。

今の状況は、まさに絶好の活躍の機会であることはわかる。

だが、SPを使い果たしてしまい、パタリと倒れ込んだときには焦ってしまった。

基本的にクラフターというクラスは、戦闘でSPが枯渇するほどスキルを使用したりはしない。

そんなスキル酷使に慣れていない先輩が、限界まで頑張ってしまった結果といえる。

「俺だけでなく、みんなも心配しています」

「う、うん。……っていうか、みんな気を使いすぎだよぉ」

他のメンバーは今頃、夕食の席についているはずだ。

決して俺がのけ者にされたわけではない。

できたての料理が冷めるのはもったいないので、先に食べてくれるようにお願いしたのだ。

俺が梅香先輩の付き添いをしているのは、君から認めてもらうために頑張ったんだからちゃんと褒めてあげて、と凛子先輩に後押しされたからである。

今はペラペラな敷布の上に梅香先輩を寝かせて、俺が膝枕をしているスタイル。

俺の膝など寝心地が悪いだろうし、申し訳ない気持ちになってくる。

「うぅん！　全然そんなことないよ。こういうシチュエーションって、ちょっと憧れがあったの」

「然様でしたか」

デヘヘ、と恥ずかしそうに頬笑む梅香先輩が可愛らしい。

額に手を乗せると、んぅ〜っと唸って目を細める。

熱はない、というかSPの枯渇は精神的なものだ。

怠くなるというか、気分が悪くなるというか、体調を崩して発熱したりはしない。

ただ、一気に消耗すれば立ち眩みのような感じで気絶することがある。

そのまま頭を撫でていたら、途中までゴロゴロ甘えていた梅香先輩が不機嫌っぽくなってきた。

「……もしかして、叶馬くんも私のこと子ども扱い、するの？」

「そのようなことは」

普段から元気のいい子なので、やんちゃな妹属性かな、と思わなくもない。

だが、実際は他の先輩メンバーと同じように、女性として扱っているはず。

「ひゃう」

うなじをソッと撫でると、子猫みたいに鳴いた先輩が首を竦めた。

充分に大人の反応なので、大人として扱うことにする。

それに消耗したSPの補充には房中術が効果的だ。

「はぅ……大人扱い、されちゃうの？」

「します」

小振りな乳房を揉んでいる俺の手に、先輩の手が重ねられた。

制服を脱がせても梅香先輩の抵抗はない。

ちゃんと自分から協力までしてくれる。

全裸に剥いた梅香先輩を抱え込み、ダイレクトな部分に指を這わせて準備を整えていった。

最初から身体を開いて受け入れてくれたので、あっという間に蕩けてしまった。

太股に挟まれている俺の手には、梅香先輩の両手が添えられている。

ヌルヌルとした指先が浮き沈みするたびに、少しずつ閉じられていた股が弛んでいく。

指の間にねっとりした糸が絡むようになると、先輩の足は完全に開いていた。

トロンと惚けている梅香先輩のお顔は、完全に大人の牝顔である。

これを子ども扱いするような無粋者はいまい。

「あうぅ、中に、ヌルぅ……って、入って」

「まだ先っちょです」

「ふにゅう。ズルズルぅ……って、奥にゆっくり入って、くる」

唇から舌を出している梅香先輩が、俺の腕を摑んで頭を反らせた。

職人組の先輩たちとは、もう何度も肌を重ねている。

梅香先輩とも当然、麻鷺荘に引っ越してからは夜伽も続けていた。

「はぁ、はぁ……んにゃ、ぁ」

俺を受け入れている先輩は、どこまでも無防備だった。
上に乗っている俺にしがみつき、突き込みのタイミングに合わせて揺すられている。
身を委ねて甘えている仕草が可愛らしい。
「はふぅ、ぐりゅって中で硬いのが、回転して」
先輩の片足を抱えて背後に回った。
スタイルとしては背面側位というやつだ。
フルフルと揺れている乳房を揉みながら、太股を抱え込む。
火照った梅香先輩の身体が、俺の動きに合わせて柔らかく踊っている。
弾む尻肉はとても心地よいクッションだ。
焦らずにじっくりと気を高めていく。
そうやって互いの波長を合わせながら、肉の交わりに別の意味を加えていくのだ。
とはいえ、俺もそこまで自分の性情をコントロールはできない。
肉の快感に流されている自覚がある。
そして、俺以上に流されているのが梅香先輩だった。
休まず叩き込んでいる腰使いに、先輩は今にも昇天しそうになっていた。
「ぁ、だめ……おっきいの、くる。みんなに、伝わっちゃ、あうッ！」
梅香先輩の臀部がビクビクッと痙攣した。
とても気持ちよさそうに達した先輩に、ここで残念なお知らせが。

房中術によるSPチャージは、供給側が精を注がなければ成立しません。

「あっ、だめぇ。イッてる、まだイッてるからぁ」

こちらにも都合があるので。

大人の女性として包容力を期待します。

＊＊＊

さて、レイドクエスト二日目だ。

とは言っても、あまり朝っぽい気分にはなれないが。

「ふう」

昨日、智絵理先輩が掘っていた穴に真新しい木桶を落とすと、パシャンという水音が聞こえた。

底を覗き込むと水面が見えるので、地下水の水位は高いようだ。

穴の周囲は土壁っぽく見えるが崩れる様子はない。

掘削と同時に何らかのスキルで固めてあるのだろう。

桶を引っ張り上げると、中の水はまだかなり濁っていた。

久留美先輩あたりなら浄水できるスキルを使えると思うが、顔を洗う程度なら問題ない。

おもむろに全裸になって洗顔行水。

昨夜は汗だくになってしまったので、身を清めるのがエチケット。

時計が示す時間は早朝になっているのに、相も変わらぬ夕暮れ空が気持ち悪い。

生活パターンを守らないと早々に体調が崩れてしまいそうだ。

軽くストレッチをして身体をほぐす。

覚悟も決められぬままスタートしてしまったレイドクエスト。

これだけ長時間のダンジョンダイブは初めての経験だ。

幸いにも夜襲はなかったが、先輩たちを守るためにも気を引き締めて臨むべき。

にゃんにゃんがにゃんにゃんにゃんしてにゃんにゃんにゃんするようなエンドレスミッドナイトは慎んだほうがよいのではなかろうか。

昨夜は結局、みんなが合流して一緒の部屋で寝ることになった。

すると当然のように肌を重ね合わせることに。

ひとりで終わるはずもなく、次々と入れ替わって、という流れ。

いや、先輩たちも極限状態にストレスを感じているのだろう。

健全な青少年として応えるのが甲斐性。

ただ、みんなからパンツを渡されても、扱いに困る。

特殊な健康法でも試されるのだろうか。

とりあえず空間収納《アイテムボックス》で保管しているが、雪ちゃんも扱いに困ると思う。

「よし」

程よく身体がほぐれてきたところで、防御柵の回りをランニング。

資材として伐採されたスペースは見晴らしがよく、拠点からの監視にちょうどいい。

ただ、切り株から生えた新芽が、もう小枝になっていたりする。

植物がおかしいのか、ダンジョンの土壌がおかしいのか、どちらにしろ普通ではない。

ついでに朝食の足しにするべく獲物を探してみる。

タンポポの綿毛みたいに膨らんだリスっぽい何かとか、二足歩行でヒタヒタヒタと横切っていくアザラシっぽい謎の小動物やらはあんまりおいしくなさそう。

脅威度が低そうな手合いだが、モンスターの一種なのだろうか。

情報閲覧《インターフェース》ではどっちも『Ｎｕｌｌ《ヌル》』と表示されている。

ちょっとガッしてみるかなと手を伸ばしたら、リスっぽいのがブワッと膨らんでふわふわ空へと逃げていった。

すぐにでっかいムカデとトンボを足して割ったみたいな奴がスーッと飛んできて捕食していく。

一応、食物連鎖らしきものがある模様。

三メートルくらいの長さがある、節足タイプのムカデトンボだ。

昆虫食は女子ウケしない気もする。

ガチガチと牙を鳴らして飛んできたムカデトンボに、白い霧のような物が絡みついた。

木々をへし折りながら森の奥から出てきたのは、腹部だけで軽トラサイズの蜘蛛っぽい何かだった。

射出された糸に絡みつかれたムカデトンボが、あっという間に引き寄せられて蜘蛛っぽい奴にブチブチと食い千切られる。

頭部は牛っぽく、身体はタランチュラみたいな感じ。

草食動物っぽい顔をしている癖に雑食な蜘蛛である。

こいつには『牛鬼』という名称がついていた。

モゥモゥと涎を垂らしながら寄ってきたので、有無をいわさずシャイニングウィザードで首を折った。

コツは斜め上へ、抉り込むように膝をブチ込むことだ。

蜘蛛は茹でると蟹みたいな感じでイケルし、ビーフっぽくてもそれはそれでうまそう。

竈場まで引き摺っていったら、朝食の準備をしていた久留美先輩から悲鳴をいただいてしまった。

＊＊＊

異世界《レイド》『轟天の石榴山』攻略前線基地ナンバー㈿。

レイド内時間で二日目にもなると、参加者の多くは拠点まで辿り着いていた。

事前のオリエンテーションでも各レイドの攻略状況や、内部拠点の説明はされている。

これが初めてのレイドクエストとなる一年生にとっては必須の情報だ。

だが、何度も補習を経験しているような上級生には今更だった。

レイドインすると真っ先に基地へと向かい、自分の席を主張する。

そして、手慰みとなる性奴隷を確保する。

その後は、安全地帯である基地に引き籠もったまま補習期間を満喫した。

レイドに監禁される補習クエストも、慣れてしまえばバカンス気分の小旅行になる。

「あッ、あッ、あッ」

ガシガシと貪るように腰を打ちつけてくる男子の下で、ベッドの支柱を摑んだ女子が首を左右に振っていた。

『発情《ラット》』と『誘惑《テンプテーション》』は『遊び人《ニート》』系上位クラス、『男娼《エルフ》』と『娼婦《ニンフ》』共通の定番セックススキルコンボだ。

まだ学園に染まっていない一年生の女子であっても、簡単に牝犬になった。

発育のいい乳房が弾み、掲げ上げられた足がプラプラと揺れる。

「あッ、あッ、あッ」

リズミカルに搾り出される喘ぎ声は、他のベッドで犯されている少女たちとアンサンブルになっていた。

厩舎に流れているのは、ただ発情した動物が盛っている鳴き声だ。

すえた臭いの充満する閉鎖空間で、汗だくで腰を振っていた男子が呻いた。

仰け反って股間を押しつけながら欲望の塊を注ぎ込んでいく。

脈動の余韻が終わるまで膣内に留まってから、精子に塗れたペニスを穴から引っこ抜いた。

精子塗れの穴と、勃起し続けている肉棒から、むわっと臭い湯気が上がっていた。

隣のベッドでも終わらない交尾が続いている。

強力な『オークの媚薬《ラブポ》』を投与されたロリータ体型の女子は、関取のごとき巨体の男子に跨がっている。

「はぅ…あぅ…はぅ」

ラブポーションを膣粘膜に塗り込まれた瞬間から、羞恥と拒絶の意思は吹っ飛んでいた。

小振りな尻を両手で鷲づかみにされ、力任せにぐしゅぐしゅと上下に振られている。

オナホールのように尻を使われながら、舌を出してアヘ顔を晒していた。

いやらしく弛んだ顔の男子は、自分も媚薬の影響を受けながら延々とペニスを勃起させていた。

どのベッドでも、ベッドではない場所でも、行われているのは性行為だ。

肉体が活性化するダンジョンの中では、性欲も昂ぶる。

特に補習を受けるような落ちこぼれは、ダンジョン深層にも等しい極級レイドの環境に慣れていない。

昂ぶるテンションのまま本能を暴走させていた。

「おおぅ……いいぜ、お前。おフェラ上手だな」

「んぅ、ちゅ……ちゅるる」

奥のスペースに陣取っている男子は、跪いた女子三人にペニスを舐めさせていた。

ふたりが左右から肉棒を舐め上げ、ひとりは先端に吸いついている。

褒められたのは亀頭を咥えている少女だった。

唇で先端の括れを吸引し、口内では鈴口に舌をねじ込んでいる。

「お前は俺のフェラ専用だ。ケツに挿れてる時以外は、俺のチ〇ポをしゃぶってろ。いいな？」

トロンとした目付きの少女が、咥えたまま器用に頷いている。

基地の男子メンバー全員から輪姦されているより、リーダーの男子ひとりから独占されているほうが楽だった。

「おら、ご褒美だ。ケツを向けて掲げろ」

人間が集団になれば、自然とヒエラルキーによるカーストが生まれる。

レベルとクラス、戦闘能力によって、自然と格付けがされていた。

学園の教室と同じように、ここでもカーストの上位者は全てを独占できる。

下位者に命令し、食料を献上させ、気に入った女も好きに扱える。

この基地における上位者は三人の男子だった。

優男の『女衒《インキュバス》』、関取の『凶戦士《ベルセルク》』、そして特徴のない『遊撃手《パルチザン》』の男子だ。

「そろそろ腹が減ってきたなぁ」

「ンっ、あっ、あっ」

床に手足ついて腰を掲げた女子は、ベッドに腰かけた男子の股座で尻を弾ませていた。

今更、準備も前戯もない。

基地に連行された女子は、ほぼ絶え間なく男子メンバーから輪姦されている。

絶え間なく注入される精気に、飽和状態となった肉体は強制発情を続けていた。

男子と同じようにイッても鎮静することなく、絶えず肉の疼きが下腹部を炙っている。

何度射精されても勃起は弛まず、少女の尻も動きを止められない。

「えーっと、今は何時だっけ？」

「知らんわな。そもそも次は朝飯だっけ、昼飯かな」

優男は赤毛少女のポニーテールを手綱のように掴み、背後から腰をパンパンと打ちつけている。

彼は基地にいる女子八名を、ひとりずつローテーションで交尾していた。

「つーか、腹が減らなくなる草とか、吸う？」

優男が咥えているのは、現地調達した紙巻きタバコだ。

毒を分泌するモンスターや、ダンジョンに植生する未知の植物については、とりあえず吸ってみよう、という生徒有志による実体験情報が共有されていた。

裏ＢＢＳにも専用スレが存在している。

大半の書き込みが「死んだｗ」や「ＰＴＭによるとブッ飛びすぎて脱糞したらしいｗ」などのカオスなスレッドである。

かなりアレな連中の巣窟であったが、妙なプライドを拗らせており、死に戻りによる人体実験は自分を使うのを鉄則にしている。

「要らんわ。それって餓死草《ハッピーデッド》だろ」

「そうイエス。他にも混ぜてるオリジナルブレンドだぜ」

「草を食って飛ぶのは卒業したんだよ。身体に悪いし、健康的なセックスで充分飛べるし」

「女衒《おれ》からすれば、飯を食うのも牝をコマすのも変わんねぇけどな」

スパァン、と尻を鳴らされたポニテ少女が、頭を反らしてオルガズムする。

「まあ、んでも何か食っとかないとマズイか。おーい、そこでマスかいている一年コンビ」

「ういっす！」

「は、はいっ」

優男が声をかけたのは、兵舎の入口すぐを使っていた一年生の男子たちだ。

この基地ではヒエラルキーの最下位になる。

彼らに監禁されている女子を使う権利はない。

たまにお情けで回されてくる女子を共有しているくらいだ。

「お前ら適当に、なんか食える物を採ってこい。石榴山は食える果実がいっぱいあるからよ」

「えっ、でも、まだレーションは」

「了解しました。俺ら二名、食料調達に行ってきまっす！」

元気のいい返事をした男子が、口ごもったほうの腕を引っ張った。

「おーう。役に立ったら、また女を回してやるからな」

「あざっす」

「途中で女を拾ったらちゃんと保護してこいよ」

ペコペコと頭を下げながら兵舎の外へと出た。

「なんなんだよ、し」

「おっと、誰が聞いてるのかわからねーんだから名前はいうな。先輩たちだって禁句にしてんだろ。後腐れなくレイドを楽しむためのルールみてーなもんだぜ」

「……わかったよ。はぁ、なんで俺たちが補習レイドなんかに」

「馬鹿、教えてやっただろ。レイドクエストってのはうまいんだよ。何もしなくても参加するだけでレベルが上がるんだ。寮の先輩から聞いたんだから間違いねーよ」

「だったら、自分だけ来れば良かっただろ」

じっとりとした視線を向けられたほうは、顔を逸らして口笛を吹いた。

心細いとか、死なば諸共《もろとも》とか、だいたいそういう感じの理由である。

クラスメートで普段からパーティーを組んでいる悪友の性格は、彼も理解していた。

パーティーの女子メンバーを巻き込まなかった分だけ、良心が残っているのだろう。

「んじゃ宝探しに行こうぜ！　うろついてる女子を見つけたら、その場でお楽しみだぜ」

「いや、俺は、そういうの」

「おいおい。今更だろ、偽善者ぶるなっての」

＊　＊　＊

新しく設置された石窯から、パンの焼ける香ばしい匂いがしてくる。

火入れのついでに焼かれた試作パンをもらったが、皮がパリパリの中がモチモチであった。

どうして焼きたてのパンはこんなにおいしいのか。

何人かでキャッキャとパン生地を捏ねているのが微笑ましい。

かと思うと、柵の中の地面を耕した朱陽先輩が、種まきした場所にジョウロで水を撒いていたりする。

無理をしないように約束させた梅香先輩は、さっそく拠点の増築を再開していた。

たぶん、梅香先輩が一番ヤル気にあふれている。

頑張りすぎるようなら強制的に休ませなければならないだろう。

久留美先輩と桃花先輩は燻製室を作っていた。

サバイバル二日目だというのに、拠点がどんどん充実していく。

みんな手際がいい。

普段よりも生き生きとしている感じ。

無人島とかに行っても生きていけそう。

「そういうのも楽しそうだねっ」

「叶馬くんのハーレム建国宣言かな？　じゃあ将来の選択肢のひとつで」

「無人島って、買うといくらくらいするんだろ……」

「日本じゃなくて海外でもいいんじゃないかな」

野外の作業用テーブルに陣取っている蜜柑先輩と凛子先輩が、妙に前向きだった。

テーブルの上に乗っているのは、パーツごとに分解された肉塊、というかモンスターの生体器官らしき素材だ。

解体の腕がいいのか、それほどグロテスクという感じはしない。

生臭さもなく、シリコン製の玩具っぽい。

どうやら『百雷鳥』と『牛鬼』の残飯らしい。

「残飯って……。えっとね、モンスターは食用がメインじゃないと思うんだ」

「然様で」

「ご馳走様した後に見せられた牛鬼には、騙されたって思ったかな」

ステーキに蟹スキという、ヘビーな朝食であった。

とてもおいしかったです。

脚が蟹で、腹部がビーフとか、もはや食用に飼育するべきご馳走モンスター。

肉は熟成させせないとおいしくないのだが、久留美先輩が『熟成《エイジング》』というスキルを使っていた。

戦闘の役には立たないとか謙遜していたが、超有用なスキルだと思う。

少なくとも俺の『椅子の脚を折る』スキルよりずっと使える。

「うん。でも、コレはすごいわ。両方とも見たことすらなかったけど、本当ならどれだけ深層にいるモンスターなのかな」

「単独で完結してる器官みたいだし、コレだけでマジックアイテムみたいな物だよ。名前をつけるなら『能力器官《スキルオーガン》』だね」

「うん。こんなすごい素材を百パー確保できるなんて、こんなチャンス滅多にない……のが普通なのよ？　叶馬くん」

凛子先輩がさり気なく俺をディスる。

俺の場合、空間収納《アイテムボックス》スキルを使った裏技っぽいテクニックが使えるのだ。

殺害したモンスターが瘴気に還元する前に、死骸を空間収納《アイテムボックス》に放り込むのである。

実は動いている状態でも放り込めるのだが、雪ちゃんから怒られるので禁じ手にしている。

ただ問題なのは、モンスターが瘴気に還元しないということは、ＥＸＰも稼げないということだ。

このクエストは先輩たちのレベリングにちょうどいいと思ったのだが残念だ。

「たしかにレベルは上げられないけど、パワーアップはできるかも？」

ニヤリと頬笑んだ凛子先輩が、筒状のぷにぷにした謎パーツを手に取った。

『鑑定士《オーセンティケーター》』クラスの目には、どのような情報が視えているのだろうか。

「ちょっと細かい作業をしたいから、叶馬くんは少しだけ自重しててね」

「何のことでしょう？」

恥ずかしそうな蜜柑先輩にセクハラ攻撃を敢行。

あーとか、うーとか可愛らしいエモーションを堪能する。

実際の作業中に悪戯するほど意地悪ではないので安心なさってほしい。

「叶馬くん、普通に仕事中でも悪戯してくるでしょ。朝ご飯作ってるクルミちゃんにバックアタックしたり、寝過ごしちゃってたカキネちゃんにお目覚めアタックしたり、水汲みしてたメロンちゃんを青空アタックとか。午前中だけで全員に種付けアタックする勢いかな」

「叶馬くんのエッチ……」

悪戯が全部ばれてしまっている模様。

そして久留美先輩と芽龍先輩はともかく、柿音先輩は仕事中と言っていいのか微妙。

一応弁明を許していただけるのならば、先輩たちの謎ブームであるノーパンティースタイルが原因だと思われる。

チラリズムというか、ノーパンを意識して恥じらっている仕草が俺に効きます。

「……効果は抜群かなっと」

「と、とにかく！　手元が狂っちゃうから悪戯はダメなんだからねっ」

蜜柑先輩の厳重注意をいただいたので、しばらく他の先輩たちの手伝いに回ったほうがよさげ。

「えっと、だからぁ……他の子に悪戯されちゃってもビクってなっちゃうんだってば」

「んーぅむ。みんな抜けるどころか、逆に『組合《ギルド》』の結束力がすんごい高まっちゃってるんだよねー……。今は寝るときもみんな一緒だし、もう開き直っちゃった感じかな？」

よくわからないが悪戯は自重しなければ駄目っぽい。

「まー、ちょっと狩りにでも行ってて。できれば牛鬼っていうモンスターの、お尻の部分を採ってきてほしいかな」

「えっと、無理はしないでね」

「帰ってきたら、またみんなのコト好きにしてイイよ？」

先輩たちを残していくのは不安なのだが、安全を確保する意味でも拠点の周囲をクリアする必要があるか。

# 第四十四章　バージョンアップ

白いふたつの膨らみは白桃のようだった。

その谷間になっている割れ目から、ヌルッとペニスが引き抜かれる。

初々しい果実は、まだ男慣れしていない一年生の尻だ。

捕獲された一年生の女子生徒は、石榴の木にしがみついたままじっと堪えていた。

「うし、イク、イクッ……はぁ。もう、大丈夫だからな。俺たちが保護してやるから」

肉棒の先っちょだけを膣口に填め直し、根元を自分で扱いている男子が腰を震わせていた。

物足りないし、ヤリ足らなかったが順番がつかえていた。

すぐさまふたり目の斥候メンバーが、野良女子の尻を抱えて腰を振り始めていた。

「この様子じゃ、まだまだ野良がいそうだな」

「まーな。さっきの半壊してたベースの件もあるし。絶対いるっしょ」

「この子みたいな一年生て、初めてのレイドでどうしていいか、わからんらしいぞ。なんかその場でじっとしてたっぽい」

ジャンケンで一番乗りを済ませた男子が、倒木に腰かけたままペニスを勃起させ続けている。

彼らが属する攻略前線基地では女子の数が不足していた。

斥候＋食料調達に出されるような下っ端までは、なかなか順番が回ってこなかった。

欲求不満の男子三人組がフリーの迷子を発見したら、当然こうなる。

「おっおっ、おおっ。出る、出そうだ」

「はい乙。つかみんなハエーな。おいこら、イッちまったのわかってんだからいつまでも腰振っててんじゃねぇ。替われ」

三人組は一年生のクラスメート同士で、当然レイドクエストも初参加になる。

だが、既にどっぷりと学園の流儀に染まっていた。

出会って即、投薬《ラブポ》をキめられた女子は、背後から抱き締められて尻をパンパン打ち貫かれる感触に舌を出してアへり始めていた。

「かーわいいねぇ。コレ絶対に先輩に持ってかれますわ。マンマンもスンゲー締まるぅ」

ヤリ下げられて回ってくる基地の性奴女子に比べれば、とても新鮮な味わいだ。

ブラウスも脱がせて乳房を揉み、背後から押しつけた腰をグリグリと旋回させた。

「獲物を狩ってレイプしまくりとか、エロFPSゲームみてぇでガチ昂奮するんですけど」

「わかるわかる」

「ほっ、ほっ、ほっ」

石榴の木に手をついた女子は、腰が浮くような突き上げに膝をガクつかせる。

獲物として捕獲され、捕獲された直後にレイプされるような扱いでも、ひとりで森を彷徨っているよりは救いがあった。

絶対に敵わないモンスターから逃げ回ってサバイバルをするより、はるかにマシだ。

「ひっ、ひっ、ひっ」

「気持ちイイ？　俺のチ○ポ気持ちイイ？」

「ひイっ」

「あーいく、イキそ。ヤッべ」

オッパイを揉みながら背中に抱きつき、逃げられない体勢にしてから射精のカウントダウンを始める。

「チ○ポ溶ける、あー、イク、イッくぞー」

ぶびゅぶびゅと接合部から音が漏れるほど、大量の精子が注入されていく。

「あー駄目だ、我慢できねー。悪い、このままもう一発ヤラせてくれ」

「いいんじゃね。急いで基地に戻る意味もないだろ。俺も後三発くらいやっとく」

「連れてく必要ってあるか？　俺たちでこっそり囲っておくのもアリだろ」

「野営させるのはかわいそうだろ。いや、でも先輩たちからセックス漬けにされるよりマシ、かなぁ」

自分たちが楽しむ算段をしている彼らは忘れていた。

ここが通常ダンジョンの中よりも危険な、異世界《レイド》であることを。

「！　ヤバ……クソ、マジヤバイ、お前ら動くな」

物音に振り返った男子が硬直していた。

放たれた警告に、前後から女子を挟んでいた男子ふたりも動きを止める。

遠く、地響きのような振動。

木々がへし折られる悲鳴に、欠ける並木。

倒木の影に身を隠すように伏せた彼らは、木々の隙間から赤と黒が斑《まだら》になった巨体を覗き見ていた。

八本の節足、膨らんだ腹部、牛のようにも見える頭部。

そこに愛嬌はなく、まるで悪夢から抜け出した戯画《カリカチュア》だ。

トラックに匹敵するような巨体から放たれるプレッシャーは、それだけで状態異常を引き起こすレベルだった。

ただ怖ろしい。

歯が鳴るのを、必死に食い縛って堪える。

女子が真っ先にプレッシャーで気絶したのは、彼らにとっても幸いなことだった。

おぞましい異形の化け物は、日本ダンジョン独特の『妖怪』と呼ばれるカテゴリーのモンスターだ。

モンスター『牛鬼』は、彼らの存在に気づかなかったわけではない。

排除するほどの脅威でもなく、餌にするには『格《レベル》』が低すぎる、ただの羽虫として無視されただけだ。

「……ヤッベヤッベ。なんだよありゃあ」

「洒落になんねー。ヤバすぎだろ、このレイドクエスト」

「ゲームならクソゲ認定の難易度だっつーの」

ミシミシ、ベキベキと森が踏みにじられていく響きに、踞っている彼らが唾を呑む。

圧倒的な『格《レベル》』の差、即ち世界に影響を与え得る『存在力』の違いを、生物としての本能が悟っていた。

すぐ側にある、死の恐怖そのもの。

生存本能に直結した性衝動が、縮こまったペニスをバネ仕掛けのように勃起させる。

身を伏せた時に抱え込んでいた女体へと、反射的に肉棒をねじ込んだ。

びくっと震えた女子の口が開いたが、掌で塞いで昆虫のように腰を振りまくる。

背後からずり寄ったもうひとりの男子も、女子の尻肉を剥いて後ろの穴へと物を突っ込んだ。

端から見れば滑稽な逃避行動でも、本人たちは恐怖から逃れようと必死になっていた。

だが故に、彼らはソレには気づかなかった。

重なり合う石榴の枝の上、すぅ、と滑るように空を飛ぶ人影に。

周囲を真っ白に染めた閃光。

地響きを伴う轟音。

そのまま失神した彼らが覚えているのは、そのふたつだけだった。

＊＊＊

拠点周辺の威力偵察では特に問題がなかった。

食用になりそうなモンスターはいたが、脅威となりそうなエネミーモンスターは見当たらず。

撲殺したりヘソスナッチで倒した食用モンスターは全部、空間収納《アイテムボックス》行きだ。

残念なのはチキンカツの食材が襲ってこなかったことだ。

たぶんレア食材だったのだろう。

一応、学園が設置したという拠点も何か所か見つけた。

アーミーの前線基地っぽい感じが無骨で格好良かったが、恐らく先輩たちが建てた拠点のほうが快適だと思う。

パトロールはこれくらいでいいか。

もやっと雲に乗ったまま、俺たちの拠点へと引き返した。

帰還したときに先輩たちが何か言いたそうな顔をしていたが、乗りたいならひとりずつでお願いしたい。

浮力はあるが足場が狭いのだ。

GPを注ぎ込めばもっとデカイ雲になりそうな気がするものの、安全面からみんな一緒は危ないと思います。

先輩たちはまだ空を飛べないので、雲から足を滑らせたら大変である。

「じゃじゃーん！　新しい武装が完成したよー」

蜜柑先輩がちっちゃなお胸を張ってお出迎え。

指を指しているのはずんぐりむっくりなゴライアスくんではなく、スマートなフォルムをした『強化外装骨格《アームドゴーレム》』のアテルイだ。

ロボットというより、甲冑を着たサイボークといった立ち姿。

このアテルイ君は凛子先輩のアームドゴーレムである。

名前をつけることにより存在が安定するらしく、先輩たちのゴーレムには全部名前が付けられている。

「……うん。イケル、かな。ちゃんと融合してる。違和感はないね」

凛子先輩が自分の左腕を前方に突き出す。

指を開いたり手首を捻ったりすると、背後に立っているアテルイ君も動作をトレースする。

『強化外装骨格』のオプション装備インストールに関しては、蜜柑先輩と凛子先輩が自分たちを使って検証をしている。

他の部員メンバーに対しては、成果のフィードバックを提供する形だ。

ふたりの責任感は尊敬に値する。

「スパイダーネット射出」

地面と水平にレフトアームを伸ばし、手の甲を見せるように手首を捻る。

手甲部分がグバッと開閉して射出口となり、白い霧のような糸がバシュッと飛びだした。

散弾銃のバックショットのように、放射線状に広がったのは糸で編まれた網だ。

カカシ人形に絡みついた網の根元は、アテルイ君の左手に繋がっている。

糸は粘ついているのか、結構しっかりとくっついている感じ。

強度もあるらしく、アテルイ君が引っ張るとカカシ人形の根元がへし折れた。

アテルイ君側で糸をパージすれば、投網として行動阻害目的にも使えそうだ。

どうやら『牛鬼』の蜘蛛糸を放つ器官をインストールした模様。

「アームドゴーレムにはスピードが足りないけど、パワーは充分にあるもんね。モンスターを足止めしちゃえれば戦える、はず！」

これは先輩たちのような『職人《クラフター》』クラスにとって新機軸になるだろう。

続けて突き出した拳に、ググッと力を込めた凛子先輩が指を開いた。

「プラズマディスチャージっ」

バリバリとアーク放電するアテルイ君の腕が発光し、スパイダーネットを伝ってカカシ人形を感電させていた。

これは『百雷鳥《プラズマサンダーバード》』の発電器官だろう。

「おー」

黒焦げになったカカシ人形が発火して煙を上げていた。

必殺技のようなコンボ攻撃がスタイリッシュ。

ただ、アテルイ君のＳＰがごそっと減少しているので連発はできない模様。

「どーお。ビックリした？」

ドヤ顔でムッフーしている蜜柑先輩ウザラブリー。

モンスターの生体器官をゴーレムに取り込んで特殊能力を発動させる。

蜜柑先輩が『能力器官《スキルオーガン》』と名づけていたが、ぴったりの名称だと思う。

「ふぅ……。プラズマ発生器官はギリギリ発動できる感じかな。本当ならもっと威力を上げられるんだろうけど」

「能力の起動はゴーレムのエネルギーを消費しちゃうもんね」

それはモンスターが特殊能力を使うときも同じなのだろう。

強力なモンスターの器官を組み込んでも、ゴーレムに発動させるだけの燃料がなければ使えないということか。


狩ってきたモンスターを空間収納《アイテムボックス》から出したら、邪魔になると久留美先輩から怒られた。

『牛鬼』の他にも『山颪《やまおろし》』やら『野槌《のづち》』やら『婆沙婆沙《ばさばさ》』などが採れている。

どいつもこれまで見たことがない、少しばかり毛色の違ったモンスターだ。

何というか、ネーミングからして和風っぽい。

『山嵐』はハリネズミというかヤマアラシというか、全身に棘を生やしたモンスターだ。

『野槌』は口しかない太っちょな蛇みたいな奴で、苔やら蔦やらと同化していた。

『婆沙婆沙』はバサバサ翼を動かしながら、森の中を疾走していた鳥だ。

飛べよ、と突っ込んだら火を噴いてきたのでニワトリじゃないと思う。

こいつらがみんなラージサイズなのだ。

というか、ラージサイズのモンスターしかいない感じ。

蜜柑先輩のゴライアスくんよりふた回りくらいデカイ。

ミニサイズの謎生物も棲息しているようだが、だいたい『Null《ヌル》』だった。

そんな獲物を朱陽先輩の畑の側に並べたら、ログハウスの屋根よりも高く積み上がってしまった。

たしかに邪魔だと思う。

モンスターの死骸が消えないのも善し悪しだ。

こういうモンスターの解体に関しては『調理士《シェフ》』の久留美先輩が一番得意らしい。

皮剥から部位の切り分けまで、あっという間に熟してしまう。

ただ、食事の支度も久留美先輩が中心になっているので負担が大きい。

「もっ、ホントに、忙しいのにっ……。アタシばっかりねちっこくぅ、この馬鹿ぁ。淫獣ぅ」

これは悪戯ではなくて慰労だ。

昨日ダウンしてしまった梅香先輩もそうだが、みんな責任感が強くて限界まで頑張ってしまうのだ。

強引に作業を中断させてレッツご休憩。

お姫様抱っこで生木の匂いがする仮設倉庫へとご招待だ。

今のところ消費より供給量のほうが圧倒的に多いので、未加工状態の素材や食材が山積みになっている。

「やぁ、抱っこでいきなりぃ……！」

久留美先輩は言動が一致しない『誘い受け』というタイプらしい。

なので、基本的には無理矢理スタイルでスタート。

最初の頃、拒否される度に諦めていたら、久留美先輩と仲のいい桃花先輩や杏先輩から怒られた。

なんでも自己嫌悪で落ち込んでてかわいそうだから、ちゃんと空気を読んで襲わなきゃダメとのこと。

朴念仁な俺に、女心を察しろといわれても無理です。

仮設倉庫は杭打ちした丸太で囲まれただけの青空スペースだ、
立ったままズボンを降ろし、正面から抱っこした久留美先輩をユサユサと揺する。

両方の太股を小脇に抱えて、完全に抱き上げている。

こちらの首に手を回してしがみついてる久留美先輩は、安定のイヤイヤっぷり。

このレイプごっこみたいな無理矢理感が、俺の男心をくすぐるのは事実。

朝一でお尻フリフリお料理している久留美先輩に、毎度野獣のごとくバックアタックしてしまうのも已むを得ない。

レイドクエスト中は毎朝の日課になりそう。

「へんたい、へんたい、へんたいィ……」

思春期の男子と一緒にいるのに、ノーパン制服という誘惑スタイルをしているほうが変態です。

そうネチネチと言葉責めすると、耳たぶまで真っ赤になる久留美先輩であった。

これで明日もノーパンだったら、心置きなくモーニング合体を続行だ。

ググッと中で反り返った陰茎の先っぽに、唇を噛んで仰け反る先輩が愛らしい。

小振りだが引き締まった臀部を両手で鷲づかみ、奥から入口にかけてねっとりストローク。

ゆっくりと愉しみながらタイミングを計り、ワンツーフィニッシュ。

腰の後に両足をクロスさせ、ぎゅぎゅーっとしがみついている。

うーってしながらくっついたままの久留美先輩を、しばしイチャイチャとあやしていた。

＊＊＊

「あ、……はぅー…」

横倒しにしただけの丸太椅子の上で、太腿を捩り合わせていた智絵理が脱力する。

スカートの奥、今は全員がノーパンツ状態の股間は、触れてもいないのにぐっしょりと茹だっていた。

隠しようもない芳香として漂うツンとした性臭も、みんなが同じであれば恥ずかしいという気持ちも薄れる。

隣で座っていた柿音も机に突っ伏し、どこか見えない場所で達した久留美のオルガズムを追体験してピクピクと痙攣している。

深い位置まで貫通している逞しい肉棒は、実際には存在していないのに感触だけがしっかりと下腹部に感じられていた。

これは今現在、『組合《ギルド》』スキルに参加している久留美が、膣に受け入れているペニスの感触だった。

その感覚を共有しているのだ。

「……はぁ」

ぽーっと余韻に浸っていた柿音が顔を上げる。

テーブルの上に乗っているのは、極彩色のナマモノであるモンスターの素材だった。

腑分けされた素材は処理済みになっており、グロテスクさはない。

『錬金士《アルケミスト》』の智絵理が素材を錬成して、『機関士《エンジニア》』の柿音が『強化外装骨格《アームドゴーレム》』用に調整して最適化する。

モンスターの素材を彼女たちが加工して、能力器官《スキルオーガン》として調整していた。

まだ未知の技術であったが、彼女たちは嬉々として試行錯誤を続けていた。

だが、現状は少しばかり作業が滞ってはいる。

「あ、っ」

中から肉棒を引っ張り出される感触に、柿音の股間が開く。

がに股になって抜かれていく感覚を味わい、幻覚のペニスが抜け出た後もヒクヒクと余韻でアソコを痙攣させる。

伝達されてくる共有感覚は一〇〇パーセントではなかったが、それだけでオルガズムに達するくらいには快感だった。

智絵理と柿音は何となく顔を見合わせ、照れの入った気まずい笑みを見せ合った。

乱交やスワッピングなど、今までの学園生活で慣れさせられてしまった彼女たちだ。

だが、自分から望んで叶馬に可愛がってもらうのは、何故か少しだけ恥ずかしかった。

叶馬に甘えている様子を、余すところなく仲間たちに知られるのは恥ずかしい。

恥ずかしくても、共有の輪から抜けるつもりはなかった。

自分の浅ましい姿をみんなに知られるのと同じく、みんなの幸せをお裾分けされている。

ひとりの男をシェアしている自分たちにとって、これほど都合のいい状態はなかった。

これでメンバーの誰かが見知らぬ男に身体を委ねるようなら、その不快感は堪えられなかったはずだ。

だが、今の状況は堪えるようなものではなく、みんなが望んで感覚の共有を深めていた。

「……ひゃ」

隣の部屋で夕食の下拵えをしていた、芽龍の悲鳴が聞こえてくる。

だが、智絵理が感じたのは、期待と甘酸っぱさが入り混じった感覚だ。

拒絶する感覚など、これっぽっちも伝わってこない。

柿音も同じように机へ突っ伏し、同時に椅子の上で尻を震わせる。

今度は後ろから挿入された幻覚ペニスの感触に、尻をもじらせて自然と股が開いていた。

ズルッと奥まで割り入ってくる肉棒は、久留美の肉体で受ける感触とは異なっていた。

膣の中を内側から押し開かれていく感触は、それぞれが異なっており新鮮に感じられる。

彼女たちは芽龍と一緒に叶馬を受け入れる。

受け入れている身体は別でも、智絵理たちには連続でセックスをされているのに等しい。

あっという間に馴染んだ性器が、ずくずくと掻き回されている感触が伝達される。

それはそうだろうと智絵理も思う。

今ここに叶馬がやってきて自分の尻へ挿入しても、きっとこれ以上ないくらいに準備はできている。

むしろ、そうなってほしい。

直接、生で挿入されたほうが、もっと気持ちよくなれる。

「あ、叶馬くんは……本当に絶倫、だね」

「う、うん。そうだね……あっ」

ギルドの共有深度が、また少し深まっていった。

溺れた者が藁にも縋るように、彼女たちは仲間と叶馬に縋っている。

この拠点は彼女たちにとって、誰にも邪魔されない望みのパライソだった。

## EXミッション：レイダーデイズ

さて、『轟天の石榴山』に来てから体感時間でそろそろ一週間か。

空が夕暮れのまま変化しないので、実に時間の変化がわかりづらい。

ホームシックになるほど柔な神経はしていないが、地上にいる静香たちが心配だ。

いや、静香だけだな。

海春《みはる》夏海コンビや沙姫は問題ないだろうし、誠一と麻衣のバカップルも勝手にやっているだろう。

静香は精神的に不安定というか、かなり追い詰められていた。

だがまあ、地上時間ではまだ一日も経過していないはず。

時間の流れが違うと聞けばファンタジーに思えるが、実際は科学的にもありふれた現象らしい。

光速に近づくほど、その物体の時間は遅くなるというやつだ。

『ウラシマ効果』だったろうか。

過去の時間に戻るのは無理でも、未来の時間には飛べるという感じ。

原理については理解できんが。

補習を受けることになった俺が悪いので、お土産でも持ち帰って機嫌を取ることにしよう。

クエスト期間は残り二十日ほど。

先輩たちが建造している砦は、もはや要塞になりつつある。

まず周りは丸太杭の防壁で囲われ、外側には先っちょを尖らせた逆茂木《さかもぎ》が並び、手前には空堀が掘ってある。

もう少し深く掘ると水が出そうだが、意外と地盤が硬かったらしい。

異世界《レイド》の構成物質は『格』が高いほどに頑丈だとか。

砦の中央にはログハウスの母屋があり、リビングや食堂や寝室もここにある。

後は別棟のログハウス小屋に、食料貯蔵庫や燻製室と、工作室もできたばかりだ。

先輩たちはサボったり休もうとは考えないらしい。

今も現在進行形で新しい何かが作製されている。

決して俺が働かせているわけではなく、逆に限界を超えて倒れないように見守っているくらいだ。

先輩たちはこういうＤＩＹ的なクラフト作業が楽しいのだと思う。

水を得た魚のように活動を続けていた。

「ふん。暇してるみたいじゃない。これでも踏んでなさいよね」

リビングの丸太ベンチに座ってお茶を飲んでいたら、キッチンで作業していた久留美先輩に怪しい袋を渡された。

暇というか、そろそろパトロールに行こうと考えていました。

日に何度か、拠点周囲のパトロールも続けている。

流石に一週間も続けると、拠点の周囲からはモンスターが駆逐されてしまった。

またしばらくすると湧いてくると思うのだが、ここ数日はモンスターの襲撃も途切れている。

「あ、ちゃんと靴は脱ぎなさいよ。袋には入れてあるけど食べ物なんだから」

「これは？」

麻袋の中にはビニールで包まれた白い物体があった。

「お昼ご飯のウドン生地よ。コシのあるウドンが食べたかったら、せいぜい頑張って踏むことね。ふふん」

環境が落ち着いたからだろうか。

ツンの薄れた久留美先輩が、可愛らしい笑みを浮かべていた。

「な、なによ！　そのレイプしてやろうって目は。け、ケダモノっ」

「誤解が遺憾です」

微笑ましい感じで見守る眼差しは、どうやら俺には無理らしい。

いや、これも久留美先輩による、誘い受けのサインだろうか。

エプロンを押さえて、うーっと睨んでくる久留美先輩は明らかに期待しておられる、気がする。

「……なるほど。ウドンを足踏みで捏ねる場合、より重量があったほうがいい、と」

「な、何のこと、ひゃあ！」

まずは抱っこする。

ふたり分の体重、とはいえ久留美先輩は軽いものだ。

真っ赤になっている先輩の耳元に囁いた。

「火の始末は」

「……今は、へーき、だけど」

ログハウスなので竈の火は適切に管理しなければならない。

俺の不注意で火事になってしまったら、先輩たちに申し訳が立たない。

「私を、お、犯すつもりなの？」

「はい」

まあ、犯すというか、レイドインしてからは先輩たちとのパンパンフェスティバルが開幕されているのですが。

久留美先輩とも当然、毎日致しております。

他のメンバーと比較して回数が多かったりもします。

今朝も炊事場でパンパンしている。

今もこうして抱え込んで身体に触れていても逃げたりはしない。

「ひゃ、ぅ」

生地を踏まねばならぬので、体位は駅弁にならざるを得ない。

肩に手を乗せてくる久留美先輩の尻を、下から掲げ持つようにして正面から。

「……えっ、あっ。ま、待って」

トロンとした目をしていた久留美先輩が、我に返ったように慌てていた。

「ここでお預けは俺もキツイのですが」

「あ、後で好きなだけさせてあげるわよ。って何を言わせるのよ、馬鹿！　こんなコトしてる場合じゃないの。拠点が襲撃されてるみたいなの！」

「むっ」

言質は頂戴しておくとして、外で騒ぎが起きたらしい。

ログハウスから出ると、外で作業していた先輩たちがアワアワとパニックになっていた。

牛鬼でも突っ込んできたのだろうか。

「や、もう馬鹿っ。降ろしなさいよ」

「失敬」

俺の背中に手を回して、ギュッとしがみついている久留美先輩が訴えてくるが、安全確認が優先だ。

重さなどないに等しいので気にしないでほしい。

「蜜柑先輩。何があったのですか？」

「あっ、叶馬くん！」

「来たね。でも、まずはクルミちゃんを降ろしてくれるかな。今は、ほら、アレだから」

物見櫓《ものみやぐら》には蜜柑先輩と凜子先輩が上《のぼ》っていた。

櫓の上からは丸太防壁越しに、周囲の伐採された空き地を見渡すことができる。

まだ、幸いにも防壁は突破されていないようだ。

「……うぅ、ゴメン。リンゴ、なるべく抑えようと思ったんだけど」

「大丈夫。クルミちゃんが悪くないのはわかってるかな。ほとんど伝わってこなかったし」

「それで、襲撃してきたモンスターはどこに？」

周囲の森にも空にも、モンスターの影は見えなかった。

ジトッとした目を向けてきた凜子先輩がため息を漏らす。

「頬っぺたを抓ってあげたいところだけど、今はそれどころじゃないかな」

「えっとね、あのね。襲ってきたのはモンスターじゃないの」

困ったような顔をしている蜜柑先輩に首を傾げて見せた。

「一度下に降りようか。しばらく戻って来ないと思うし。たぶんあれは威力偵察だったんじゃないかな」

「ならば相手は」

「うん。襲撃してきたのは人間。同じ補習クエストの参加者かな」

＊　＊　＊

攻略前線基地ナンバーⅣ《フォー》。

その兵舎の扉前には、竈やテーブルなどの野営セットが設置されていた。

それらは代々の利用者が残していった物だ。

もっとも椅子やテーブルなどは、倒木を適当に切って並べてあるだけだった。

「それで、どうだったんだよ？　マジで人工物だったのか」

「ああ、見間違いじゃねーよ。ここよりデカくて立派な基地だったぜ」

偵察から帰ってきたばかりの男子が首肯する。

「学園が新しい基地を作ったとか、そんな情報なかったんだけど」

「嫌な予感がするなぁ。それって作ったんじゃなくて、自然に発生したんじゃない？」

「おいおい、石榴山はずっと昔から『王権《ダイアデム》』型レイドだぜ。『伝承《レジェンド》』や『付喪《レガリア》』タイプじゃないんだからよ」

疑っているのはレイド慣れしている上級生メンバーだ。

異世界《レイド》の仕組みも理解しており、それなりに場数も踏んでいる。

だからこそ、それがクラフター集団によって建造された一夜城であるとは思いもしない。

「そんなことより、そこには先客がいたんだろ？」

「ああ、それも確認してきたぜ。ちょっとばかし強めにノックしたら、慌てたカワイコちゃんたちがワラワラと顔を出してきたからな」

ニヤッと笑う男子の顔は、とても下卑ていた。

そして他のメンバーも同じ笑みを浮かべている。

「いいじゃねぇか。狭苦しい缶詰生活にはうんざりしてたところだ」

「そろそろコイツらにも飽きてきたしさぁ」

彼らの足下には、それぞれに全裸の女子が跪いていた。

彼女たちは座っている男子の股間に顔を埋めてペニスに吸いついている。

初日から延々と淫行に使われている彼女たちは、流されるまま肉欲に溺れ続けていた。

「んぅ、ぷはぁ……」

頭に乗せられていた手で顔を上げさせられる女子は、口の中でしゃぶっていた肉棒を吐き出す。

そして、男子の股の間でもそもそと後ろを向き、臀部を掲げてみせた。

命令されるまでもない。

今までずっと兵舎の中で、たまに外に連れ出される間も、ずっと淫行は続けられていた。

口でしゃぶるか、手や乳で扱くか、尻を使われているか。

相手を問わず、入れ替わり立ち替わりで誰かに使用されていた。

「その新しい基地と、ついでに囲ってる女たちも、まとめていただいちまおうぜ」

「女房と畳は新しいほうがいいって言うしな」

そう言った別の男子も、しゃぶらせていた女子の尻を抱えてパンパンと腰を振っている。

女房扱いされた女子は、開いている唇から舌を出してアヘっていた。

朝起きたら男子をフェラチオで起こし、そのまま尻へと生挿れ生出しされる。

朝食の後は昼までセックス、昼食の後は夕方までセックス、夕食の後は寝るまでセックス。

その間にも抱かれる相手は次々と入れ替わる。

寝床では抱き枕として使われ、寝ている間も自重しない男子メンバーから自由に交尾される。

そんな生活を一週間ほど続けている彼女たちは、既に考えることを止めていた。

「まさかとは思うけど、その基地を使ってる奴らって、レイドの攻略組じゃねーよな？」

「ないない。極級の石榴山をガチ攻略しようなんて倶楽部はないだろ。それに今は補習クエスト中だぜ」

「そりゃそうだ。とりあえず、襲撃の準備は念入りにしとこうぜ」

補習クエスト参加者である以上、自分たちと同じようなレベルであることに間違いはない。

同じクエストに参加しているレイダー同士の小競り合いも、珍しいものではなかった。

むしろ長丁場のクエストではちょうどいい暇潰しになる。

補習クエストの常連からすれば、対人戦闘も陣取りゲーム感覚だ。

久しぶりに装備を身につけた彼らが、出発前に基地を振り返った。

「んじゃ、留守は任せたぜ。女どもは一応いつもどおりに洗っておけよ。また使うかもしれねーからな」

「好きにヤッてもいいが、襲ってくる連中がいたら死ぬ気で守れよ」

実際、留守を任せる一年生コンビが対処できるとは思っていない。

奪われたら奪い返すだけだ。

「は、はい」

「了解っす！　先輩たちも頑張ってくださいっ」

食料調達から食事の準備など、雑用に使われていたふたりだ。

先輩たちの姿が森の中に消えると、ひとりがため息を吐いて椅子に腰かける。

もうひとりはさっそく全裸になると、井戸から水を汲み上げていた。

「おい、何をボーッとしてんだよ。せっかく許可されたんだから、さっさとおっ始めようぜ！」

「お前はホント元気だよな……」

桶を抱えた一年生は、全裸で放置されている女子メンバーに舌舐めずりする。

先輩メンバーが戻ってくるまで、女子全員とヤル気マンマンになっていた。

まずは犯られていたポーズのまま、四つん這いで尻を掲げている女子の臀部に水をかけた。

「ん……あっ」

「おらっ、俺のブラシで中までゴシゴシしてやっからな」

冷たい感触に呻き声を漏らす女子にボディーソープを塗り、素手でマッサージするように尻肉を揉んでいた。

「お～おう。一日中ヤラれてるだけあって、中がトロトロに茹だってやがるぜ」

「ん、あ、ぁんぅ」

「後がつかえてんだからサクッと種付けしてやるぜ。散々エロいセックスを見せつけやがって。溜ってんだよ、こっちは」

家畜を洗浄するように臀部を水洗いし、膣の中も肉ブラシで掻き出してから自分の子種を再注入する。

「お前も早く……って、何だよ。おしゃぶりのほうが好きだってか？」

「ち、違うってば。これは彼女のほうから咥えてきたっていう」

「今更カマトトぶるなよ、このムッツリスケベが」

ふたり目の女子を泡立てながら、ニヤニヤと笑う一年生が股間を反り返らせている。

「うっし。あ〜、ツルッと入るわ。コイツも弛ガバのトロマンになってんじゃん。もうマジでアイツら帰ってこなくていいわ。人使い荒いし、ウゼーしな」

＊　＊　＊

緊急会議ということで、全員がログハウスのリビングに集合だ。

だが、人数が欠けている。

「杏先輩と桃花先輩は、どちらに？」

不安そうな顔をしている先輩たちに問いかけた。

その中で、落ち着こうと胸に手を当ててる蜜柑先輩が教えてくれた。

「えっとね。杏ちゃんと桃ちゃんは、拠点の外まで採取に出てるの」

「ちょっとタイミングが悪かったかな。でも、帰還の合図は出してるから、すぐに戻ってくるはず」

そういえば、拠点周囲のモンスターは掃除したと伝えたばかりだった。

一声かけてくれれば護衛したのだが。

「そんなに心配しなくても大丈夫かな。ふたりとも無事だって、私たちにはわかってるから」

苦い笑みを浮かべている凛子先輩が、変な含みのある言葉で保証してくれた。

疑うわけではないが、帰りが遅くなるようなら捜しに行こう。

今は先に、これからの方針について定めておくべき。

団体行動においては、情報共有と意思統一が大切だと思う。

「それで、襲撃してきた相手についてですが」

「うん。見張りをしていたのは鬼灯ちゃんだったんだけど……」

蜜柑先輩と同じくらいに小柄な鬼灯先輩は、顔を真っ青にして震えていた。

部員メンバーの中でも、特にナイーブな先輩さんなのだ。

放っておくと倒れてしまいそうだったので、肩を支えながら頭をポンポンと優しく撫でた。

俺がこのような真似をすると、だいたいにおいて恐怖されるか、泣き出すかのパターンではあった。

だが、何故か懐いてくれている鬼灯先輩は、ぽてっと額を俺の胸に押しつけてくる。

目を閉じてグリグリと額を擦りつけている仕草は子猫のようだ。

他の先輩たちも目を閉じて、首を左右に振っているのが謎。

「それで」

「あ、うん。えーっと、最初は、たぶんだけど魔法スキルみたいなのを撃ち込まれたんだって」

ふむ、問答無用の先制攻撃か。

戦術的は正しいが、こちらも問答無用で相手を殲滅する理由ができた。

やったことはやり返されるのが道理だ。

闘争におけるルールとは、即ち自分を守るための制約でもある。

「森の中に隠れてて近づいてこなかったみたいだけど、人影らしきものは確認できたみたいかな。まあ、モンスターならそのまま突っ込んでくるだろうし、様子見して一度退くなんてのは人間で間違いないと思うかな」

「なるほど。確認なのですが」

ダンジョンの中で生徒同士の争い、対人戦闘やパーティーｖｓパーティーのバトルが稀によくあるとは聞いていた。

だが、俺はまだダンジョンで他の生徒に遭遇したことがなかった。

特殊なレイドという環境だが、初めてのパターンになる。

「……そうだね。生徒同士の争いは珍しくないかな。今回みたいな補習クエストはともかく、普通のレイド攻略は早い者勝ちの競争だしね。実際にバトルが殺し合いになることもあるかな」

越えてはならない一線を越えてしまうのは、ダンジョンと死に戻りシステムの影響だろうか。

人を傷つける行為や、殺害への忌避感が薄れているのだろう。

「すぐに攻めてくると思う。目的は私たちが作った砦の略奪と……ついでに私たち自身かな」

俺の胸に寄りかかったまま、ぽーっとしていた鬼灯先輩がビクッとする。

先輩たち自身とは、つまりそういうことだろう。

「それは、許される行為なので？」

「許されるも何も。咎める人はいないし、助けてくれる人だっていなかった」

話をしているのは凛子先輩だけであったが、他のみんなも同じ表情をしていた。

やるせない、だが諦めるしかない、そういう顔だ。

「特別な『力』も『後ろ盾』もない私たちが、今までどういう目に遭ってきたのか。叶馬くんには最初に説明したよね。あれは嘘でも冗談でもない。ただ、本当にあったことで、この学園では当たり前のこと」

「……なるほど」

「それで、叶馬くんはどうするつもりかな？　私たちのことが面倒になったのなら、ここに放置したまま逃げ出すのもアリだよ。私たちも別に拷問とかされるわけじゃないし、地上に戻ったら身体には傷ひとつだって残らないしね」

身体には残らなくても、心には傷跡が残る。

それは先輩だけでなく、俺の精神にも取り返しのつかない損傷を負わせる。

まあ、そんなあり得ない妄想で俺を試すのは止めてほしい。

鬼灯先輩とか、俺の服をギュッと握り締めてプルプルと震えているので。

「では。遠慮は無用で」

「っ……そ、そっか。うん。別に叶馬くんを恨むことはないよ」

凛子先輩がハキハキとした言葉遣いになっている時点で、かなり無理をして取り繕っているとわかります。

それに、ここで先輩たちを見捨てて逃亡など、己の金玉をもぎ取って然るべき所業。

「遠慮は無用です。敵は全て、殲滅しましょう」

「えっ、あっ、叶馬、くん？」

「――いいのです。やり返してもいいのです。それは圧倒的に正しいことなのです。やられたらやり返す、やったらやり返される、それでいい。それが正しい。報復とは、誰が相手でも、どんな時代でも世界でも、誰にも奪えない正統な権利だ」

ポカンとした顔の凛子先輩、蜜柑先輩、他の先輩もみんなぼう然としていた。

長文をしゃべると自分でも途中で意味がわからなくなる。

だが、伝えたいことはシンプルに、最初のひと言だけ。

いいのだ。

我慢しなくてもいいのだ。

先輩だけが我慢して、ただ理不尽を堪える必要などないのだ。

誰かの帳尻合わせのために、先輩たちが踏みにじられる側にならなくともいいのだ。

報復が過ちだと教えられてきたのなら、俺がその批判を踏みにじろう。

報復が過ちだというのなら、ヘラヘラと笑いながら甘んじて踏みにじられるがいい。

俺が認めよう、彼女たちの正しき報復を。

「え、あれ……？　なんで、私こんな」

目尻を拭っているのは凛子先輩だけではなかった。

くっ、何故か泣かせてしまった。

誠一にでも見られたら、トントンとステップを踏みながらハッハッと俺をディスってきたに違いない。

「と、叶馬くん……本当に、いいの？　やっちゃっても、本当に私たちがやり返しちゃってもいいの？」

ダウナーが入っている先輩たちの中で、ひとりだけ目をキラキラさせているのは梅香先輩だった。

職人組メンバーは内気属性なタイプが多いので、梅香先輩の元気の良さは眩しいくらいだ。

そして、まだ長い付き合いとはいえないが、いろいろとやらかしている姿も拝見している。

凛子先輩曰く、トラブルメーカーの素質があるらしい。

少し危険な予感がしたが、男に二言はないのだ。

「はい。俺が許可します」

「あ……そうなんだ。やっちゃっても、いいんだ」

しみじみと呟いた梅香先輩が、椅子の上でくったりと脱力する。

「では、襲撃されたときの迎撃について」

「あっ！　待って、叶馬くんっ」

ホワイトボードが欲しいと考えていたら、ビクッとした蜜柑先輩が悲鳴のような声をあげた。

アワアワと慌てている様子は可愛らしい。

いや、他のメンバーもスイッチが入ったようにアワアワし始めたので、みんなまとめて可愛らしいが。

「ど、どうしよう。杏ちゃんと桃ちゃんが、捕まっちゃった！」

＊　＊　＊

「もたもたしてねーでちゃんと歩けよ」

「いやっ」

「やめて、ください」

「おいおい。ケツ引っぱたいただけでピーピー喚くんじゃねーよ。お嬢様か、テメェら」

石榴の生い茂る原生林に道はない。

藪を掻き分けながら彼らの基地へと向かっていた。

パーティー構成は男子が八名に、彼らから囲まれるように連行されている女子がふたりだ。

新しい拠点を占領するべく遠征にきていた彼らだが、予想以上に頑丈そうな防壁と防衛施設に尻込みをしていた。

そもそも彼らの目的は略奪行為であり、戦い自体は好きでも得意でもない。

苦労や痛い思いをするくらいなら、あっさりと掌を返して逃げ出し、それを気に病むこともない。

補習を課せられるような生徒は、そういうタイプの人種だった。

遠目に要塞を眺めながら顔を突き合わせ、これは諦めて帰るか、と相談しているところに獲物が転がり込んできたのだ。

「しかし、なんだこりゃ？　棒切れに葉っぱに、蜘蛛か何かの糸か？」

「バックに入ってるのはゴミばっかだな。苔とか土は食えないだろ、流石によ」

『裁縫士《ドレスメーカー》』の杏や、『調合士《ファーマシスト》』の桃花には貴重な素材だった。

極級ランク《レイド》の異世界は彼女たちにとって、レア素材の宝庫だ。

我慢できずに拠点の外へ出てしまったのは、少し浮かれている気持ちもあったのだろう。

合図を受け取って拠点へと向かっていた杏と桃花は、運悪く略奪者のグループに捕獲されてしまった。

「俺たちの基地に戻ったら、じっくりと聞かせてもらうぜ。お前らの飼い主と戦力についてな」

「そんなに睨むなよ。俺らは紳士だから暴力を振るったりしねーぜ」

ニヤニヤと笑っている彼らを、杏と桃花は震えながら睨みつけていた。

それは拒絶の意思だ。

たとえ嫌なことがあっても、目を背けて我慢する。

嫌なことを押しつけられても、頭を垂れてやり過ごす。

現実を見ないようにすれば、つらいことを認めなければ、自分は傷つかない。

そう思い込まなければ、弱者に優しくない学園生活を耐えられなかった。

だけど、言ってくれたのだ。

それは違うと、教えてくれたのだ。

抵抗してもいいのだと、我慢する必要はないのだと。

その場所にいなかった自分に、その『言《こと》の葉《は》』は聞こえない。

そのはずだった。

自分たちを繋いでいる『組合《ギルド》』スキルの共有感覚は、それほど強力でも便利なものでもない。

感覚や情感が伝わってくる程度のシンクロだ。

それ以上先に進んでしまえば、自分という個性《パーソナリティー》が融合して自我を保てなくなる。

それでもはっきりと聞こえたのだ。

初めて好きになれた人の声が。

それは例えるなら、空から聞こえてくる『託宣』のように。

「面倒臭ぇな～。とっとと犯っちまおうぜ」

舌舐めずりをする男子を、別の男子が制止する。

「……まあ、焦るなって。素直じゃない女を歌わせるには段取りってのが大事なんだよ。あんまりイジメすぎて逃げられても困るしな」

「ハッ。コイツらに自殺する根性はないだろ」

アンデッドシステムの影響下であれば、自殺でも死に戻りは機能する。

レイドクエスト中であれば、ランダム地点での復活となり脱出の手段にもなる。

記憶の初期化もない以上、死に際の痛みや恐怖も持ち越しだ。

少なくとも彼らが基地で飼っているような、現状を当たり前として受け入れている女子が選べる手段ではない。

だが、杏と桃花のふたりからは、それをやりかねない雰囲気を感じたのだ。

「任せとけって。特製のヤツがあるんだよ。一発でブッ飛べるブレンドだぜ」

「ちゃんと加減はしろよ。ぶっ壊れたらヤッてても面白くねーからな」

彼女たちを戦利品で、ただの玩具としか考えていない。

もしも強引に犯されることになったら、杏も桃花もギルドから脱退することを覚悟していた。

不愉快な感覚を、大切な仲間に伝えることはできない。

いざとなったら覚悟している手段であったが、今はまだ共有を解除しない。

自分たちを繋いでいる『糸』は、居場所を伝えるための目印になる。

そして死に戻りを選ぶことも、まだできない。

仲間に死を疑似体験させるわけにはいかないし、ギルドから抜けてランダム地点へと飛ばされたら、恐らく合流することはできなくなるのだから。


攻略前線基地ナンバーⅣ。

木々に埋もれた兵舎は森に溶け込みカモフラージュになっていた。

「ちょっとばかし、コイツらを監視しておけ。なに、すぐ戻るからよ」

「牝どもは中に入れてあるんだろうな？」

基地に到着した彼らは、留守を任せていた一年生コンビに声をかけた。

労いの言葉もなく、虜囚も装備も放りだして兵舎へと入っていった。

目的は性欲の発散だ。

これから始まる尋問でヤリ過ぎないため、適度にヌイておく必要があった。

いや、実際には理由などどうでもよく、遠征中に溜ったムラムラを手っ取り早くヌクためだ。

開けっ放しの扉から、すぐにいくつもの喘ぎ声が響いてきた。

「チッ、あっさり帰ってきやがったぜ。ヘタレ連中が」

「お、おい。聞こえたらマズイって」

ヘコヘコと頭を下げて出迎えていた一年生が悪態を吐き、もう片方がなだめている。

お互い性格は違っていても、友人と呼べる関係に違いはない。

「んだよ。こっちはお楽しみの最中だったんだぜ。ずらっと並べてケツを向けさせた女によ、こっちに突っ込んでパンパン、あっちに突っ込んでパンパンって鳴かせて、ハーレムコンサートを堪能してたってのによ」

「……いや、ホントマジで羨ましい性格してるよ」

「カマトトぶるなっての。お前だってパコってただろうが」

「いや、こういう学園だってのは知ってたから。うん、はぁ……」

「へへっ。このレイドに参加して正解だったろ？　俺ら一年はまだ学園のしきたりをわかってねーからな。こうやって経験を積んでって、俺らのクラスにいる女子もまとめて食ってやろうぜ」

「な、何を言ってんだよ？」

「トロトロしてると他の連中から持って行かれちまうからな。さっさと唾つけて、ヤリ倒して、パートナーにしちまうんだよ」

口ごもった彼の頭に浮かんだのは、パーティーを組んでいるクラスメートの女子三人だ。

それぞれに違ったタイプの可愛らしい少女たちだった。

教室にいる彼女たちの姿と、この兵舎で犯されている女子たちの姿を重ねることは難しい。

いや、正直にいえば、想像したくなかったのだ。

「つーか、もうクラスの女も何人かヤッてるぜ。ひとり落とせば、後は芋づる式で釣れるし」

「もういいってば」

ため息を吐いた彼が手を掲げる。

悪友ほどアグレッシブにはなれそうもなかった。

「チッ。帰ったらお前にも紹介してやろうと思ったけど、止めた」

「おい、どこに行くんだよ?」

「ションベンしてくる。見張りなんかひとりでも充分だろ」

彼はしばらく前から、ふらりと姿を消してサボるようになっていた。

変に真面目なところのある自分には真似できない自由さ。

それを羨ましいと思う。

またため息を吐いた彼は、もぞもぞと動いて移動している物体に気づいた。

基地の先輩たちが拉致してきた、ふたりの女子生徒だ。

手足を縄で縛られ、猿轡も填められている。

そんな状態でもお互いを庇いながら、芋虫のように地面を這って逃げようとしていた。

その必死な姿は、無様とも惨めとも、彼には思えなかった。

「あっ……その、あの」

彼の役割は、彼女たちの監視だ。

見逃すわけにはいかない、本来ならば。

「ごめんなさい。縄は解けないけど……」

「……ぷは」

呼吸の苦しそうなふたりから猿轡を外していた。

だが、引き摺って元の場所に戻したりはしない。

中途半端な良心と罪悪感は、まだ彼が学園に染まりきっていない証しだった。

結果的にその優柔不断が、彼を地獄から逃がしたことになるのだろう。

「えっと、俺も小便にいってくるから、その、そういうことで」

杏と桃花のふたりに、彼の葛藤などわからなかった。

自分たちを拉致した一味の、見張りが立ち去った。

それで充分だ。

「……杏ちゃん、今のうちに」

「う、うん。チャンスだよ、桃ちゃん」

猿轡《さるぐつわ》で口を塞がれていたのには理由がある。

超常の能力であるスキルを発動させるには、トリガーワードの発声が必須だといわれているからだ。

「あ、アームド……」

「おいおい。あの餓鬼ども、どこに行きやがった？」

のそりと兵舎から男子が顔を出したのは、まるで見えていたようなタイミングだった。

彼が特別に早漏というわけでもない。

「あン、あン、あっ、あっ、あっ、あっ」

全裸の女子を腰の前に据えつけ、今も尻にパンパンと腰を打ちつけている。

彼のクラス『強盗《ローグ》』のパッシブスキル、『無作為な幸運《セレンディピティ》』の囁きだった。

はっきりとした予知とは違うが、地味に助けられてきた予感だ。

だが、今回彼が感じたのは、ゾッとするような悪寒だった。

まるで致命的なミスをしてしまったような、そんな取り返しのつかなさ。

案の定、逃げ出そうとしていたふたりに安堵し、軽々と貫いている女子を抱えたままヌコヌコと近寄っていく。

「……駄目だろう？　もうちょっと大人しく待ってろよ。いい子にしてたら、お前らもコイツみたいに気持ちよくなるだけのメスにしてやるから」

芋虫になっているふたりの前にしゃがみ込むと、舌を出して喘いでいる女子の顔も晒される。

「ひっ」

「あ、やあ」

何も考えていない、与えられている快感に陶酔しているだけの、幸せそうな蕩け顔。

杏と桃花が顔を逸らしたのは、彼女の姿が今までの自分とダブったからだ。

「仕方ねーな。逃げられても困るし、少しばかり辛抱堪らなくなるヤツを使ってやるよ。ほら、わかるだろ？　オーク印のラブポーションだ。俺らがヤッてる間、オナニーもできねー状態で悶え苦しんでろ」

「や、やだ」

「やめ、触らないでくださいっ」

「ハッ、ハハハハッ！　なんだよお前ら、ノーパンじゃねーか。悪い悪い、ヤル気マンマンだったんだな！　でも焦らしやがった罰だ。ラブポをアソコに塗られたままアヘ狂ってろ」

スカートを捲られたふたりに、素早くラブポーションが塗り込まれた。

その間中も彼のペニスは、抱えている女子の尻から抜けていなかった。

「よーしよし。お前らのオナニーショーを見ながら、コイツのケツで抜きまくるか。お、そうだ。最初に我慢できなくなったほうとヤッてやるぜ。もう片方はお預けだからな」

楽しい余興を思いついたとばかりに、外のベンチで腰を降ろした。

「ツマラねーから簡単に落ちるんじゃねーぞ。ハハッ。おーい、お前ら出てこいよ！　面白ぇゲームを始めるぞ」

「なんなんだよ、つーか何やってんだよ」

「つたく、もう二、三発ヤルまで待ってろって」

楽しそうな呼び声に応えて、兵舎の中からカップルが出てくる。

全員が肉体的に結合している男女ペアだ。

彼らの晒し者になっている杏と桃花は、ギルドから抜けることを覚悟して頷き合っていた。

「ごめんね、みんな……ごめん、とうま、くん」

「あ、う、やだ……た、助けて」

その泣き言さえも、彼らにとっては見世物で。

「どこの誰がお前らを助けてくれるってんだよ。あ、神頼みか？」

「マジウケる。我を助けたまえってか。何が起こるか見せてくれよ。三分間待ってやる」

「たすけて……叶馬、くん」

彼らには聞こえない、それは小さく重なる呟きだった。

下品な笑い声に埋もれた願いは。

「ハロー」

たしかに届いていた。

＊　＊　＊

「と、叶馬くん。飛んでる、本当に飛んでるよっ？」

「ええ」

もやっと雲には興奮している蜜柑先輩が同乗していた。

人を乗せたのは初めてだが、雲を踏めずに落下することはない模様。

実は少しだけ、蜜柑先輩だけが雲を擦り抜けて落ちるというギャグシーンが見られるかと、期待があったりもした。

最初はヒャーっとビビッていた蜜柑先輩も、今はキャッキャとはしゃいで興奮している。

危ないので落ち着いてほしい。

「方向はこのままで？」

「う、うん。大丈夫。桃ちゃんも杏ちゃんも一緒にいるよ。距離もそんなに遠くじゃない」

もやっと雲が出せる速度は駆け足くらいである。

相手も徒歩で移動したのだろうから、充分に追いつけるだろう。

蜜柑先輩は囚われているふたりの位置を、何となく察知できるらしい。

詳しくは教えてくれなかったが『職人《クラフター》』スキルの能力だそうだ。

俺の右手に埋まっている静香石と同じ感覚だろうか。

「あ、それは駄目っ」

「何か？」

「叶馬くん、急いで。ふたりとも覚悟しちゃってるみたいなの！」

よくわからないが、よくないことが起こっているようだ。

蜜柑先輩を抱えて地面を走ったほうが速そうだが、俺は少しばかり方向音痴だった。

障害物のない空を直進するのが正解のはず。

はずなのだが、気が急《せ》く。

やはり飛び降りてもよいのではなかろうか。

蜜柑先輩を抱えてスカイダイビングしても、ちゃんと守護《まも》れる自信はあった。

「あっ、ひどいっ。ふたりがエッチなことされちゃいそう！」

「では、近道をしましょう」

猶予がないので仕方ない。

蜜柑先輩が示したポイントには、人工物らしきものが見えている。

あれが目標地点で間違いないだろう。

「ふえ？」

蜜柑先輩を抱きかかえて、もやっと雲の弾力を確認する。

では、発射オーライだ。

もやっと雲をカタパルトにして、弾丸のように空へと飛びだした。

風を切る音と悲鳴がコラボレーション状態。

目的地までは少し届かないが、即席ミニもやっと雲を足場にホップステップジャンプだ。

着地も雲をクッションにしたので、クレーターを作らずに済んだ。

だが、スムーズに着地しすぎてリアクションがない、というか気づかれていない。

目的地では、男女がペアになって愉快なパンパンフェスティバルが開催されていた。

それ自体は気にしない。

性的嗜好は人それぞれなので否定はしない。

だがしかし、杏先輩と桃花先輩を縛って転がし、それをご神体として拝みながらパンパン祭りをしているのは実にいただけない。

本意ではない証拠に、ふたりは涙目になっておられる。

問答無用で全員吹っ飛ばしてもいいのだが、一応挨拶だけはしておこう。

「ハローエブリバディー」

紳士的な挨拶を敢行する。

愉快なポーズで振り向いたカップルが、愉快なポーズのまま硬直した。

「なん」

「シーユーレター」

ひとりの顔面をフルスイングすると、愉快な顔になった男子が水平に吹っ飛んでいった。

よく飛んだな。

首だけ吹っ飛んでいかないように加減はした。

支えを失って地面に倒れた女の子も、スプラッターなシャワーを浴びたくはあるまい。

木の枝に引っ掛かっている男子も消滅していないので、恐らくまだ生存判定であるはずだ。

自覚できなかったが、どうも俺は少し怒っていたらしい。

今も自覚できないままなので、残りも首だけ飛ばさないように注意しよう。


「つまり、通常の打撃技とは逆です。衝撃を一点に絞り込むのではなく、面として拡散させれば」

「うん。蜜柑ちゃんの慰めにはなってないから、少し黙るかな」

凜子先輩からお叱りを受けてしまった。

うーっと涙目で睨んでいる蜜柑先輩は、ちょっとアクロバットな抱っこ機動にお漏らしをしてしまいました。

同時に失神されていたので、騒ぎになったのは拠点に戻ってからです。

無事に救助できたふたりからフォローしてもらったのですが、今は杏先輩も桃花先輩もお姿が見えません。

「本当に叶馬くんはデリカシーが足りないかな。でも、ちゃんとヒーローしてるし、格好いいし、空気読まないところも大好きなんだけど」

何やらディスられつつも褒められたような。

だが、凛子先輩本人は驚いたように自分の口元を押さえている。

「……これ、もしかしてふたりに共感しすぎたせい、かな」

「先輩？」

「も～、叶馬くんはちゃんとふたりを慰めてあげて。杏ちゃんも桃ちゃんも、叶馬くんを待ってるんだから」

プリプリとオコっている蜜柑先輩が、ぐいぐいと俺の背中を押した。

「ふたりを慰めてくれたら、デリカシーのない叶馬くんを許してあげる。……なんて、嘘だけどね。ホントは全然怒ってないの。私たちを助けてくれてありがとう。杏ちゃんと桃ちゃんをお願い、ね」

後ろからギュッと抱き締められてから、部屋の中に押し込まれた。

窓を小さく、薄暗くしてあるのは、夜のない世界で安眠するためだ。

改装が続いている拠点なので、ベッドルームも少しずつバージョンアップしていた。

最初は床に寝袋《シュラフ》を並べただけだったが、今は木枠のベッドにクッションとなる枯れ草などを敷き詰めてある。

そうした内装のコーディネートに熱心だったのは、ベッドの上で横になっている杏先輩と桃花先輩であった。

俺が部屋に入ってきたのは気づいているはず。

なのにふたりとも、顔を枕に押しつけたまま身動《みじろ》ぎもしない。

さて、困った。

蜜柑先輩はフォローを期待しておられるようだが、朴念仁の俺には難しすぎる。

一発芸でも披露して場を和ませてみるべきか。

それともウィットにとんだジョークを発射して、会話のキャッチボールを期待してみるか。

叶馬さん、人間には向き不向きというものがありまして、と静香にジト目を向けられた俺のウィットセンスだが、試して見る価値はあると思う。

とりあえずベッドに腰かけると、ふたりがビクッと震えた。

「先輩、隣の家に塀《ヘェイ》が……」

「叶馬、くん」

そう、名前を呼んだのは、どちらだったのか。

顔を上げてくれたのは同時で、同じくらいに顔を火照らせていた。

鈍い俺はようやく、慰めて、という意味を理解した。

怪しいご神体にされていたふたりである。

ギリギリで間に合ったと思っていたが、怪しい処置でもされていたのだろう。

手加減などせず、派手に首を飛ばしてやるべきだったか。

「俺でいいのですか？」

ふたりの頬にそれぞれ手を添えると、ふたりとも甘えるように頷いていた。

「ぅん……叶馬くんが、いい」

もっと撫でろとばかりに顔を寄せてくるのは杏先輩だ。

日頃からぽわぽわとした笑みを絶やさない、優しい性格の先輩であった。

裁縫が得意な杏先輩には、破れたりボロボロになった制服の修繕でもお世話になっている。

大きくて柔らかなオッパイには母性が詰まっていそう。

「はぃ……叶馬くんじゃないと嫌、です」

目を細めたまま うっとりと身を委ねているのは桃花先輩だ。

小柄なタイプの多い職人組の中で、凛子先輩と同様に発育のよろしい少数派だ。

ぱっと見は頼りになりそうなお姉さんだが、実はヘタレ気味の受け身体質だったり。

オッパイは杏先輩よりもビッグな巨乳である。

ペアで採取に出ていたことからもわかるように、仲良しさんなふたりはルームメイトにもなっている。

麻鷺荘の夜伽タイムでも、ふたり同時にお相手するわけで。

性癖についても仲良し、というか似ておられるふたりだった。

「は、あうっ」

「んんッ、いっ、あ」

ふたりの頭を膝の上にのせて、それぞれの乳房に手を伸ばしている。

強引に胸元をはだけさせ、ブラの中に這わせた指は乳首を抓んでいた。

コリコリとした手応えのある果実を扱き、引っ掻くように搾る。

痛みにもなりそうな刺激に、ふたりは同じく陶酔した表情を浮かべていた。

ぶっちゃけていえば、杏先輩も桃花先輩にも少々マゾっ気があった。

少しばかり強引に責められるのが好きらしい。

「やんっ」

「んっ、あっ、あっ、はうんっ！」

四つん這いになったふたりの尻が並んでいる。

後ろから桃花先輩の尻をパンパンと貫きながら、杏先輩の尻をスパンキングする。

もちろん力加減は大事だ。

尻肉にダメージを与えないようにしつつ、なるべく高い音が響くようにスナップを利かせる。

杏先輩の尻はとてもいい音が出るので、外にまで響いていると思う。

そのように指摘すると、何故か自分の耳を塞いで尻を更に掲げた。

「やだぁ……あんっ！」

より最適な角度になったのか、とてもいいスパァン音が出た。

貫かれている最中の桃花先輩も、何故かスパァン音に合わせてアソコを収縮させる。

「んんぅ〜……はぁう」

桃花先輩の中から抜いた肉棒には、どろっとした粘液が絡みついて糸を引いていた。

挿入は交互に、そしてフィニッシュは遠慮せずに中出しすると決めている。

赤く染まっている杏先輩の尻に手を乗せ、ずぶりっと奥まで貫く。

こちらも膣肉が茹だるように熱く蕩けていた。

シーツに突っ伏す桃花先輩も、腰を掲げたポーズを崩さない。

むしろ背筋を反らして尻をしっかりと俺に向けている。

抜いたばかりの尻肉を撫でてから、ゆっくりと手を振り上げた。

「はぁうぅっ！」

打楽器になった桃花先輩の音は、杏先輩より深みのある響きを奏でた。

尻ソムリエとして評価するなら、重厚なバスの響きはシューベルト作『春の信仰』を彷彿とさせる。

そんな下らないことを考えていないと、ふたりを相手に興奮を抑えるのは難しい。

肉棒で貫かれている杏先輩の尻も、スパァンスパァンといい音をさせながら弾んでいる。

突き込む度に、キュッと搾られる中はねっとりと絡んでくる。

「あ、はぁ、はぁ……とうま、くん、やぁん！」

枕を抱き締めている桃花先輩も休ませるつもりはない。

赤く染まってきた尻肉を再び響かせる。

背筋を反らせる桃花先輩が、全身をビクンッと痙攣させた。

ふわっと醸された甘酸っぱいフェロモン臭に、尻叩きの刺激でオルガズムしたことがわかった。

貫かれたままの杏先輩も、引き摺られたようにビクビクと痙攣していた。

本当に仲の良いふたりである。

こうしてふたりの後ろ姿を見下ろしていると、スタイルの良さがはっきりとわかってしまう。

具体的には、背中側からはみ出している乳肉を確認できる。

もちろん尻にもしっかりと肉がのっているので、抱き心地も申し分なかった。

どちらもハードなプレイを受け入れることのできる身体をしています。

「はぅ、あぅ……あんっ、やぁ」

まだヒクヒクしている杏先輩の様子を見ながら、腰の動きを加速させていった。

枕を抱き締めている杏先輩は、尻肉を震わせながら甘い声で悶えている。

「ひゃあうぅ」

中に入っている肉棒がしゃくり上げて、杏先輩に精液を注ぎ込んでいく。

尻肉を摑んで思い切り引き寄せ、奥の深い場所へと最後まで注入を果たした。

ずるずると肉棒を抜き取っていくと、これほど深くまで入っていたのかと今更ながらに驚くほどだ。

「はあぅん」

これを受け入れることのできる女体の神秘に感動、する間もなく桃花先輩へと再挿入。

ぽーっと惚けて無防備を晒していた桃花先輩は、とても可愛らしい声で歓迎してくれた。

ふたりが満足するまで、じっくりと可愛がっていくことにしよう。

＊　＊　＊

日付も越えた時刻。

彼女たちが自分で作り上げた拠点にも、ようやく静寂が訪れていた。

今夜のベッドルームは叶馬たち三人の貸し切りだ。

残りのメンバーは思い思いの場所に籠もって、大切な仲間の想いを共有していた。

いろいろと共有している彼女たちにも、最低限のプライベートは必要になる。

「はぁ……やっと終わったわね」

疲れ果てた声は、シャツ一枚になっている久留美だった。

顔を出した場所は、食堂にもなっているリビングルームだ。

「蜜柑は寝ちゃってるか。今回はちょっとハードっていうか、あの馬鹿ホントに遠慮しないんだから」

テーブルに突っ伏して寝ている蜜柑は、それでも満足そうな微笑みを浮かべていた。

「杏ちゃんと桃ちゃんの組み合わせだと、どうしてもね。あの子たちは特にそういうプレイが好きだから仕方ないかな」

蜜柑の背中に毛布をかけた凛子が苦笑する。

リビングにいるのは久留美に凛子、そして寝ている蜜柑のみだった。

「クルミちゃんは……ああいうの苦手だったかな？」

「もうっ、リンゴ。わかって聞いてるでしょ」

ふんっとそっぽを向いた久留美は赤面しているが、とても艶々になっている。

それは凛子も似たようなものだ。

まるで事後の余韻に浸っているように、まだ顔も身体も火照っていた。

「まぁ、蜜柑ちゃんにはちょっと早かったね。早々に失神しちゃったかな。うん、私たちの旦那様は本当に絶倫くんだ」

「だ、旦那様って」

「その愛称が一番しっくりこないかな？　ふふっ、沙姫ちゃんに影響されたのかもね」

優しい笑みを浮かべた凛子がポットとカップを用意した。

ふたり分の珈琲の香りが立ちこめる。

「こんな時間にカフェインを摂取すると、眠りが浅くなるわよ」

「かな。でも、話があるんでしょう？」

小首を傾げる凛子に、む～っと唸った久留美が椅子に座る。

差し出された珈琲に垂らされたミルクが、マーブル模様を描いていた。

しばらく待っていた凛子も、あ～とかう～とか呻いている久留美に苦笑してしまう。

「……察するに、叶馬くんのことかな」

「ま、まあ、関係なくもないんだけど」

ふぅ、と一度ため息を吐いた久留美が口を開いた。

「……実は私ってさ、男の子を好きになった経験がなかったのよね」

「うん」

「この学園に来てからは、もうホントマジで男って生き物に失望してたし。私もこんな性格だったからさ。男の子と交際してラブラブになってる自分とか想像もできなかったし。私が誰かを好きになるなんて、この先もずっとないんだろうなって」

「う、うん？」

凛子から見てもたしかに、久留美は簡単に心を許さないタイプだ。

だが、一度心を許してしまえば、コロッと男にほだされてしまいそうにも見えていた。

少なくとも男性恐怖症になっていた自分より、ずっと正常だろう。

「でもさ、なんていうか、その……」

「ああ、うん。言いたいことはわかった、かな」

それは凛子も薄々感じていたことだった。

「その感情が、借り物じゃないか、って不安なんだよね？」

「べ、別に不安じゃないけど。だけど、この『組合《ギルド》』スキルは私たちが思ってるより危険なのかもっていうか」

感覚や経験を共有するなど、本来ならばあり得ない状態だ。

それがどのような影響を及ぼすのかも知られていない。

「禁忌、とまではいかないけど、このスキルが失伝したのには理由があるんだろうね」

彼女たちが探し出してきた『組合《ギルド》』スキルの資料は、図書館の奥で埃《ほこり》を被っていた代物だった。

それに元より『職人《クラフター》』のスキルは、それほど重要視も研究もされていない。

『職人』のスキル群は、現代の科学技術でも再現できる現象、そのように考えられていたからだ。

「ギルドメンバー同士で『感情』の共有はしないはずなんだけど、うん、理由はなんとなくわかるかな」

「な、なんでよ？」

身を乗り出すほど不安そうな久留美に、ああ、と凛子は言葉に出さず納得した。

それだけ大切に思っているのだろう、自分が叶馬に抱いている感情を。

凛子にとってそれはとても微笑ましくて、羨ましかった。

「感覚の共有は肉体的なものだよね。それは生理的な反応も含まれるはず。たとえば、魅力的な男性を前にした女の子が、鼓動が速くなったり体温が上がったり発汗したりする。情動反応っていうんだったかな。それは本能的に好ましいと思える相手に生じる感覚だから……」

そのような感覚を共有すれば、きっと恋をしていると自分の身体が思い込む。

それはきっと心の補助輪のようなサポートで、背中を押してくれるきっかけに過ぎない。

仲間たちの叶馬を好ましいと思う感覚が重なり合って、自分のようなもう恋を諦めた女でも叶馬を愛しいと思えるようになれた。

「……つまり、アイツに惚れてるメンバーが増えるほど、アイツを好ましく感じちゃうってことじゃない」

「うん。きっと、そうかな」

「それってズルくない？　強引に好きにさせられてるみたいでムカック」

両手をカップに添えている久留美が頬を膨らませていた。

その可愛らしく拗ねた表情に凛子が頬笑んだ。

たぶんクルミちゃんは大丈夫、という言葉は伝えないことにした。

ギルドを結成する前から、彼女が叶馬に好意を抱いていたことに間違いはなかったから。

借り物だったのは、幸せのお裾分けをされたのは、きっと凛子のほうなのだから。

＊　＊　＊

エスエムちっくな情事が終わる頃には、杏先輩も桃花先輩もとても満足そうなお顔で失神しておられた。

トラウマとなりそうな記憶が飛んだようで何より。

ふたりを抱えたまま翌日の朝時間までぐっすり熟睡タイム。

俺たち三人でベッドルームを占領する形となり、他の先輩方には申し訳ないことをしてしまった。

拠点も充実しているので、眠る場所には困らなかったと思いたい。

とはいえ、親しき仲にも礼儀あり。

目覚めたらすぐに謝罪するべく、他の先輩たちを探していたのだ。

「……久留美先輩？」

「な、何よ」

まずは確実にキッチンにいるであろう、久留美先輩をターゲットに選んでいた。

実際に、こうしていらっしゃったわけだが、リアクションがちょっとおかしい。

出会い頭のツンツンモードがなく、最初からデレデレモードを発動している。

具体的には腕を組んでベタベタ甘えてきてます。

「これは仕方ないのよ」

「何ゆえ？」

「だ、だから仕方ないの。これは私が悪いんじゃないの。みんながこうだから仕方ないの」

なるほど、理解できない。

だが、何か勘違いしていらっしゃる予感がした。

「もうっ、ホントはこんなことしたくないんだけど仕方ないのよ。ほら、座りなさい。お腹が空いたんでしょ？　朝ご飯まで待ってろって言いたいんだけど、仕方ないから何か作ってあげるわ」

「イエスマム」

　上機嫌すぎて怖いです。

「サンドイッチがいいかな。それともオニギリがいい？　甘辛い肉そぼろを具にして、浅漬けにしたレタスで包んで」

　フンフンと鼻歌を奏でる久留美先輩が調理台に向かう。

　エプロンの帯がお尻でフリフリ揺れていた。

　ふむ、これは新しい趣向のお誘いではあるまいか。

「どうしたの？　待ちきれないの……って、な、何をおっきくしてるのよ。へ、変態っ」

「味見をしようかと」

　背後に忍んだ俺は、先輩のお尻にソッと右手を伸ばした。

　やはりというべきか、久留美先輩もノーパン健康法を続けておられた。

　すべすべのお尻を撫でながら、谷間に指を滑らせた。

　スカートを穿いているとはいえ、お尻がチラ見えするシチュエーションはあるわけで。

　というか、拠点で作業している先輩たちは無防備なので、そういうあられもない姿を拝見する機会は結構多かった。

「もう、ホント頭チ○ポなんだからっ……少しは、我慢、できない、のっ」

「我慢はしていますが」

　こうして背後から痴漢しつつ、久留美先輩がオニギリを作るのを待っています。

いつもの悪態が戻った先輩だが、俺の痴漢フィンガーからは逃れられない。

ナデナデモミモミと続けていたら、指先がクチュクチュに変化してきました。

今は包丁を使わないクッキングなので危険度もセーフティーだ。

左手でスカートを捲ってお尻を観察しながら、右手でじっくりと下拵えを終わらせた。

「もっ、ばかぁ、ホント、ばかっ……硬いの、押しつけないでぇ」

「おいしそうなオニギリですね」

お皿の上には、歪《いびつ》な形となってしまったレタス巻き肉そぼろオニギリが完成していた。

幸いなことに、オニギリなら多少冷めてもおいしくいただける。

できたてのホコホコになったご馳走を先にいただくべき。

久留美先輩も調理台に手をついたまま、今か今かとそのときを待っている。

「……うん。別に邪魔をするつもりはないんだけど、流石にお腹が減ったかなって」

「あ、あは」

背後から聞こえてきた声に、ビクッと久留美先輩が硬直した。

扉のない入口には、先輩たちが頭を並べるようにして覗き込んでいた。

みんなの目が切なそうに潤んでるというか、お腹の虫がクークー鳴る音が聞こえてきそう。

「えーっと、昨日はいろいろあって晩ご飯をたべる余裕がなかったし。今朝は今朝でなんか急に胸がときめいちゃって、みんな同時に目を覚ましちゃったかな。そしたら、お腹空いた感も増幅されちゃってね」

代弁者となった凛子先輩が説明を下された。

「ち、違うのよ、これは。ええっとね、だから仕方ないっていうか」

「うん。クルミちゃんの事情はみんなわかってるから大丈夫。でも、ごめん。本当にお腹が空いちゃってるかな」

おっと、テーブルを前に力なく座り込んだ先輩たちが、お腹の虫を合唱させている。

仕方ないのでレタス巻き肉そぼろオニギリを分け合うしかあるまい。

「もうっ、ホント、このバカっ。他人事みたいに……」

「た、大変です～！　事案です～っ」

慌てながらリビングに駆け込んできたのは梅香先輩だった。

これで全メンバーが勢揃いである。

「ふにゃ、梅ちゃん。何を慌ててるの？」

半分にしたオニギリを、もふもふと頬張っていた蜜柑先輩が小首を傾げた。

両手をパタパタ上下させる梅香先輩は、空腹を感じないくらいに興奮している模様。

「敵襲です。敵がまた攻めてきました！　ゴーレムの視覚共有情報に敵影アリ、ですっ」

「……ふむ。こっちでも確認したかな。スタンドアローン起動でのセントリー運用がさっそく役に立ったね」

「えーっと……。あぅ、また学園の生徒みたい」

どうやら先輩たちは、それぞれの『強化外装骨格《アームドゴーレム》』を歩哨《セントリー》にして索敵しているようだ。

遠隔操作しながら五感を共有できるのは便利すぎる。

「これは昨日とは別のグループだね。やっぱり目立つのかな、この基地は」

「迎撃しましょう！　敵は殲滅しなきゃです」

「うん。梅ちゃんは少し落ち着くかな。腹が減っては戦ができぬ。って諺《ことわざ》もあるからね」

「新しい武器……ううん、兵器を作らないと」

「攻撃は最大の防御……」

「はぁ、もう仕方ないわね。ご飯はいっぱい炊いてあるから、とりあえずオニギリを山ほど作るわよ。メロンも手伝って」

「あいあいさーです」

ぱたぱたと動き始めた先輩たちは、何というか、ちょっと楽しそうであった。

レイドクエストの攻略を始めるのは、もう少し先になるらしい。

## 第四十五章　石榴山の主

さて、レイドインしてからだいたい二週間ほどになる。

残りクエスト期間もようやく半分だ。

「新しい倉庫を増設しようかと思うんですが……」

「それは欲しいかも。食料がもうパンパンなのよね。燻製《くんせい》にしても溜まっていく一方だし」

朝食後にテーブルを囲んで、恒例となったミーティングだ。

各自の活動報告というか、まったりティータイムな感じ。

それだけの余裕が出てきた証拠でもある。

「枝豆が食べ頃になりました。トマトは完熟してますので井戸水に浮かべておきますね」

『植栽士《ガーデナー》』の朱陽先輩の頑張りで、食卓がベジタブルになってきた。

既に拠点にある広場が菜園である。

種を撒いて、ん～っとすると芽が出てくるのはなかなかお伽話感だった。

みんなが飲んでいるお茶も、摘み立てのフレッシュハーブティーというやつだ。

ダンジョンの土壌に合った品種改良とかし始めているらしいが、そこまでしなくてもいいと思う。

「えっと、新しいベッドができました。自信作ですっ」

杏先輩がぐっと拳を握ってお胸を張る。

最初寝床にしていたのは、各自が持参していた寝袋であった。

みんな一緒に雑魚寝だったので、袋は開いて布団のような感じで使用していた。

そんな代物では疲れが取れるはずもなく、どんどんと改良が重ねられてバージョンアップが続いている。

落ち葉のベッドやハンモック式、モンスターの羽を毟って布団にしたり、ウォーターベッドにチャレンジしてみたりと杏先輩が大活躍。

今のバージョンでも寮にあるベッドより安眠性能が高かった。

更なる改良が続いているのは、主にナイトシーンでのオプション機能を充実させているからだ。

これは杏先輩が特別にエッチなわけではなく、他のメンバーも協力的だと聞いている。

「鬼灯ちゃんの装備ができたから後でインストールしよ。スッゴイんだよ、トゲトゲがビシーッて出るんだから」

バンザーイする蜜柑先輩に、鬼灯先輩がコクンと頷く。

鬼灯先輩は蜜柑先輩並みに小柄で、たぶん部員の中でも断トツで内気さんだ。

あまり凶悪な武装だと使うのをためらってしまいそう。

既に他のみんなの『強化外装骨格《アームドゴーレム》』もパワーアップカスタマイズされ、実戦もボチボチ慣熟していた。

やはり機動力がネックになり、基本的には迎撃スタイルとなる。

ゴーレムの形状は人それぞれだが、装甲はぶあつくて頑丈でありパワーも申し分ない。

そんなゴーレムに搭載された新兵器が、想像以上に凶悪だった。

牛鬼の蜘蛛糸を射出する能力器官《スキルオーガン》は、遠距離から相手を拘束できる。

ゴーレムのパワーで引き寄せれば、相手の機動力も意味をなさない。

加えて蜜柑先輩がコツコツと、モンスター素材から追加武装を作っていたりする。

「基礎の補強が終わったので、もう一階分塔を高くします」

梅香先輩がぐっと拳を握って燃えていた。

ちなみに現在、みんなでお茶している場所は拠点の一階フロアだ。

当初のログハウス拠点は、襲撃してきた生徒たちによる魔法攻撃で焼失している。

梅香先輩は悲しむどころか逆に火が入ってしまったらしく、より頑強な城塞塔を建築してしまった。

切り出した石と煉瓦っぽく焼き固めたブロックが建築材だ。

今は地下を含めて三階建ての塔になっている。

更に丸太杭で作られていた防壁も、ぶあつい石積みの城壁へと進化した。

城壁の上には監視用ゴーレムの通路、登攀防止のネズミ返しトラップ、熱した油を降らせるギミック、対攻城兵器用の投石機なども設置された。

思い出したように襲撃してくる生徒など、もはや問題にもならない。

モンスター牛鬼が襲ってきた時などは、俺が手を出さずとも先輩たちだけで撃退に成功したくらいだ。

もはや立派な迎撃要塞である。

「そろそろ、また誰か襲ってこないかな……。新しいトラップも準備してあるのに」

ニヤリと笑った凛子先輩が、卓上に組んだ手に頬を乗せた。

迫力はないが、ちょっと悪そうなニヤッと笑いを浮かべる。

ＳＰという一種のバリアがある生徒やモンスター相手では、ダメージトラップは致命傷にならない。

だが、直接ダメージを与えられずとも意味はある。

落とし穴で足止めしたり、水に沈めて窒息させたり、火の中に叩き込んでやれば火傷だってする。

最初の襲撃では泣きそうなほど怯えていた先輩たちも、自分たちが戦えるとわかってからは必死に頑張っていた。

必死すぎて手加減できず、全力で殺しにかかっているのが吉だと思う。

対モンスター戦とは違い、対人戦で厄介なのは心理的な忌避感だ。

まあ、少しばかり吹っ切れすぎのような気はする。

もしかして、俺が煽ったせいなのだろうか。

「ホント、懲りないよね。アイツら」

フンと鼻を鳴らした久留美先輩が腕を組む。

「長期レイドクエストは食糧も限られているしね。自分たちで調達するより奪ったほうが早いって思ってるのかな」

「……目、やらしいの、嫌い」

「うん。あの人たちは絶対イヤ」

「死ねばいいのに……」

先輩たちは以前にも補習レイドクエストで酷い目にあっていたらしく、助け合おうなどという温い意見は出ない。

　むしろ恨み骨髄な感じ。

「まあ、ここにも目付きがやらしい男子はいるけどね？」

　凛子先輩が俺をディスる。

　嫌い、と言っていた芽龍先輩が、慌てたようにぷるぷる首を振っているのが可愛い。

「叶馬くんにとってはハーレムクエストを全力で堪能してる感じかなー。狩りに出てるとき以外はず～っと誰かとエッチしてるものね。拠点のアッチコッチで作業してる子を捕まえて、アッチでエッチ、コッチでエッチだし。夜は夜で、全員に種付けしてからじゃないと寝かせてくれないし。オス度高すぎで、ホント感心しちゃうかな」

　赤くなった頬を掻いてほにゃっと苦笑いしている蜜柑先輩を含め、みんな赤くなったお顔を逸らしておられる。

「蜜柑ちゃんや鬼灯ちゃんも、叶馬くん専用になるまで馴染ませちゃったしね。責任を取ってあげる必要があるかな」

　ニヤニヤ笑いしている凛子先輩のほうが、やらしい目をなされていると思う。

「……ところで」

「何かな？　新しいベッドの使い心地をみんなで試したい？」

　馬鹿じゃないの……と小さく呟いた久留美先輩を筆頭に、みんながちょっと乗り気になっているのがエマージェンシー。

朝食の腹ごなしにしてはヘビーすぎます。

「拠点も完成しつつあるので、レイドクエストの攻略に乗り出すべきかと」

生活環境がどんどん快適になっていくのは助かるのだが、肝心のレイド攻略が置き去りにされている現状。

足場は固まったので、そろそろ攻勢に出る頃合いだろう。

タイムスケジュールどおりの生活パターンを守っているとはいえ、ずっと夕暮れという空模様はやはり気持ち悪いものだ。

「あー、うん。えーっと……。叶馬くん、もしかしてレイドクエスト攻略するつもりだった？」

顔を見合わせた先輩方を代表して凛子先輩が曖昧な聞き方をする。

そもそも俺たちが『轟天の石榴山』に送り込まれたのは、レイドの攻略が目的なのではなかろうか。

たしかに補習として参加している他の連中のレベルは低いが、人海戦術的なマンパワー攻略作戦だと思っていた。

「もうアンタってホント馬鹿ねー。そんな簡単に攻略できるんなら、何十年も『極級』指定になんてされてないわよ」

あきれたようにため息を吐いた久留美先輩が手を振る。

もしかして、攻略を前提にしていないクエストということなのだろうか。

それならば補習で俺たちを送り込む意味がわからない。

「理由は一応、レイド内モンスターの間引き、って言われてるの。本当かどうかはわからないんだけど」

そう教えてくれる蜜柑先輩の言葉もあやふやだ。

「納得してないみたいだね。んー、じゃあ叶馬くんは『レイドクエスト』について、もう授業で習ったかな？」

習ったかもしれないが覚えていないので、凜子先輩の臨時講義を拝聴することにした。

まずは『レイド』という言葉について、学園では『軍戦』という意味で用いているそうだ。

これは『個』ではなく『群』、軍勢での戦いを示す。

『軍戦試練《レイドクエスト》』という言葉の他にも、『軍戦推奨敵《レイドエネミー》』の討伐といった使われ方もするそうだ。

要するに、みんなでタコ殴りというキーワードなのだろう。

「ま、まあ、そういう感じかな。それだけ常識外れの化け物を相手にするって意味なんだけど」

「然様で」

「そして『レイドクエスト』、つまり今私たちが参加しているやつだね。これはダンジョンの中にできたダンジョン、『異世界』と呼ばれてるダンジョンの特異点を攻略するためのクエストを指すの」

既に俺の理解を超え始めているが、こういう時は不動のポーカーフェイスがいい仕事をする。

「本来ならあり得ない特異点の存在は、ダンジョンのバグだと考察されてるかな。『レイドクエスト』はこれを攻略して消滅させるのが目的。通常ダンジョン内に出現した『軍戦推奨敵《レイドエネミー》』を討伐する緊急クエストもレイドクエストって呼ばれたりするけど、本来の意味ではないかな」

指を立てて楽しそうに解説を続ける凛子先輩以外は、また始まった……みたいな感じでため息を吐いておられる。

頭のいい理系タイプに説明好きな人が多いらしい。

そーっとみんなが席を離れていくのは、俺を見捨てるつもりなのだろう。

「レイドクエストの攻略は、特異点の『核《コア》』を攻略するということなの。特異点の核というのは、つまり――」

お茶のお代わりを淹れてくれる芽龍先輩はお優しい。

が、俺も一緒に連れ出してくれないだろうか。

ニコッと頬笑んでフェードアウトされると切ないのですが。

「今のところ学園で分類されているレイドクエストのタイプは五種類。『王権《ダイアデム》』『付喪《レガリア》』『根源《プリミティブ》』『伝承《レジェンド》』『侵略《バルバロイ》』かな」

『王権《ダイアデム》』タイプは、特異点の核となっているボスモンスターを中心に形成されたダンジョンとのこと。

シンプルにボスを討伐すればクリアなクエストである。

『付喪《レガリア》』タイプは、特殊なアイテムが核になって発生したダンジョンとのこと。

アイテムをゲットすればクエストクリアであり、スーパーアイテム入手のチャンスということとで競争率も高いらしい。

『根源《プリミティブ》』タイプは、ダンジョン内の元素精霊《エレメント》バランスが臨界まで偏ると発生するダンジョンとのこと。

内部で濃縮されたエレメントアイテムを回収していけば消滅するらしい。

対応する単一エレメントに特化した装備があれば難易度が低く、複数回の攻略が必要だが地味においしいクエストだそうだ。

『伝承《レジェンド》』タイプは、過去の概念が投影されたダンジョンとのこと。

ダンジョンの外から中へと流れ込んだ情報が、オーバーフローすることによって生成されるそうだ。

難易度、入手アイテム、攻略方法もトリッキーな物が多いらしい。

レイドの難易度には知名度が関係しているとか、説明を聞いてもこれが一番よくわからなかった。

『侵略《バルバロイ》』タイプは、モンスターとは異なる別世界からの侵略とのこと。

ちょっと他とは違う感じのレアなクエストだそうである。

滅多にないらしいが、確認された時点で強制クエスト扱いとして総力戦になるようだ。

とりあえず、今回の補習クエストを分類すれば――。

『餓者髑髏城《がしゃどくろじょう》』が『付喪《レガリア》』タイプ、『テュイルリー興廃園《こうはいえん》』が『伝承《レジェンド》』タイプ、『轟天《ごうてん》の石榴《ざくろ》山《ざん》』が『王権《ダイアデム》』タイプになると。

「……つまり、ボスを探してボコればいいわけですね」

「そういうことかな。謎解きや変なトラップもない、シンプルな力押しクエストになるね。でも、だからこそボスの強さがクエストの難易度とイコールになってる。『極級』指定の『轟天《ごうてん》の石榴山《ざくろざん》』は、発見されてから誰にも攻略されていないかな」


自分でも野獣かな、とは思ったが、講義で溜まったフラストレーションは、その場で凛子先輩に解消していただいた。

ストレスの発散というべきか。

原因でもある凛子先輩は、それが当然みたいに俺を受け入れてくれた。

性的な箍《たが》の外れている自覚はあるが、先輩たちが受け入れてくれるのでついつい甘えてしまう。

通常のダンジョンでも妙な興奮状態になりやすく、それはレイド領域でも同じだった。

小賢しい女を躾けたいのかな、とか見透かして挑発してくる凛子先輩をテーブルに載せ、ハードなラブラブ躾教室。

遠慮なく、立て続けにストレスを発射させてもらった。

ふたりで汗だくになるまでエンドレスな感じ。

食後の腹ごなしにはハードすぎである。

ちなみに、食料には余裕があるので、食事の内容は豪勢で量もたっぷりだ。

それに久留美先輩の料理の腕はプロ級なので、ついつい食べすぎてしまう。

だが、摂取したカロリー分は確実に消費されている感じ。

むしろカロリー摂取が足りなければ燃え尽きてしまったかもしれない、交尾運動で。

俺だけでなく、先輩たちも同様である。

日に日に遠慮がなくなってきたので、プレイが濃厚でハードに、更に時間も延びてきた。

食べることが好きな桃花先輩なども、ハードな汗だくレスリングでぽちゃ気味ボディーが引き締まってきたレベル。

何故か桃花先輩とは毎回、選手とコーチごっこでお仕置き&ご褒美プレイになってしまう謎。

そして、どこからともなく杏先輩が登場し、ふたりを相手に特訓プレイが開始されるという流れがスタンダード。

杏先輩だけでなく、プレイ中に誰かが合流してくるのは珍しくなかったり。

本人が望んでいなかったとしても、やはり先輩たちは学園生活でいろいろと開発されてきたのだろう。

性関係についての忌避や倫理感は、既に大きく歪んでいた。

幸い俺にはそんな先輩たちに応えるだけの体力と精力がある模様。

健全で健康な青少年として、全力で受け入れるのみだ。

事の善悪については、正直どうでもいいと思っている俺がいる。

貞操概念などというものは時代や地域によって異なるものだし、宗教や支配機構の都合がいいようにプロパガンダした結果だ。

特に現代は貞操を神聖化しすぎて少子化問題まで引き起こしている有様だ。

要するに、割とどうでもいい。

凛子先輩の躾が盛り上がってしまい賢者モードになっていただけである。

レイドクエストに来てからというもの、少しばかり甘えてくるようになった凛子先輩だ。

本人も戸惑っている感じが可愛らしく、つい熱が入ってしまう。

何も考えられなくなるまで昇天させた後は、それこそ生まれたての子猫みたいににゃんにゃんと甘えて、と、コレくらいにしておこう。

今は日課のパトロール中である。

もやっと雲に乗ってインザスカイだ。

ある程度の高度まで上がらないと、地上から蜘蛛糸や棘が飛んでくるので油断してはいけない。

上空から改めてこのレイドエリアを見渡す。

茜色の空に広大な森。

レイドエリアへの入場時に空から見下ろしたかぎり、この領域は円盤状のフィールドになっていた。

森の端は霧に包まれたように溶け込んで見えない。

それがこの異世界の果てらしい。

『王権《ダイアデム》』の力の増大に従い、年々少しずつ拡大しているそうだ。

現状でも果てが一望できない広大さ。

この中からボスを見つけるのはしんどそうだが、実はわかりやすい目印らしきものが存在している。

たぶんレイドエリアの中心であろう場所には、見上げんばかりの岩山が突き立っていた。

何というか中国の武陵源のように仙人が住んでいそうな山である。

これが『轟天《ごうてん》の石榴山《ざくろざん》』の由来なのだろう。

もう見るからにボスが潜んでいそう。

蜜柑先輩たちからは危ないので近づかないように念を押されている。

レイドクエストにおいても羅城門のアンデッドシステムは作動するそうだが、記憶の巻き戻りなしで即時にレイドエリア内へ再生されるそうだ。

通常のダンジョンで死に戻りする場合、死と、死に伴う苦痛の記憶は忘れる。

だからこそ、ＰＴＳＤ（心的外傷後ストレス障害）に陥ることなくダンジョンに挑み続けられるのだろう。

重傷を負った場合などには苦痛から逃れるために、あえて死に戻りを選ぶ、もしくはパーティーメンバーが介錯するのが『正しい』と授業でも教えている。

まあ、俺たちのパーティーに限っては禁じ手である。

先輩たちにとっても死に戻りを続けさせるのは、なんとなくよくないような感じがするので、コツコツとダンジョンで死なないようにと思考誘導している。

大っぴらに宣伝すると変な顔をされるので、閨でネチネチ責め立てながらのプレジャーブレインウォッシュ。

そのせいでダンジョンを怖がるようになってしまったが、それくらいが正しいスタイルだと思う。

だが、限度を超えた肉体の苦痛というものは、死を選んでしまうほどに堪えがたいものだ。

しかし、それを許容できるのであれば、レイドクエスト仕様の『死に際の記憶を維持したまま死に戻りできる』というのは恩恵になりえる。

難易度の高いデストラップや格上ボスとの戦いは、いわゆる『死んで覚える』というゾンビアタックスタイルになるらしい。

ＥＸＰは稼げずとも、バトル経験を頭と身体で覚えることはできる。

心が折れなければ無限にコンティニューできるのだから、まさにチート状態だろう。

まあ、俺なら途中で心が折れる自信がある。

きっと人間はそれに耐えられるようにできていない。

先輩たちは最初から攻略を諦め、恙《つつが》なくレイド監禁期間をやり過ごすつもりなのだと思う。

実際にこのまま問題なく、快適に生活していけるのだろう。

襲撃してくる生徒やモンスターを適当にあしらいつつ、朝から晩までセックス三昧。

思春期の男子にとっては桃源郷の如き闘争&快楽空間。

残り期間などあっという間に過ぎてしまいそうだ。

思うに煩悩とは捨て去るのではなく、昇華させるべき業なのではなかろうか。

一心不乱に邁進し、極めた後の賢者モードこそが悟りだ。

もやっと雲の上で結跏趺坐《けっかふざ》しつつ、左手に重ねた右手を握る。

ここではない彼方から、誰かに呼ばれた気がした。

「ふむ」

考えごとをしながら飛んでいたら、ずいぶんと岩山へ近づいてしまった。

ここら辺は拠点のテリトリーからも離れすぎている。

ギャアギャアと鳴いている羽の生えた蜥蜴っぽいモンスターが、雲を纏わせた岩山の合間を飛んでいた。

羽を広げた翼開長《よくかいちょう》は十メートルくらいだろうか。

群れをなして飛んでいるので、アレがボスということはないだろう。

ボスが群体とか面倒すぎる。

戦闘を避けるために高度を落とし、岩山の根元にランディングした。

初見のモンスターなので味見用に一匹狩ってみるべき。

準備をしようとした俺だが、何やら視線を感じて周囲を見回した。

「……客がきたんは久しぶりだべ」

岩山の岩壁に埋まるように、どこかで見たことのある店構えな露店があった。

カウンターについた手に顎を乗せて俺を睨んでいるのは、年齢不詳の女店主さんだ。

精霊と名乗っていたスケさんに容貌がそっくりである。

だが、着物に煙管《きせる》と瀟洒《しょうしゃ》な遊女スタイルだったのが、ネズミ色のトレーナー姿に丸眼鏡とすごく垢抜けてない感じに。

イメチェンでもしたのだろうか。

「お久しぶりです？」

「オメと会ったことなんかねぇぞ、オラ」

「ふむ。失礼しました。スケさんと似ておられたので」

どうやら別人、というか別精霊さんらしい。

「ああ、『＊＊＊＊＊《スケッギョルド》』だか。ずいぶんと懐かすい名ば聞いたべ。オラたつぁ同一の雛形から生まれた精霊だがらな。似てんのが当たり前だぁ」

「然様で」

「んだ。……名ば聞ぎ取れるつごとは本人から教えられだが、ずいぶん気に入られただな」

フン、と鼻を鳴らした精霊さんが腕を組む。

「ほいじゃあ商売すっか。売りだが、買いだが？」

「いえ、それは……」

偶然通りかかっただけなので別に必要なものは、あったな。

「卵と胡椒が少々欲しいのですが」

久留美先輩がもっといっぱい持ってくれればよかったと落ち込んでいた。

大量に確保できる肉類の調理には、やはり胡椒が欠かせない。

これでスパイス不足が解消である。

それにカツを揚げたりする時には卵も必要だろう。

香草のブーケガルニなどは朱陽先輩が現地生産しているが、やはり焼いた肉にはがっつり胡椒を利かせてほしい。

「ダンジョンば中で露店精霊相手さ、んな物を注文すた馬鹿は初めてだべ」

あきれたため息を吐かれてしまったが、カウンターの上には篭で山積みされたLサイズ卵と、胡椒が入っているらしき小袋が載せられる。

探した様子もなく、手品のようにカウンターの下から取り出した感じ。

恐らく露店精霊さんのスキルか何かなのだろう。

「そういえば、すみません。支払いの通貨はドル……ユーロで？」

精霊さんはルックス的に日本人っぽくないので、たぶんヨーロッパとかアッチの出身じゃなかろうかと山勘。

「……んなもん出さっでも困るべ」

そもそもどっちも持っていなかった、というか学園通貨の銭も使えそうにない。

プリペイドの使えるキャッシャーがあったら逆にドン引きである。

「一応ダンジョンの中で通貨代わりさなんのは、オメらがクリスタルってぇ言ってる奴だべ」

なるほど、それは参った。

このレイドエリアの中ではモンスターを倒してもクリスタルになってくれない。

「ま。等価交換はしてやるだよ。モンスターさ倒して持ってくるべ」

「なるほど。ではさっそく」

道中で狩ってきたばかりの牛鬼をドスンと店の前に出した。

何故か脚が一本減っているのは、たぶん雪ちゃんがまたもいで茹でてしまったのだと思う。

結構食いしん坊さんなのだ。

「こりゃ空間収納《アイテムボックス》かぁ。よくまあこんなけったいなスキルさ覚えられただな」

流石にびっくりしてる精霊さんだったが、スキルをもらったのは同業者のスケさんからである。

「まあ、んだべな。こんな成立したての欠陥スキル、宝珠《オーブ》さもまだ成っててね。領域食いすぎで最適化《デフラグ》すっでも危なっかしくて使えねぇべ。何を考えてるだよ、アイツは」

「これはこれで便利です。情報閲覧《インターフェース》よりは、よほど使えるスキルかと」

ぶっちゃけどっちもβ版っぽいのでバージョンアップしてほしいところ。

じっと睨むように俺を見据えた精霊さんが、またため息を吐いた。

幸せが逃げそう。

「……たしかにオメなら使えっべな。ただま、スキルさ頼り切るのは善し悪しだべ。所詮スキルは補助輪みてなもんだ。そいづが持ってる潜在能力ば強引に具現化しでるばっつ、ちゃんど修行すねど力さ振り回されるだけだべ。特に権能《ディバイン》は気ぃつけるこった」

「なるほど」

精霊語は蜜柑語のように難解だ。

「ちった最適化も進んでるべがら更新はしてやるべ。ケツ拭いの意味もあるがらな。アフターサービスだべ」

ひょいと伸ばされた手に掴まれた牛鬼が、カウンターの中へとしまい込まれた。

サイズ的に絶対無理な大きさであり、手品でも見ているようだ。

脚が足りないのが査定に響いたのか、卵の数が少し減らされてしまった。

精霊さんは無慈悲なお方だ。

「馬鹿なこつ言ってねで手ぇ出すべ」

言われるまま精霊さんのお手々を握ってコネクトオン。

電流でも流されたようなピリッと感が懐かしい。

前回がインストールだとすれば、今回はアップデートパッチという感じだろうか。

身体の内側を書き換えられるような違和感はそれほどでも、痛い。

バヂッ、という衝撃が俺と精霊さんの手を弾いていた。

拒絶反応というか、強引にシャットダウンされた感じ。

精霊さんのビックリしたように見開いた目が、俺の斜め後ろに向けられている。

「……！　……！　……！」

振り向くと、上半身をにゅっと空中から出した雪ちゃんが激怒しておられた。

両手を振り上げてプンプンと猛抗議である。

よくわからないが謝罪しつつ宥めてみる。

「……オメ、なんてモンを空間収納《アイテムボックス》さ棲み憑かせてんだ。どっから掠ってきただ、その神《かみ》さん」

嫁《かみ》さんとは、また人聞きの悪いことをおっしゃる。

まるで俺が幼女を誘拐監禁して、無理矢理に幼妻にしているかのような物言いではあるまいか。

だいたい、雪ちゃんは空間収納《アイテムボックス》の出入り自由なので、たまには実家に帰っていたりするはず、たぶんメイビー。

まだ頬っぺたを膨らませ、激オコが治まらない雪ちゃんを飴玉で懐柔。

他人から見れば誘拐犯だと誤解されそうな気はする。

「眷属さ権能《ディバイン》ば受託してんなら最初に言っとかねばならねべ、馬鹿かオメは」

「申し訳ない」

「『異世界《なか》』の管理ば全部その神さんさ任せてしまえ。オメがやるよかよっぽど上等にしてけっぺ」

八割くらい何を言っているのかわからないが、俺をディスっておられるようだ。

ナデナデとオヤツの効果で機嫌を回復させた雪ちゃんが、同意するようにコクコクと頷いていた。

今のままでも特に大きな問題はない。

中がどうなっているのか少し気にはなるが。

空間収納《アイテムボックス》は俺を起点に発動しているスキルらしく、俺だけは中へ侵入することができないのだ。

「ま、情報閲覧《インターフェース》のほうは……言わずともわかるべな。ソレが本来、オメが掌握可能な閲覧

の全てだべ」

「視界が数字で埋まって、目がチカチカするのですが」

寿司コードが流れる、サイバーパンクのハリウッド映画な感じ。

視界に映っている全ての物に対してプロパティーデータが表示されているが、認識して把握できなければ活用のしようがない。

要するに、意味のない詳細データまでベロベロと垂れ流されても困る。

「本来ほとんどはオメが無意識下で選別してる情報だべ。要らねデータば同ずように消しちまえばよか」

つまり慣れろと仰りたいのだろうか。

こういう方向のバージョンアップではなく、『本当にいいですか？』的な機能を求めていたのだが。

「馴染んだらさっさとボスば倒しさ征げ。ボスば倒しちまえばこの『異世界』も消えるべ。こごさ填まってがら数星紀さ経ってるだよ。いい加減、この眺めは飽ぎだ」

「……察するに、自力で動けないのですか？」

「やがまし。サービスしてやったんだがら、きっちりボスば倒してくるべさ」

柱のように乱立した岩山を、壁を這うように垂直方向へ昇っていく。

時折襲ってくるモンスターにさえ目を瞑れば、絶景といっていい。

観光名所として村興しが期待できるレベル。

岩山に纏わりつくような雲を突き抜けて、羽の生えた蜥蜴が強襲してきた。

ゴゥ、と風を切り、ノコギリのように牙が並んでいる顎が俺をロックオンしている。

「ヘソスナッチ」

足下のもやっと雲からバチィ、と雷撃が飛び、感電痙攣した『蛟竜』が墜落していく。

既に丸々と太った個体は確保済みだ。

墜落している残りは、帰り際にまとめて回収すればいいだろう。

最初は縄張りに入ってきた俺を執拗に襲ってきた『蛟竜』も、片っ端からヘソスナッチ連射で迎撃されて警戒している感じ。

ヘソスナッチを使いすぎると、もやっと雲が縮んでいくので俺も助かる。

先輩たちとのにゃんにゃんにゃんでGPは補充され、かなり大きなもやっと雲には成長していた。

もやっと雲スキルには持続時間というやつがないので、ダンジョンに潜りっぱなしの現状では随時回復したGPを注ぎ込んで成長させるプレイも可能だ。

大きな低反発枕みたいな感触なので、ナイトシーンでも先輩たちに大人気だった。

蛇足だが、そーっと蜜柑先輩を誘拐して、拠点上空にてジェットコースター合体をしたらお漏らしさせてしまい、後でみんなからスッゴイ怒られた。

岸壁には他にも『狒々《ひひ》』というモンスターが棲息してるっぽいのだが、『蛟竜』が蚊のように墜ちていくのにビビッたのか出てこなくなってしまった。

『蛟竜』も『狒々』も個体のレベルが高く、用心深いようだ。

たしか、レベルの高いモンスターの個体は長生きしているということであり、知恵を持つ個体が出てくるので用心が必要だと習った。

バージョンアップした情報閲覧《インターフェース》で『蛟竜』を見ると、今までより詳細な表示が出ていた。

名称、『蛟竜《こうりゅう》』
種族、妖怪
属性、水
階位、117
能力、『飛翔《フライト》』『竜因子《ドラゴンジーン》』『統率《コマンド》』
存在強度、☆☆☆

フレーバーテキストがないが、モンスターカードの表記と同じ感じだ。

こんな表示が視界いっぱいになっても邪魔なので、通常は今までどおり名称だけをオンにしてある。

だが、初見のモンスターの特殊能力を確認できるのは便利そうだ。

かなり岩山の上のほうへ来たが、なかなか頂上まで到達しない。

実際の見た目より高いのだろうか。

岩山の頂辺を隠している雲の層にも届かない。

上昇感はあるのだが、何か謎のパワーで惑わされているような気もした。

こういう搦め手のトラップは苦手だ。

一度戻って先輩たちにでも相談するべきか。

「……」

もやっと雲の上で胡座をかいて悩んでいたら、雪ちゃんが肩におぶさるようにして存在をアピールしてきた。

引き籠もり体質の雪ちゃんが自分から出てくるのは珍しい。

先ほど精霊さん相手にマジギレしていたので、テンションがハイになっているのかもしれない。

首元に頬摺りされて匂い付けされてしまった。

サラサラの白髪が少々くすぐったい。

久しぶりのコミュニケーションに満足したのか、するりと回り込んで胡座の上に填まるように座り込んでしまう。

モンスターが襲ってくると危ないのではないかと思ったが、『蛟竜』も『狒々』もこの高度までは上がってこられない模様。

「……」

胡座にすっぽり収まった雪ちゃんが、両手を空に向けて、んぅ～っとした。

すると、頭上に広がっていた雲が裂けて頂辺が見えるようになった。

雪ちゃん、マジ魔法幼女。

そのまま雪ちゃんを同乗させて、雲の裂け目へと上昇していく。

やはり何らかの結界、バリヤーのような謎パワーに阻まれていたらしい。

ドヤ顔でむっふーしている雪ちゃんは、精霊さんが言っていたように空間に関してのエキスパートということなのだろう。

帰ったら大量のどら焼きをお供えしてあげよう。

雲を抜けると無事、山頂に到着だ。

雲海から顔を出している岩山の頂辺は、まるで飛島のように点々としていた。

赤々と石榴を実らせた木々と、静謐な空気が満ちた世界に、自然と幽玄郷という言葉が浮かんできた。

とりあえず、周囲にモンスターらしき気配はない。

とはいえ、シチュエーション的にもボスがいそうな予感はビンビンする。

俺を座椅子にしたままキョロキョロしておられる雪ちゃんは、一度戻ったほうがよいのではなかろうか。

頭上に広がっているのは、雲ひとつない茜空。

どこか急かされるような、不思議なノスタルジアを感じてしまうのは人の、いや、日本人の本能だと思う。

ただ、遠くから響いているのはカァカァと鳴く鴉《カラス》ではなく、ヒョーゥヒョーゥという変な鳴き声だ。

　ぃょぅ、な感じ。

瞬間、バシッと視界が白く染まる。

青臭く、錆びたオゾン臭が鼻を突く。

どうやら放電攻撃を食らったらしい。

たまたま俺が電撃無効体質だから助かっているが、音より速い放電攻撃は回避が難しい。

ヘソスナッチ無双の由縁だ。

ちなみに『重圧の甲冑《ストレッサーアーマー》』は対物理防御力に優れており、逆に対魔法抵抗力は紙らしいのでフル貫通してくる。

膝の上の雪ちゃんは、自分にお団子のような球状結界バリアを張っているので無傷だった。

　ぃょぅ、ぃょぅ、の鳴き声に合わせて雷撃がバチバチ振ってくる。

この程度の電圧なら『百雷鳥《プラズマサンダーバード》』と同じなので大したことはない。

ないのですが、俺を一緒にバリアしてくれてもいいです。

なにやらオコな雪ちゃんがちっちゃなお手々を振り上げて、何もない目の前をぺしっと蚊を振り払うようにスウィング。

ドゴォ、と隣の山頂雲島の辺りで破壊音が響いた。

同時に、ギャン、という哀れな鳴き声が聞こえてきて、バチバチも止まった。

ムッフーと鼻を鳴らした雪ちゃん、どうやら今日は虫の居所が悪いらしい。

カルシウムが不足しているのだろう。

どら焼きに煮干しをつけてあげるべき。

雪ちゃんの乗り物と化した俺は、命じられるままに雲海を渡って隣の浮き島へ。

そこにあったのは、掌の形に陥没した岩肌と、その凹みの真ん中でピクピク痙攣している変な動物だった。

一見、虎っぽい。

たぶんネコ科。

全身がもっふもふの毛皮、手足は虎模様。

にょろんと長い尻尾には、蛇のような鱗が生えていた。

特徴的なのは頭部で、歌舞伎や京劇のようなお面を被っているようにも見える。

白毛に赤毛で隈取られた派手な模様は、たぶん『猿隈《さるぐま》』とかいうタイプだったと思う。

どうやったのかわからないが、雪ちゃんからメッされたっぽい。

だが、お仕置きした当人は可愛く小首を傾げていた。

とりあえず手形跡に着地する。

名称、『鵺《ぬえ》』
種族、妖怪

属性、雷
階位、３
能力、『雷公《サンダーロード》』『災厄《カラミティ》』『輪廻《リンネ》』『傲慢《プライド》』『王権《ダイアデム》』
存在強度、☆☆☆★★

ずいぶんとレアリティーの高いやつである。

スキル数が過去最多だ。

そして、その割りにはレベルが低すぎである。

どう見てもコイツがボスっぽい。

雪ちゃんがベチって倒してしまったので強さはわからないが、正直それほどプレッシャーは感じない。

放電スキルは厄介だろうが、俺ならたぶん殴り殺せる。

抱っこしていた雪ちゃんが、ん～ってするので降ろしてあげると、トテトテと鵺に近づいて鼻っ柱をベチベチ叩き始めた。

鵺の体長は五メートル以上あるので、雪ちゃんとかひと呑みにされてしまいそう。

一応棍棒を取り出してトドメを刺せるように身構える。

雪ちゃんが無慈悲な追撃を与えていると、パチリと目を開いた鵺が跳び退って唸りをあげた。

襲ってくるかと思ったら、どうも雪ちゃんに怯えている模様。

伏せ、とかさせているので大丈夫っぽい。

びろ～んと引っ張った鵺の耳元で、ぽしょぽしょとお話している雪ちゃんだ。

鵺語とか、どこで習得したのだろう。

大人しく頷いたり、ぃょぅ、と鳴いたりしているので、話は通じている模様。

最後に頷いた雪ちゃんが、んっと腕を伸ばしてきたので抱っこし直した。

ビクビクしている鵺は、チラリチラリと振り返りながら空中を駆けていく。

まるで俺たちがついてくるのを待っているようだ。

雪ちゃんを見るとコクっと頷いていた。


ひときわ大きな岩山の頂辺。

たわわに実った石榴に囲まれた場所にあったのは、小山のように大きな鵺の死骸だった。

体長にして三十メートルを超える巨体は、モンスターというよりアニメに出てくるような怪獣だ。

外見は子鵺にそっくりで、左目が断ち割られているように潰れていたのが違いといえる。

情報閲覧《インターフェース》で確認すると、ＳＰもＧＰもゼロになっていた。

死骸は腐らずにミイラ化しており、久留美先輩が言うにはレイドエリア内に腐敗菌が存在していないのだろうという話だった。

何らかの形でリサイクルはされているのだろうが、俺が考えても答えはでない。

親鵺に比べれば子犬のような鵺が、ぃょぅ、と鳴いて身体を擦りつけていた。

産んだのか分裂したのかはわからないが、親と子ではなく『輪廻《リンネ》』スキルによる生まれ変わりらしい。

正確には同一体というべきか。

生まれ変わったばかりの子どもになった鵺にはわからないのだろう。

輪廻スキルを持つ者は、死んでも記憶を失い、また新しい命を得て蘇るそうだ。

記憶がリセットされる不死に意味があるのかはわからない。

とても哲学的な問題だと思う。

本人から直接聞いたわけではない。

だが、おそらく転生前の親鵺と、雪ちゃんは知り合いだったようだ。

もしかして、雪ちゃんのペットだったのだろうか。

どうやって知り合ったのか、雪ちゃんはロリババアなのだろうか、という疑問はさておく。

小山のような親鵺に手を合わせた雪ちゃんの背中は寂しそうだった。

引き籠もりの雪ちゃんが外に出てきたのは、お墓参りのつもりだったのかもしれない。

「んで。その鵺の骸《むくろ》さ持ってきただか？」

「……正直、レア素材ゲットだぜ、という気持ちもなくはなかったのですが」

ジト目の精霊さんから顔を逸らした。

雪ちゃんと子鵺の気持ちを慮《おもんぱか》って弔ってしまった。

まあ、穴を掘って埋め、石榴の実を供えただけだが。

「ホント馬鹿だべ、オメは。こげん『異世界』さ作れるボスの骸さ、どんだけ価値あっだがわがらねぞ」

「然様で」

腕を組んで馬鹿にしたような顔の精霊さんだが、口元が笑っていた。

「んで、ボスば倒してくる約束だが」

「イヨゥ？」

くりっと小首を傾げる子鵺を指差す。

「なすて此処《こ》さ連れでくるだ」

「懐いてしまったらしく」

そうそうに空間収納《アイテムボックス》へ帰ってしまった雪ちゃんの身代わりなのか、もやっと雲の後ろを付いてきてしまったのだ。

寂しいというか、暇だったのだろう。

たしかに景色のいい場所だったが、ずっと一匹であそこにいたら暇を持て余す。

「ボスば倒さねど、この『異世界』さ消えねっぺ」

精霊さんから睨まれた子鵺が、怯えるように俺の背中に隠れて身体を擦りつけてくる。

つぶらな瞳でじぃっと俺を見ている、コレを俺が絞めろと。

　ふむ、だが断る。

「食う目的か、俺の敵か、どちらでもない命を狩るのはポリシーに反します」

「……仕方ねえだな。馬鹿のひとつ覚えみでにモンスターば殺す阿呆《あほ》ぅではねが。ちったマシな挑戦者ばオメみでな奴ばっかだすな、ジレンマってやつだべ」

　もふもふをバチバチ帯電させながらの甘噛みは攻撃じゃない、はず。

　同類みたいに思われているのだろうか。

　記憶がリセットされて幼くなっているのだろうが、何しろ体格が大きいので猫パンチもメガトン級。

「すっかす参ったべ。『王権《ダイアデム》』はそいづさ引き継がれでるすな。『核《コア》』さなってでるそいづがいるかぎり『異世界《レイド》』は消えねべ」

　それは問題だ。

　この『轟天《ごうてん》の石榴山《ざくろざん》』は成長しすぎており、放置するとデンジャーな事態になると言っていた。

　子鵺の喉を撫でると気持ちよさそうにゴロゴロいっている。

　転生する前ならわからないが、今のお馬鹿になっているこの子に何とかしてくれと言っても無理そう。

「そいづさ言っても何ともならねべ。『王権《ダイアデム》』は能動的《パッシブ》なモンだ。オメの『権能《ディバイン》』と同ずよ。『王の権能《ダイアデム》』の上位スキルが『神の権能《ディバイン》』だがらな」

　よくわからないが空間収納《アイテムボックス》のことだろうか。

というか、この空間を維持している『核《コア》』がこの子なら、別の空間に連れて行ってしまえばいいのではなかろうか。

「『異世界』は『核』ば中心にできでるべ。『核』さ動げば『異世界』も動ぐ。どうやってで
……」

途中で口をつぐんだ精霊さんを尻目に、空間収納《アイテムボックス》の中から雪ちゃんを引っ張り出してみる。

落ち込んでいるかな、と心配したが、襟を吊られてブランブランしている雪ちゃんは、赤く茹で上がった蟹っぽい脚をおいしそうに食べておられた。

俺の物理的な召喚術に不満そう。

とりあえず、雪ちゃんに俺のアイディアを相談、というか確認。

蟹っぽい脚をしっかり確保しながら、雪ちゃんが子鵺を面倒くさそうに見やる。

ドライというか、本当に雪ちゃんはボッチヒッキー体質である。

だが、別に嫌というわけではないのだろう。

子鵺も拘りがないのか、何も考えていないのか、雪ちゃんの後を追うようにして俺の空間収納《アイテムボックス》へと入っていった。

「……オメはなんつぅか、もう無茶苦茶だべ」

あきれを通り越して感心の眼差しになっている精霊さんだった。

世界の中心になっていた『核《コア》』が消えた影響か、『異世界《レイド》』全体が小さく振動を始めていた。

「じぎに『異世界』全部が崩壊するべ。やっど外さ出られるだな」

お役に立てたのなら幸いだ。

仏頂面の精霊さんだが、心なし嬉しそうに見えた。

遙か昔からダンジョンの中で、露店とともに流浪い続ける精霊さんの気持ちはわからない。

それでも何百年も同じ場所で、同じ景色を眺め続けるのは、やはり暇だったのだろう。

それは、きっと子鵺も同じだと思う。

本人たちが望む、望まないに拘わらず、どうにもならないことは世の中にあふれているのだから。

「……フン。ずいぶんマヌゲ面だど思っだが、漢の面さも見せるでねが。穿界迷宮ＹＧＧＤＲＡＳＩＬＬ、露店精霊ヘルフィヨトゥルが感謝すてやるべ」

「船坂叶馬《ふなさかとうま》と申します。ダンジョンの中でいずれ、また」

「ふっくっく。生意気な奴だべ。さっさど行っちまえ」

ハエを追い払うように手を振ったヘルさんに一礼して、もやっと雲に跨がった。

小さな振動は地響きのように、この世界全部を震わせていた。

これは一度先輩たちと合流するべきだろう。

もやっと雲の全速前進だ。

「――尻軽なスケッギョルドさ兎も角、オラが加護ばくれでやったんは何百星紀ぶりだべな。ホント生意気な奴だべ」

「もー、ホーントびっくりだったんだから！　グラグラーってして、うわぁ地震だーって」

「ん。ああいうときは『組合《ギルド》』ユニゾンも気をつけなきゃかな。みんながパニックになっちゃうと連鎖しちゃう」

麻鷺荘への帰り道。

ひとりの男子を先頭に、ワイワイと賑やかな女子のグループが続いていた。

大きなバックパックを背負い、いくぶんくたびれた格好になっているが足取りは軽い。

西の空が茜色に染まった逢魔が時。

彼らが羅城門を潜ってから明後日となる夕暮れは、留まることなくゆっくりと夜の帳《とばり》に塗り替えられていく。

「帰ったら帰ったで、なんか先生たちもパニックになっちゃってたね」

「まー。それはそうなるかなっと。今まで誰もクリアできなかったレイドクエストがコンプリートされちゃったんだから」

レイドクエスト専用で使用される穿界錨泊第伍門、『極界門』は時空間座標を繋ぎ合わせる機能を持つ。

同一座標へと大人数を送り込むことに特化し、魂魄の消耗に対するセーフティーレベルを下げる代わりにリスポーン機能を強化する決戦仕様になっていた。

また仕様上、帰還時のゲート開放は大人数が同時に戻ることになり、調整しないと羅城門から人が溢れ出ることになる。

ただし、今回のような『異世界』の消滅、レイドクエストのコンプリート時には強制帰還が発動してしまう。

次々と地上へ送り出される生徒たちに押し流されて、状況の確認もされなかった。

「フンッ。私たちがクエストをクリアするとは思ってもいなかったんでしょうね。ホントあったまきちゃう」

「クルミちゃん、それは内緒だよ」

鼻息の荒い久留美を杏が宥める。

補習に設定したレイドクエストは全て、学園の難易度設定で『超級』以上。

未・ク・リ・アが前提であり、不安定化している『異世界』を沈静化させるための生贄だ。

教師からすれば自分たちで設定した開放時間まで放置で問題なかったのだ。

「まー。『極級』指定だったしね。流石に叶馬くんがひとりでボスぼこっちゃいました、ってのは悪目立ちすぎるかな」

「自壊したんじゃないかーって、先生たちが言ってたもんね。でも、私たちはちゃんとわかってるから！」

「……多少、認識に誤解が」

凛子と蜜柑の持ち上げっぷりに、叶馬が訂正を求めていた。

討伐されたと言われている『王権《ダイアデム》』ボスの骸は、今ものんびり空間収納《アイテムボックス》の中でイョゥしているはずだった。

「まーまー、細かいことは気にしないかな。どうせ話を聞いても、なんじゃそりゃってなるに決まってるし。補習もクリアして、私たちもパワーアップできたし言うことないかな」

「……そういえば、誰も、一回も死んでません」

彼女たちにとってのレイドクエストは、最低最悪の罰ゲームだったといっていい。

極限状態で監禁され、普段以上に理性を失った野獣集団から囲われるだけ。

絶対者として振る舞う上位者《ジョックス》と、なけなしの尊厳すら踏みにじられる下位者《ターゲット》が明確に分かれる階級社会だ。

逃げだそうにも即時復活死《リスポーンキル》の恐怖と苦痛は心をへし折る。

「お風呂入ってのんびりしたい」

「うんうん」

「甘い物が食べたいです……」

「寮の改装も途中だったから、休みの間に――」

今は曲がりなりにも、こうしてみんな仲良く上を向いて歩けるようになっている。

茜色に染まった山陰を背景に、麻鷺荘の古びたシルエットが見えた。

「はー、着いたー」

「うーん。みんなで一緒に帰れるのも悪くないかな。もうすっかり麻鷺荘が私たちの家になったね……って？」

寮の門から駆けだした人影に凛子が首を傾げた。

トトッと必死に、だが気持ちだけが急いて、脚がもつれても止まらない。

髪は乱れ、下着同然のキャミソール姿は、とても人に見せられた姿ではなかった。

まっすぐに、倒れ込むように、静香は叶馬の胸へと飛び込んでいた。

「はぁ…はぁ…はぁ……うっぐっ、あ、ぁ…っ」

息を整える間もなく、胸倉を摑むように服にしがみつき、顔を押しつけたまま嗚咽が漏れていた。

頰を掻いた叶馬が戸惑いながらも、その震える肩を抱いたのは及第点だろう。

蜜柑たちは黙ったまま頷き合い、叶馬たちを追い越して、また別の仲間たちが出迎える麻鷺荘へと足を向けた。

「お帰りなさいですー」

「お疲れ様、です」

「です」

残された叶馬たちは逢魔が時が過ぎた夜の始まりの中、しばしひとつの影となっていた。

「……ただいま」

「ぐすっ……はぃ。お帰りなさい、叶馬さん」

## 幕間　学園掲示板

学園オフィシャル掲示板
【レア独占】レイドクエスト情報交換スレｐａｒｔ２６【ゾンビアタック】

**５：名無しの陰陽師**
＞＞１乙

**６：名無しの騎士**
ここが新しいハウスね

**７：名無しの強盗**
＞＞１乙
テンプレ貼るまで待てない早漏は氏ね

**８：名無しの闘士**
一応立ててみたけど
このスレ要らなくない？

**９：名無しの侍**
＞＞８
いやいや必要でござるｗ
レイドのイロハを知らない一年には「テンプレ嫁カス」でおｋっｗＷっｗ

**１０：名無しの騎士**
おい忍者ｗ
クラス間違ってんぞ、ＣＣしてこい

**１１：名無しの女衒**
（ﾟдﾟ）ウマーなネタは身内で回すしね

情報交換になってないという､､､

**１２：名無しの初心者**
すみません
レイドクエストについて聞きたいことがあるんですけど

**１３：名無しの術士**
テンプレ嫁カス

**１４：名無しの戦士**
糸冬...　φ（゜д゜＊）

**１５：名無しの死霊使い**
サードクラスになってから出直してこい

**１６：名無しの初心者**
ごめんなさい、名前が初心者になっちゃいました

**１７：名無しの闘士**
いやいや、↑の名前は自動で付くし
カタリじゃなくてガチ初心者の一年かな？
生徒手帳のＩＤナンバーでログインしてるパソコンからアクセスしてると自動スクリプトで出る
いちお板は匿名になってるが、管理してる学園には筒抜けだから気をつけろよ

**１８：名無しの強盗**
個人鯖立ててる兵もいるけどなw

実際はあれも監視されてんだろうなぁ・・・

**１９：名無しの騎士**
アングラ鯖は晒しとアンチしかねーし
暇だから付き合ってやるぜ一年坊主
女だったら写メうｐ

**２０：名無しの初心者**
男子ですｗ
中間テストの補習でレイドクエストってのに参加してきたんですけど

**２１：名無しの騎士**
やる気ＤＯＷＮ　（'、３_ヽ）_

**２２：名無しの陰陽師**
即行放置で草
つーか、補習での強制レイドなんてのもあったなぁ
最近マンネリだし飛び入り参加もアリか

**２３：名無しの精霊使い**
補習だと強制監禁だしマジ怠いぞ
気に入らない奴がいると延々殺し合いになる

**２４：名無しの侍**
新鮮な気分で女漁りができるでござるｗ
今の時期なら新入のウブな小娘がよりどりみどりでござるぞｗ
エンジョイ組に混じって俺ＴＵＥＥＥＥ気持ちイイでござるｗＷｗ

**２５：名無しの騎士**
おい、赤点忍者ｗ

**２６：名無しの初心者**
途中送信しちゃいました
轟天の石榴山っていうクエストをクリアしたんですけど、何かもらえるんでしょうか？

**２７：名無しの戦士**
石榴山か、ご愁傷様
俺も去年入らせられた覚えがあるけど、一か月くらい監禁状態なんだよな
セーフティーゾーンにもＡ級モンスター湧くし

**２８：名無しの術士**
極級の鬼ヶ島と石榴山はマジ洒落になってないよね
サバイバルゲーム状態ｗ
だいたい最後は現実逃避でアッパーキメてトリップ乱交、コレ経験すると人格変わる
クラスメートだった地味子ちゃんも立派なセックス依存症
今でも毎晩チンコ咥えて離さないｗ

**２９：名無しの強盗**
えっ、今日はチ〇ポ奴隷自慢していいんですか？
＞＞画像

**３０：名無しの騎士**
フルレザースキンの性（男）奴隷は草は生えるからヤメロ

**３１：名無しの女衒**
いや、こんな過疎スレ覗いてる暇人はながらセックスじゃまいか
後輩クンに同級生の生ハメ撮りＳＳプレゼント
一匹目＞＞縞パン
二匹目＞＞水玉
三匹目＞＞純白

**３２：名無しの初心者**
えっと、二匹目の子、クラスメートっぽいんですけど

**３３：名無しの女衒**
おｋ
じゃあこの子は後輩クンにプレゼントしてやろう
明日『スレで見た』って言ってやればケツ出すように今から仕込んでやるよ

**３４：名無しの初心者**
マジっすか！
アザッす！

**３５：名無しの陰陽師**
さすが女衒さん痺れる憧れるゥ
あー俺もダンジョンでお持ち帰りすっかなー
補習参加すればよかった

**３６：名無しの精霊使い**
いつもどおりの雑談スレになって草

**３７：名無しの闘士**
お前ら普通にスルーしてるから他のスレで調べてきたぞｗ
石榴山が消滅したのはマジっぽい

**３８：名無しの騎士**
はあ？
極級だぞ？
悠久庭園《ヴィーンゴールヴ》の連中でも乗り込んだのか

**３９：名無しの強盗**
ビンゴでも無理でしょ
石榴山はボスの強さ以前に、地形効果でボスまで辿り着けないレイドだわ
鵺と百雷鳥の空飛んでるダブルボスをどうやって倒すんだよ

**４０：名無しの竜騎士**
雑談スレからきました
雑談スレでレイドの話して、レイドスレで雑談してて草

**４１：名無しの闘士**
自壊したんじゃねーかって説が有力なのね
融合してボスが外に出てきてんじゃねーだろうな
極級ボスがそこらをうろついてるとか洒落にならんぜ

**４２：名無しの強盗**
ボス同士が食い合って異世界が臨界したとか？
マジメにヤバくない？

**４３：名無しの精霊使い**
次スレでテンプレのランク別レイドリスト更新しないと

# 第四十六章　スキル考察と新入部員

無事、レイドクエスト『轟天《ごうてん》の石榴山《ざくろざん》』も攻略し、日常モードへと復帰である。

体感時間としては、ダンジョンの中で二週間以上過ごしたことになる。

外に出ても、まだ二日しか経過していなかったというのだから、ちょっとした浦島太郎の気分だ。

「……まさか、補習の課題が塩漬けレイドとはな」

少しシリアスモードになっている誠一が、腕を組んで舌打ちする。

「完全に俺らは捨て駒扱いかよ。やってくれるぜ」

「どゆこと？」

ポリポリとスナックを齧りながら、誠一の背中に寄りかかった麻衣が首を傾げる。

自分のベッドなので好きにすればいいと思うが、食べカスはボロボロ落ちる感じ。

実は誠一が小まめにコロコロで掃除していたりする。

お母さん属性な奴である。

「レイド領域、まあ、異界って呼ばれてるダンジョンの特異点は、活性化するとダンジョンを侵食していくらしい」

凛子先輩もそれらしきことを言っていた気がする。

モンスターの強さは下層へと進むほど、次第に強力になっていくのがダンジョンの法則だ。

これが暴走、臨界だったかしてしまうと、異世界と接続したエリアには異世界と同じ高レベルのモンスターが出現するようになるそうだ。

「でも、ウチらにはあんまし関係なくない？　マップ内のダンジョンがヤバーになっても、どこだかわかんないマップ外でバトってるんだし」

「まあ、そうなんだけどな。基本的にレイド領域は、ダンジョンの出口に寄ってくる習性があるって話だしよ」

「……光に集まってくる虫じゃないんだから」

そういえば、ダンジョンの出入り口は世界各地にあるらしい。

ヨーロッパ、中国、インド、アメリカ辺りにもあったはずだ。

授業でやっていたのだが記憶が曖昧である。

たしか、文明と宗教がある程度発達した場所に出現して、それらが衰退すれば自然消滅してしまうとかなんとか。

一番新しく確認されたダンジョンが、アメリカ産というのは覚えている。

「ただな。活性化した異界を放置すると、いずれダンジョンの外にまで影響が出てくるんだぞうだ」

「なにそれこわ」

「地上をモンスターが闊歩してるとか洒落にならねえわな。昔話の化け物には、そういう奴らが混じってたのかも知らんけどよ」

　ずいぶんとファンタジックなネタ話である。

「そんなわけで、学園の方針として発見された『異世界《レイド》』は、即クエスト認定して潰してる。ただ、潰そうとして潰せなかったレイドクエストは、超級や極級に認定されて監視される。活性化の兆候があれば、沈静化するまで攻略者を放り込んでやる。って感じだ」

「ボス？　ってのを倒せなくても役に立つの？」

「理由は不明だけどな。それでなんとかなってたっぽい」

　子鶴みたいに暇してるボスを暴れさせ、ストレスを発散させる感じか。

　ふむ、雪ちゃんに迷惑をかけていないといいのだが。

「当然、生徒のセーフティーについてはガン無視だな。お前じゃなきゃ何回死んじまってたかわからないだろうぜ」

　安堵しながらもあきれた様子を隠さない誠一だ。

　今回に限っては俺の運がよかったのだと思う。

　ボスに関しては雪ちゃんがベシッとしてしまったし、生まれ変わる前の大怪獣だったら俺も勝てた気がしない。

　やはり、まだまだ修行が必要だ。

「叶馬くんはその前に、ちゃんと静香のケアをしてあげてね」

「うむ」

先ほどからずっと、というか帰ってからずっとなのだが、静香がぎゅうっと抱きついたまま離れない罠。

俺にとっては二週間でも、静香にはたった二日間だけの別行動であった。

だが、静香の様子は、もう一週間くらい完徹したんじゃないかというくらいのヤツレ具合になっていた。

目の下には隈が浮かび、頬も痩けて衰弱してしまった感じが半端なかった。

沙姫たちも心配していろいろと世話してくれたらしいが、完全に自閉症状態だったそうだ。

今までもひと晩くらい別行動で離れていたことはある。

それくらいなら翌朝に拗ねているくらいで問題なかった。

ダンジョンの中と外に分かれてしまったのがよくなかったのだろうか。

何となく、静香石に関係しているような気もする。

今の静香はセックスではなく、スキンシップに餓えておられる感じ。

沙姫たちや先輩たちも気を使ってくれているので、マンツーマンで駄々甘やかしである。

静香にはもっと気を配ってあげるべきだった。

「今回は俺も至らなさを痛感した。更なる修練を積むべき」

「……お前がそう言うんだったらよっぽどだったんだろうな。もしかしたら、俺らってだいぶツエエんじゃねえかと勘違いしちまいそうだったぜ」

何やら俺の台詞を深読みした誠一くんが納得しておられた。

今回の補習クエストを要約すると、先輩たちとワッショイしながらグルメハントしていただけのような気もする。

「そうだよねぇ。ひょっとして三年生くらいとガチタイマンできそうとか考えてたけど、そんなわけないよね」

「ああ、叶馬のおかげでクラスチェンジは順調だが、やっぱ装備や実戦経験が足りねぇんだろう。もっとアクティブにダンジョンを攻めていくしかねえな」

「レイドクエストは稼げるイベントだと思う。積極的に狙うべき」

まあ、前向きなのはいいことだ。

このままダンジョン狂いに誘導してしまおう。

帰ってきてから気づいたのだが、久しぶりに『雷神』のレベルが上がっていたのだ。

どうやら、レイドエリア内でＥＸＰを稼げないぶん、レイドクエストを攻略したときに参加者全員へボーナス的なＥＸＰが入るシステムだったらしい。

俺の再クラスチェンジのためにも頑張ってほしい。


テスト休みを終えた登校日には、月が変わっていた。

水無月、梅雨の季節となったが本日は快晴。

厚着から薄着へと変わる衣替えにはちょうどいい。

俺たち普通科の生徒はブレザーのジャケットを脱ぎ、胸ポケットに校章がプリントされたシャツ姿になる。

マッシブな上腕筋を評価されたい一部の生徒などは、既に半袖を着ている模様。

抜かったわ、俺も着替えてくるべきか。

くっ、何というキレのいい上腕三頭筋。

さり気なく袖口を圧迫するワイヤーロープのような筋肉に嫉妬。

「ムッ……君は」

「これは、先輩でしたか。ご無沙汰しております」

スキニーな黒のスラックスに、皺ひとつない半袖シャツ。

普通科生徒との違いは、肩の位置にあるショルダーストラップから胸元に下げられた金モールの飾緒だろう。

今日もキリッとキメたツーブロックに隙はない。

特級科生徒であり、生徒会副会長でもある先輩を、通学路で見るのは初めてだ。

特級科には専用寮があり、学舎も異なっているので、普段の学園生活で出交《でくわ》すことはないのだ。

「なに、偶《たま》さか生徒会からの通達事項があったまでだ」

「……何も礼治《れいじ》様が自ら、このような場所にまで」

実はトレーニング施設に足しげく通っている俺だが、副会長先輩とは度々顔を合わせている。

それ以上に顔を合わせているのは、トレーニング施設に行くとだいたいおられるマッシブ子先輩だ。

ジムの主《ヌシ》とか呼ばれてそう。

今はひっそりと副会長先輩の後ろに同行しておられるが長袖だ。

その肉体はもっと誇示していい。

「人の上に立つ者が労を惜しんではならない。そうではないかな？」

「しかし、このような無頼の者たちのいる場所で何かあったら……」

「男子たるもの敷居を跨げば七人の敵がいるという。つまり常在戦場ということだ」

「ご立派でございます。礼治様」

彼女の今日もぶれない副会長絶対主義っぷりにホッコリする。

しかし、朝の通学路にそんなアグレッシブな襲撃者はいないと思われる。

紙袋をかぶった謎のマスクマンでさえ、ちょっとは空気を読む。

「だが、君は少し弛んでいるのではないか？」

鋭い視線を向けられた静香がビクッと身動き、一層ぎゅうっと腕に縋りついてくる。

休日中たっぷりとスキンシップを続けてだいぶ通常モードに戻っていたのだが、先輩のマッシブな視線に怯えてしまったのだろう。

実際、補習にかまけて筋肉修練をサボっていたのも事実。

くっ、何を言っても言い訳になりそうだ。

「……たしかに男子たるもの、どこで誰が敵となるかわかりません。しかし同じように、どこで誰から愛を捧げられるかもわからぬもの」

「なるほど、愛か……。ならばよし！」

闊達と宣言し、颯爽と踵を返して去っていかれた。

後ろでこっそりマッシブ子先輩がガッツポーズしておられたのだが、何か意識改革でもあったのだろうか。

「……おいコラ。なんでお前は華組の、それも前生徒会長なんかと仲良くなってやがんだよ！」

「……うわぁ。超ビビッた。何あれ、わけわかんない」

背景になり切っていた誠一と麻衣が騒ぎ始める。

なかなか見事な隠形《おんぎょう》であった。

「うむ。先輩とは多少、筋肉について議論する関係だ」

ただの顔見知りくらいの仲だと思われる。

そして静香が自分の顔を両手で挟んでイヤンイヤンしておられるが、完全復活ということでよさそうである。


「――皆さんもクラスチェンジを済ませて、クラスを獲得した人が増えていると思います。ただの人は、小まめに『聖堂《カテドラル》』で確認することをおすすめします。クラスチェンジに必要な経験値、つまりＥＸＰ［エクスペリエンス］の取得はモンスターを倒すだけでなく、ダンジョンに出入りするだけでも蓄積されていることが確認されているからです」

今日の授業は専門科目、つまりダンジョン関係の知識についての講義だ。

一学期の今は広く浅くということで、必須科目の授業も設定されている。

担任の翠先生が担当している迷宮概論は、総合的な必須知識として受講スケジュールも多い。

「前回の授業では『クラス』の種類と役割の話をしましたが、今回は『クラス』を獲得することによって得られる『スキル』という特殊能力について説明をします。では、テキストを開いて――」

タイトなスーツ姿の翠先生が、教壇の上で黒板へと手を伸ばした。

非常に発育のよろしい大人の女性なので、お尻の生地とかパンパンでいらっしゃる。

クラスメートの男子が向けている性的な視線も、已むを得ないと思われる。

隣の席から静香さんが黒板ではなく、俺をじーっと見詰めておられるのでさり気なくルックアウト。

授業中に相応しくない妄想に耽ったりすると、先生、気分が優れないのでトイレに行ってきます、とか言いながら俺の腕を摑んで拉致してしまう危険があるのだ。

静香石リンクの危険性を忘れてはいけない。

「最初にスキルについての間違った認識として、クラスを獲得すれば自動的にスキルを使用できると考える人がいます。ですが、これは間違ってはいないのですが、正確ではありません。スキルは自分で覚え、身につけなければ発動させることはできません」

実際に『スキル』と呼ばれている技や現象は、その『クラス』が備えた力をどのようにして使い熟すか、を蓄積してきた成果といえる。

例えば『戦士《ファイター》』クラスの代表的スキルである『強打《バッシュ》』。

スキルの効果は、『SPを消費して一瞬だけより強い力を出す』というシンプルなものだ。

分類すれば肉体強化系。

それが『戦士』クラスの特色でもある。

敵を攻撃するときに力を増幅させるというのが一般的な使用法で、強化された力で大きくジャンプしたり、タックルの勢いを強化したりもできる。

それぞれスキルとしては、『跳躍《ジャンプ》』『突撃《ダッシュ》』などと別名になったりするわけだ。

どれも使い方が異なるだけで、本質的な力は同じである。

名称が別になっているのは、そのほうが扱いやすく、必要な場面で発動させやすいからだ。

『戦士』というクラスが有している力を、様々な形で発露させるのがスキルと呼ばれる技術になる。

あやふやな力を制限し、限定することによって、扱えるように切り出す手法。

スキルの発動に必要なのは、『イメージ』と『SP』と『トリガーワード』の三つだ。

消費するSP数値は基本見えないらしいが、怠さなどの体調でわかるそうだ。

より大きな力をクラスから引き出すのなら、当然SPの消費も大きくなる。

トリガーワードについては、発声が必須であるということ。

そして、一番重要なイメージにも関係している。

言葉はイメージを明確にするための自己暗示になる。

「スキルの使用において一番重要なポイントは、自分がスキルを使用できるという明確なイメージを確立することです。イメージが曖昧な状態ではスキルが発動しないというばかりでなく、意図しない効果が発生する危険もあります。新しいスキルを習得する場合には、やはり取得したクラスの各専門講義を受けることが推奨されます」

実際にスキルを見ればイメージもしやすいというわけだ。

一度発動に成功すれば簡単に使い熟せるようになるのは、自転車に乗れるようになる感覚に近いのかもしれない。

クラスの能力をどのように使うか、使えるか、効率がいいか、という蓄積された経験則が『スキル』技術だ。

つまり、学園のデータにない俺の『雷神』のような規格外《イリーガル》クラスについては、自分でスキルを開発していかなければならない。

まあ、才能がある奴は先人が残した『スキル』などという使い方に拘らず、自分が使いやすいように『クラス』の力を引き出せるのだろう。

俺たちのメンバーでは沙姫や麻衣が、こういう天才肌っぽい。

そして、俺は不器用だと自負している。

「ハア……」

まったく、ため息も出るというものだ。

「先生。気分が優れないので早退させてください」

静香さん、判断が早過ぎませんかね……。

「思うに、俺たちに必要なのは見取り稽古《げいこ》なのではあるまいか」

「はい。叶馬くんにもお茶」

麻鷺荘の元ミーティングルームは、既に原形を留めないほどに改装されていた。

『神匠騎士団《アデプトオーダーズ》』の看板が提げられた入口を潜ればカウンターが出迎え、無料で寮生にも提供されている鬼灯印ブレンドティーの香りが漂う。

向かって右側の壁をぶち抜き、新しく作られた扉の向こう側は、食堂前のスペースに設けられた談話エリアへと繋がっていた。

流石に寮長である乙葉も目の色を変えて駆けつけた件だったが、改修工事の要望がほぼ全寮生からの希望だと知って脱力していた。

目当てはワンランク上物になるドリンクバーの他にも、芽龍印のプチスイーツ無料提供などが影響していると思われた。

着実に少しずつ、彼女たちは自分たちにできるやり方で、自分たちの居場所を築きつつあった。

「はぁー……鬼灯ちゃん先輩の紅茶、マジ美味しー」

「……ありがと」

マイカップを片手にほっこりしている麻衣に、蜜柑と同じくらいに小柄な鬼灯がほわっと頬笑んだ。

「ホント、お店開けちゃうレベルだよ」

「マカロンもおいしいですー」

「緑茶にも合いそう」

「です」

「……まったりし過ぎではなかろうか」

彼らがだべっているのは、仮部室の一角に設けられた畳敷きの和空間だった。

ちゃぶ台に座布団も用意されていたりする。

「談話室んトコにも畳スペース作ってあるよな。野点《のだて》でもするのかって感じの」

「ここで私たちがのんびりしてるのを見て、畳でゴロゴロできる場所欲しいー、という要望があったと聞きましたが」

「ふっふっふ。私たちの本領発揮かな。スタイリッシュな和洋折衷って感じで格好イイっしょ？」

「乙葉先輩が頭を抱えていましたね……」

静香の視線が遠くに向けられていた。

「今は混浴の露天風呂の設計をしてるかな」

「よく考えたら乙葉先輩はどうでもいいのでさっさと作ってしまいましょう」

「元々、お風呂のお湯は温泉だしね。ちょこっとパイプを分岐させちゃえばオッケー」

　レイドクエストの拠点構築でＤＩＹに目覚めたのか、腕を組んでちっちゃな胸を張る蜜柑を筆頭に『職人組《ワーカーズ》』の意気が高かった。

「……どうして寮長《ソロリティーリーダー》の私を無視して、寮の大改装プロジェクトが進行しているの」

「乙葉ちゃんお帰り～」

　学園から帰寮したばかりの乙葉が、夏服制服のままぐったりと座布団に座り込む。

　自室に帰るよりも先に仮倶楽部室へ足を向ける時点で、いろいろとお察しだ。

「はい。ペコブレンドのミルクティー、砂糖たっぷりの乙葉ちゃん仕様で」

「ありがと……うん。おいしい」

「それじゃあ、部員全員揃ったことだし、これからの活動方針についてミーティングを始めようかな」

『神匠騎士団《アデプトオーダーズ》』の表向きのまとめ役は、凛子が務めることが多い。

　ちなみに裏番は静香、トップに飾ってある部長が叶馬というのが共通した認識だ。

「ちょっと待って」

「なにかな？　乙葉部員」

「なし崩し的に私も部員扱いされてない？　私、他の倶楽部に在籍してるんですけど」

　倶楽部活動での恩恵が大きい豊葦原学園では、ほとんどの生徒が倶楽部に所属している。

　生粋ボッチのソリストもいるが少数派だ。

　そして倶楽部の二重在籍、いわゆる掛け持ちは認められていない。

「あれ？　まだあの倶楽部抜けてなかったの？　なんか方針が合わないって揉めてなかったかな」

「……う。まあ、たまたまBランに上がってから変にガチ攻略派になっちゃってね。新しく入れたメンバーも嫌味な効率厨って感じでさ。古参メンバーでも抜けちゃった子がいるし、空気サイアクだけど」

「何を今更……。乙葉先輩の退部手続きと入部手続きは終わっています」

「じゃあ問題ないかな」

「ちょっと待って、今とんでもない台詞を聞いたんですが！」

表番と裏番の流れるようなコンボに、あっさりと流されそうになった乙葉が腰を浮かせた。

静香は正式な倶楽部に対して学園から提供されている、パソコン端末の画面を乙葉に見せた。

無線は使えないが、有線ＬＡＮのコネクタは寮の全室に備えられていた。

「オフィシャル倶楽部リストにも、このように乙葉先輩の所属は『神匠騎士団《アデプトオーダーズ》』に」

「えっ、マジで私が載ってるんですけどっ。私知らなかった、というかさっきまで、普通に向こうの倶楽部に顔出してきたりしたんですが！」

「二十人目が乙葉ちんで部員はマックスかな。対抗戦で倶楽部のランクを上げるまで、このメンバー決まりだね」

ちなみに倶楽部会議に参加しているのはちゃぶ台を囲んだメインメンバーだけで、残りのメンバーは追加のマカロンを焼いたり、設計図を引いていたり、隅っこで幸せそうに居眠りしていたりといつもどおりだった。

「んで、稽古だかなんだかしらんが、叶馬が言いたいのは倶楽部対抗戦に向けてのレベルアップだな？」

「ふもっふ」

ガンスルーされた部長発言をサルベージした誠一の台詞に、口いっぱいにマカロンを詰め込んだ叶馬が頷く。

「叶馬くんはホントにダンジョン好きだよね。まー、あたしもリフォーム見積もり分の銭を稼ぎたいから賛成だけど」

「手間賃はサービスしても、資材の購入代が必要になっちゃうからね」

「寮生のみんなからもいっぱいリフォームの依頼きちゃってるんだよね。麻鷺荘の『おんぼろ妖怪屋敷』って悪名は伊達じゃないかな」

入居者が少ない麻鷺荘にはいくつかの悪名が知れ渡っていた。

他の寮と比べても古めかしい外装から『おんぼろ寮』、寮生が少ないのは行方不明になっているからだという噂から『お化け屋敷』、そして妖しい怪奇現象が起こるという理由から『妖怪屋敷』とも恐れられていた。

「あたしは見たことないけど、先輩たちからは結構見たって話を聞くんだよねぇ」

「害がないなら気にしないかな。ダンジョンで戦ってるんだし、ゴーストやアンデッドモンスターも実際に出るし」

「あー、たしかに。今更お化けとかいわれても、なあ？」

「一刀両断ですっ」

苦笑した誠一の隣で、水虎王刀を手にした沙姫が鼻を鳴らした。

「……ねえ。ちょっと、さり気なく流されてると涙が出ちゃいそうになるかなって」

「仕方ありませんね。乙葉先輩は一番新入りですので、空気を読んでください」

「あ、はい」

ほろりと涙が溢れそうになった乙葉が、叶馬からもらったマカロンをもふもふとついばんだ。

「と言いますか、今の倶楽部辞めたい、もー辞める、私も『神匠騎士団《アデプトオーダーズ》』に入れて、お願いお願いーと叶馬さんにベタベタおねだりしていたのは乙葉先輩なのですが……」

「えっ、なにそれ？」

「あー、部室完成の打ち上げパーティーのときかな」

「乙葉ちゃんベロンベロンになっちゃってたもんね。あんまり飲んじゃ駄目っていったのに〜」

血の気が引いた顔に脂汗を流した乙葉が硬直する。

自分のアルコール分解能力が弱いという自覚はあった。

「私ばっかりのけ者はズルイ、私も構って構ってと連呼したあげく、ご奉仕ご奉仕〜と謎の気合いを入れて叶馬さんを自室まで拉致していかれましたね」

「あああ、あああああ」

「しばらくモチモチ艶々ですっきりしてたから、私たちも乙葉は吹っ切れたんだなーって思ってたかな」

「あー、あー、あー」

頭を抱えた乙葉がちゃぶ台に突っ伏していた。

「ちなみに、手続き書類のサインは偽造しましたが拇印は本物です。たまにこっそりと叶馬さんの寝所に忍ぶのは構いませんが、そのまま朝までぐっすりというのは、当然他の忍んでくるメンバー全員から生温かな目で見られてますよ。今更ですけど」

――穿界迷宮『YGGDRASILL』、接続枝界『黄泉比良坂』――

――第『捌』階層、『既知外』領域――

「ん〜、乙葉先輩ってチョロインの素質満点だよねー」

「死体蹴りは止めて差し上げろ」

階層の深度が変わっても、俺たちは引き続き襲いかかってくるオーク部隊を蹂躙していた。

階層ごとに出現するモンスターは様変わりするが、だいたい二、三階層くらいは跨いで棲息している感じだった。

ピンポイントにその階層にしかいないモンスターもいれば、どの階層でも出現するようなタイプもいる。

「う、おオゥ！」

しゃがみ込んでいた誠一が仰け反り、頭があった位置を牙を剥き出しにした擬態箱《ミミック》がガチンしていた。

ちなみに、コイツがどこにでも出現するタイプのモンスターの代表だ。

「擬態してるミミックって、本物の宝箱と同じで無敵状態なのが厄介だね」

「開けようとしないかぎり襲っても来ないようですが」

「一攫千金のチャンスを見逃すとか、あり得なくない？」

マップ外エリアを攻略している俺たちにとって、宝箱の発見は珍しくない。

俺たちのパーティーがダンジョンにログインして真っ先に行うのが、『案内人《パスフェンダー》』の夏海による宝箱『検索案内《ナビゲート》』だ。

この『検索案内』では、本物と擬態箱の区別がつかなかったりする。

というか、じゃーん擬態箱ちゃんでした、のほうが多い。

既に誠一は宝箱発見の報を聞くと、ひとりだけテンションがダダ下がりになる。

「……このパーティーで一番死にかけてんのは俺だよなぁ」

「せーいち、ふぁいと」

箱にダガーを突き立てている誠一に、満面の笑みを浮かべた麻衣が語尾にハートマークがつきそうな声をかけていた。

「この頻度で宝箱が出てくんなら、同じ『盗賊《シーフ》』クラスでも『強盗《ローグ》』系の追加メンバーが欲しくなるんだが」

たしか、戦闘に特化した『盗賊《シーフ》』上位クラスが『暗殺者《アサシン》』で、トラップやトリッキーなスキルに特化しているのが『強盗』、オールマイティーな万能型が『忍者《ニンジャ》』だったはず。

「ん～、ミミック用生贄の即時復活死要員《リスポーンキル》で、あたしに飽きたときに使う尻穴奴隷が欲しいの？」

「……最低、です」

「……最悪、です」

「ビックリするくらい鬼畜だと思います！」

「このパーティーは俺の扱いが間違ってませんかね」

俺なら擬態箱《ミミック》に嚙まれても『重圧の甲冑《ストレッサーアーマー》』があるので大丈夫な気はする。

無論、宝箱イベントは誠一の活躍チャンスなので奪ったりはしないが。

「あのな。俺も普通に戦闘で活躍してる……だろ？」

微妙なところだ。

というか、最近は俺も活躍できているか微妙。

「では、そろそろ次の玄室に向かいましょうか」

「……うに？　にゅ」

静香の促しに、トロンと惚けた表情で抱きついていた乙葉先輩が顔を上げる。

普段は凜々しい乙葉先輩だが、一度スイッチが入ってしまうとすごくポンコツモードになってしまう模様。

割と簡単に火が入ってしまうのに、冷めにくいという魔法瓶みたいなタイプである。

具体的にはお相手シテいただいた後、しばらくは使い物にならない感じ。

沙姫も似たタイプなのだが、エッチで上がったテンションのままバトルで更にテンションアップという悠久機関なバーサーカー。

「本日の乙葉先輩には、このまま叶馬さん用の慰撫要員になっていただきましょう」

静香の後ろで沙姫たちがぶーぶー文句をおっしゃっている。

「……変に元の倶楽部に未練を持たれても困るので、この際徹底的に…」

「…アレは見られて感じて…」

「…いっそ移動中も…」

「…夜にトドメを…」

「…上下関係を身体に…」

謎の臨時女子会から不穏な単語が聞こえてきた。

肝心の乙葉先輩は自分の足で立ってはいるものの、ぽーっとした感じでぽわぽわされている。

さり気なくスカート捲っても、身体をぴとっと寄せてきてお尻をモジモジするだけだ。

間違いなく周りが目に入っていないゾーン状態。

「ねー。もーいくよー、ってば、聞いてるー？」

既に回廊へ出ていた誠一と麻衣が手を振っていた。

肉体強化し身体を使って戦う前衛系クラスの女子は、とても身体が引き締まっていて具合がイイそうだ。

特に『騎士《ナイト》』系の子は、いろいろな部分の筋肉が強化されるので締まりがイイと評判。

という、乙葉先輩からの自己アピール。

玄室から玄室と攻略を続けている内に、どんどん蕩けて甘えん坊に、露骨にエッチでビッチな感じに。

「要するに、重度のむっつりスケベなのだと思います。普段は自己抑制が強すぎてストレスを溜め込んでいるのかと。まあ、今はダンジョンの瘴気に当てられた『ダンジョン酔い』になっているのでしょう」

「んっぅ……やぁ…あー」

制服に甲冑姿の乙葉先輩を前に立たせて、パンパンとバックスタブ中。

腰部の装甲パーツは回収して空間収納《アイテムボックス》に預かっている。

あと、今日は乙葉先輩を前衛に立たせないということなので胸部装甲も一部回収済み。

エロ同人ファンタジーＲＰＧに登場しそうな女騎士スタイルである。

引き締まって膨らみの位置が高いヒップは、ご本人がおっしゃるとおりに素敵な圧搾感があります。

鎧からはみ出して上下にフルフル揺れるオッパイは、適度な握り心地のＣカップ。

「乙葉先輩ってさー。スペック高いし美人さんでナイスバディーだけど、お酒で失敗してチャンスを棒に振ったり、ダメ男にハマって身を持ち崩す感じだよね……」

「今まで付き合ってきた男は、ヒモみたいな奴ばっかりだったと管《くだ》を巻いていましたね」

「あー、だらしない奴《コイツ》には私がついていないと駄目、とか阿呆な使命感を覚えちまうらしいな。叶馬とか、モロ好みのタイプに見えんじゃねえか？」

「ッ、あッ、ア～ッ……」

みんなから痴態を観察されている乙葉先輩だが、ディスられてゾクゾク昂ぶっておられる模様。業の深いお方だ。

接合部を通して乙葉先輩とパスが繋がっている感じになっており、俺も引っ張られてしまっている。

「自分からは最後まで離れていかねえんだよな、こういうタイプは」

「男には都合のいいタイプなんじゃないの？」

「……そうでもねえんだな、コレが。要するに自己愛が強いってことだから、何を言われても聞く耳持たねえし、一方的に貢いでくるわけよ。だいたい、男のほうが重さに耐えられなくなって逃亡エンドだな」

「へぇ、詳しいねぇ？　経験談かなぁ」

墓穴を掘ったらしい誠一がそそくさと身支度を調える。

あまりのんびりしてもいい場所じゃない。

乙葉先輩のお尻からスティックを引き抜くと、喪失感に足を震わせて腰を抜かしそうになっている。

再びお姫様抱っこし、次の玄室までランデブー。

移動中も首元にチュッチュしたり、出しっぱなしのスティックに手を伸ばしたりしてジョイトイ。

確実に今日は、もう使い物にならないポンコツ騎士様な感じ。

みんながモンスターとキャッキャウフフしてるのを尻目に、壁際に設置した乙葉先輩の片足を抱えてファッキンバトル再開。

歯を食い縛り、ログインしてから何度目かわからないオルガズムに痙攣したかと思えば、正面から首に腕を回して腰に足を巻きつけて抱っ子ちゃんスタイルを要望してくる。

「あん、あんっ…あんっ…」

「どんだけ溜まってるんだよ。寮長ちゃん」

エロ騎士モードの乙葉先輩は、自分から腰を振っていくスタイル。

誠一があきれるほどの性欲モンスターっぷり。

静香は俺のための慰撫要員だといっているが、逆なんじゃないかと思う今日この頃。

実際、俺や誠一は戦闘を眺めるだけの存在になっている。

「ワーハーハー。泣けー叫べー、そしてぇ」

両手を天井に向けて左右に広げ、自分の周囲に無数の回転する光玉を浮かべた麻衣が高笑いしていた。

『魔術士《ウィザード》』スキルとして登録されている『砲台《バッテリー》』とは違い、接触した相手を吹き飛ばすオート防御用の魔法らしい。

何度も誠一にイカされて『砲台《バッテリー》』を消してしまい、お仕置きされているうちに考えついたという麻衣のオリジナル魔法だ。

近接に対する防衛手段を得たことで、『魔術士』の大魔法を遠慮なくぶっ放せるようになった。

「ひれ伏せー！」

左右の掌の上に浮いたのはお盆のような円盤。

フリスビーのように射出されたふたつの円盤は、密集陣形《ファランクス》で盾を構えたオークを回り込んで首をまとめて薙ぎ払っていた。

この魔法に至っては、さっき思いついたばかりで名前もないらしい。

首を失ったオークが列をなして前倒しになる姿は、麻衣の台詞どおりひれ伏しているようにも見えた。

「イイ、ィイ、ゃあアアアアーッッ！」

掛け声のたびに、ボッ、ボッ、ボッ、ボッっと空気の壁を突き抜けるような超加速で沙姫が疾走する。

独特の歩法というか、足捌きで体幹がぶれて見える。

実家伝来な剣術流派の足捌きらしいが、正面から対峙していると分身してるようにしか見えない。

呪文らしきもの唱えていたオークマギの顔が、もう絶望してて草が生える。

スパーンとオークマギの首が飛んだ瞬間、ッヒュボッっと沙姫の姿が消え、背後から大剣を振りかぶっていたオークロードの胴体がまっぷたつに両断されていた。

「……姫っちが見えなかったんだが、お前見えたか？」

「『閃撃《スカッド》』っぽい何かだと思われる」

誠一が使う『忍術』にあるような姿を消すためのスキルではなく、速すぎて見えないという種も仕掛けもない技。

「わふっ」

「わふっ」

「「わふっ」」

「いよぅ」

海春と夏海も、もふもふ軍団を召喚してオークの別部隊を蹂躙していた。

雪狼《スノーウルフ》に黒犬《ブラックドック》に、第七層の階層守護者《フロアガーディアン》だった双頭犬《オルトロス》と、もふもふ尽くしだ。

蜜柑先輩たちへのお土産にしようとして失敗した双頭犬《オルトロス》くんだが、幸運にもカード化してくれたのである。

是非ともコレクションに加えたい逸品だったたが、パーティー会議によりふたりの手元にいってしまった。

ふたりはもふもふ獣系モンスターと相性がいいらしく、メインの召喚モンスターにするようだ。

「おい。なんか見たことねぇ超ヤバそうな怪獣が混じってんぞ」

「俺には見えないいな」

オークロードにのしかかって頭から丸かじりしていたような気もするが、ブヒイィみたいな感じで絶望していた豚公もきっと最初からいなかった。

まあ、ふたりは雪ちゃんと仲がいいので、散歩でも頼まれたのかもしれない。

紆余曲折のトレーニングにより、『魔弾《マジックボルト》』を使えるようになった静香も普通に活躍していた。

後衛から『魔弾《マジックボルト》』でちまちまダメージを与えたり、『祈祷《ウィッシュ》』でデバフしたりと、すごく普通でほっこりする。

じとーみたいな静香の視線を感じるが、普通なのはすごくいいことだ。

何もないところで転んでピンチを演出とかしなくなったので、静香も成長してると思う。

「なあ。もしかして……俺ら要らなくねえ？」

「ああ……」

誠一も気づいてしまったか。

レベルアップし戦いの経験を積んだ彼女たちと比べ、今の俺たちの役回りはヒモの駄メンズだということを。

「はー仕事したー。せーいちー、SP補給してー……って、どしたの？」

# 第四十七章　タルタロスの闘技場

「どうしてこうなった……」

肩を落とした誠一がため息を吐く。

「いや、女性陣を鍛えるという方針からすれば順当」

問題はない。

ただ、少しばかり想定外の成長速度で、男性陣が置いてけぼりにされている現状。

「ああ、だけどな。なんつうか、わかんだろ？」

無論。

面子とか意地とか、そういう男の子の事情というやつである。

俺たちは更なる強さを身につける必要があった。

ダンジョンオフ日にわざわざ誠一と連《つる》んでいるのはそういうわけだ。

ぶっちゃけた話をすれば、俺や誠一は凡人。

身体的な素質は、恐らくある方だろう。

一を積み重ねて十まで届かせるキャパシティーはある。

だが、一から十に飛躍したり、ゼロから一を作り出せるようなカテゴリーにはいない。

自分を卑下するつもりはないが、ああコイツは自分と出来が違うなと思わされる奴はたしかにいるし、その時には自分の底を見させられる気持ちになるものだ。

ただ、それで身の程をわきまえるほど、俺も誠一も頭がよくはないのだろう。

「まあな。つうか、お前もそっちカテゴリーだろうが」

「要領が悪いので力押ししかできんだけだ」

才なき身としてはやはり、先人の教えを請うのが手っ取り早い道だ。

具体的には、学園にいる先輩方の戦い方を盗み取るべき。

それ即ち『見取り稽古』である。

そう、俺たちは目立たずこっそりという行動方針だった故に、学園のスタンダードから目を背けてきた。

スキル、そしてマジックアイテムを使ったバトルについては、先輩たちに千日の長があるはず。

その技術を学び盗るのだ。

「倶楽部対抗戦が、その機会なんだろうけどよ」

当たり前の話だが、それでは当の対抗戦に間に合わぬ。

「……お前には内緒にしていたのだが、実は正体を隠して学生決闘《メンズーア》したことがある」

「お、おう」

温厚な性格で知られている俺が学生決闘《メンズーア》したと聞いて、誠一も驚いているようだ。

「内緒にしているつもりだったのかとか、正体を隠してるつもりだったのかとか、自己評価が間違ってるだろとか、突っ込みどころ満載でビックリしたぜ」

「そのときの相手はどうも非戦闘系クラスの先輩方ばかりだったようで、参考にはならなかった」

ひとりだけ強者っぽい先輩がおられたが、手を抜かれてしまった。

もっと、こう、互いに昇天するような闘争の桃源郷《バトルニルヴァーナ》を堪能したかった。

再戦を約束したものの、まだ機会は訪れていない。

「お前、布団の上じゃ死ねねえタイプかよ。生まれる時代を間違いすぎだろ」

「俺にも事情はある」

どの時代で生まれようと大差はなし。

まあ、この時代は暮らしやすいとは思う。

道端で餓死している平民はいないし、女子どもも自由に外を歩ける。

連れ立ったまま歩く廊下は、まだ昼休みの余韻が残っており賑やかなものだった。

ある者はダンジョンダイブする準備をし、ランチの腹ごなしに雑談する者、教室でだべったまま午後の予定を話すグループとさまざまだ。

そんな中で俺たちが向かっているのは『闘技場《コロッセウム》』だ。

それなりに常連になっているトレーニング施設の近所にあるという話だが、まだ行ったことはない。

『工作室《ファクトリー》』と同じように、一般生徒でもダンジョンと同じようにスキルが使える空間であるという。

学園の公式行事期間を除き、申請すればどの倶楽部でも利用可能だ。

ちなみに、個人での申請は不可となっており、倶楽部としての申請なら特にランクは関係がない。

俺たちにも借りることができた。

なお、きっちり使用料は徴収されている。

申請手続きをしたのは誠一なので、料金は知らぬが。

学園の一大イベントともいえる倶楽部対抗戦が近づいている今の時期は、摸擬戦や訓練を行う倶楽部の予約でいっぱいだったらしい。

ただ、運よくキャンセルが入ったとかで、そこに予約を入れたそうだ。

対モンスター戦闘と対人戦は別物であろうし、モンスターの襲撃や『天敵者《アグレッサー》』を警戒する必要があるダンジョンは訓練に向かない。

つまり『闘技場《コロッセウム》』で見学すれば、有力倶楽部の屍山血河《しざんけつが》を撒き散らす死闘が、直接観察できるという寸法だ。

「……そこまでハードじゃないだろ？」

「油断していると逝くぞ」

一応、羅城門とはまた別のセーフティー機構はあるらしいが。

「……ッきゃー……」

「……初めて生で見たよぅ……」

普通科教室棟の廊下は長い。

直線ではなく折れ曲がってはいるが、一学年で二十四クラスはやはりマンモス校だと実感させられる。

一応、教室棟から他の施設へは渡り廊下で繋がっていた。

「お前に逝かれても困るからな」

「……ツンデレキター……」

「……なあ。なんか変に注目されてねえか、俺ら」

女子のキャイキャイという雑談が聞こえるが、女子とはそういう生き物だろう。

麻鷺荘の先輩方を見ていればだいたいそんな感じだ。

だいたい、ここまで来ると元の丙組教室から離れすぎて、知り合いなどいるはずもなし。

「いや、そういうんじゃなくてだな。ケツの辺りに寒気がするっつうか」

誠一のケツ、あたりでザワッと周囲にプレッシャーが生まれたような、まあ気のせいだろう。

周囲を見回しても、女子は誰ひとり俺たちのほうを向いていない。

まったく誠一は自意識過剰な奴である。

＊＊＊

学園にある特殊施設のひとつ、『闘技場《コロッセウム》』。

疑似ダンジョン空間の生成原理は、基本的には『工作室《ファクトリー》』などの小規模施設と同じだ。

結界で区切られた空間に、モンスタークリスタルから抽出した瘴気《アストラル》を充填する。

通常の瘴気圧はダンジョンの第一階層と同程度に設定されていた。

小さな魔法陣内とは異なる大空間に瘴気を維持できるのは、『闘技場《コロッセウム》』の構成物質自体がダンジョン産であるが故だ。

かつて攻略された超級レイドクエスト、『タルタロスの闘技場《コロッセウム》』が残した遺産だ。

『伝承《レジェンド》』タイプに分類される異世界は臨界し、地上へ物質化《マテリアライズ》したと記録されている。

その『顕界《アドヴェント》』と呼ばれる現象を解決するために、犠牲を省みることなく当時の全戦力を投入したとされている。

戦いの詳細は残されていないが、『核《コア》』の討滅後も現世と融合した『タルタロスの闘技場《コロッセウム》』は消えることなく、百数十年経過した今でも濃密な瘴気を宿していた。

「ほっ、ほっ、ほっ」

『闘技場《コロッセウム》』の形状は、『伝承《レジェンド》』の元になっているローマ帝政期に作られたフラウィウス円形闘技場と瓜ふたつであった。

中央にある円形の舞台《バトルフィールド》を、階段状になっている観客席が囲っている形だ。

闘技場の舞台は、四つの区域《ステージ》に分けられている。

ステージの形状を変更できるギミックもあったが、通常は利用されることがない。

施設のあちこちに猛獣や神話の美しいレリーフが刻まれており、武装した石像などは今にも動き出しそうなレアリティーがあった。

原型になっているのは、この世界の歴史に伝承として謳われている、幻想の物語だ。

願いや祈り、信仰の投影された姿でもある。

それらは純粋で美しく、残酷なほどにおぞましい。

「ほっ、ほっ、ほっ、ンおぅ！」

吐息と合わせて、パンパンパンっと小気味よく鳴り響いていた音が止まる。

膝までずり落ちたズボンとパンツ。

シャツで半分隠れた男子の尻は、スポーツ選手のように引き締まっている。

ビクビクと痙攣する大臀筋もくっきりと浮かんでいた。

彼が向き合っているのは、全てが丸出しになっている女子生徒の生尻だった。

今まさに精液を注入されている臀部が悶えている。

内股となって膝をカクカクと震わせ、太股を捩り合わせながらオルガズムに達していた。

胎内に注ぎ込まれたのは、学園でもトップランクに位置する実力者の精液だ。

乙女《ピュセル》に使われているような女子にとっては、濃厚で刺激の強すぎる精気であった。

収縮する膣穴を堪能した彼が、その逞しい肉棒を引き抜いた。

反り返っている勃起物の先端から、粘っこい糸が割れ目の奥へと繋がっていた。

「次はドレに、すっ、かっ、なっ、と」

適当に音頭を取る彼は、適当に次の尻穴を選んでいく。

闘技場の正面にある壁際には、奇妙なオブジェクトがそそり立っている。

黒曜石で作られている黒い壁だ。

その壁の前に、十名の女子生徒が設置されていた。

彼女たちは全裸となって、黒い壁に向かって両手を差し出している。

「コイツは、どうかなっと」

「やぁ…っ」

彼がペニスを突き刺した女子も、その中のひとりだ。

ヌルッと根元まで埋めた肉棒を、『の』の字を描くように回転させてから、引っこ抜く。

「隣の奴は、っと」

「はぁう」

入れ替えた尻の具合を確かめると、またパンパンという音が響き始める。

『超級』異世界《レイド》クエスト、『タルタロスの闘技場』。

伝承タイプの異世界として、活性化していた当時は様々な舞台装置《ギミック》が存在していた。

『祈りの壁』と呼ばれる追加オプション起動装置も、そのひとつだ。

各々のステージ正面に設置されている黒いオブジェクトは、闘技場内の四方にそれぞれ配置されている。

そして、黒い鏡となっている壁の前には、全裸となった女子生徒たちが並んでいた。

壁を向いている彼女たちは、掲げた両手を壁に押し当てている恰好だ。

その手は黒い壁から生えているように、手首まで沈み込んでいる。

自分の意志で抜くことはできないが、肉体的にダメージのあるギミックではない。

彼女たちの役目は、祈りの壁に許しを請うている『乙女《ピュセル》』である。

レイドクエスト『タルタロスの闘技場』においては、舞台で戦う挑戦者に対してバフを発生させるという、一種のクエストサポート装置《ギミック》となっていた仕組みだ。

伝承型の異世界には、そうした攻略のための筋道が用意されていた。

それらは伝承という物語を盛り上げるための仕掛けだった。

『祈りの壁』の場合、組み込まれた十名の彼女たちからSPが吸い取られ、舞台で戦う挑戦者へ供給される。

そして、『反則《チート》』サポートの代償として、クエスト最中の『乙女《ピュセル》』役は人型獣神兵《クエストガーディアン》たちから辱めを与えられるルールになっていた。

壁に両手を拘束され、頭を垂れて凌辱されていた少女たちは、観客に対して許しを請うているようにも見えたという。

理由は解明されていないが、高難易度の伝承レイドには類似の救済となるような、何らかの仕掛けが存在することが知られていた。

そして、タルタロスの闘技場に残っているいくつかのギミックは、今でも起動が可能だった。

祈りの壁と乙女のギミックは、舞台上の瘴気圧を高めるために利用されている。

学園主催のイベント期間とは違い、普段の闘技場ではモンスタークリスタルを使った瘴気加圧は行われていない。

当日の目安となるダンジョン中層レベルの環境に近づけるために、彼女たち『乙女《ピュセル》』が使用されている。

ちなみに、乙女役の女子生徒が全裸なのも、彼女たちを休憩中の男子が性処理に使っているのも、特に意味はない。

ただのレクリエーションだ。

それに、自分たちが利用するステージの加圧に使う『乙女《ピュセル》』の女子十名は、自分たちで手配したものだ。

上位ランクの倶楽部であれば、そうした雑用を命じることのできる『同盟《アライアンス》』相手には事欠かない。

倶楽部同士の同盟関係は、上下関係のはっきりしたものであることが多い。

弱小倶楽部は雑務を引き受けて娯楽を提供し、強豪倶楽部は後ろ盾となって庇護する。

『同盟《アライアンス》』のシステムは、そのように活用されていた。

学園の生徒にとって、同格の倶楽部はただのライバルでしかない。

協力し合うよりも、足を引っ張り、顔を見れば嫌がらせをする。

倶楽部の対抗戦を控えた今なら、なおさらだった。

＊　＊　＊

学園が設定している倶楽部のランクには、最上位の『S』から、『A』『B』『C』と続き、非公認扱いの『F』等級が存在している。

だが、Sランクの倶楽部があまり目立つことはない。

それらは学園の最上級生となるまで生き延び、第四段階《フォース》クラスまで至った集団だ。

生徒というよりも学園側の組織に取り込まれてしまう。

それは生徒にとって理想的なエリートコースであり、終着地点でもあった。

振る舞いが大人しくなるのは当然だ。

実質的に学園のトップとして君臨しているのは、十二枠の『A』ランク倶楽部だと認識されている。

まだ自重する必要もなく、そして実力も『S』ランクに劣るものではない。

闘技場で睨み合っている三倶楽部。

『黒蜜《ブラックハニー》』『聖夜の偶聖《ノエルチョッパーズ》』『天上天下《ワールドマイン》』。

彼らがまさに、その『A』ランクとして学園に君臨している、トップ倶楽部の一角だ。

この状況からもわかるように、実力派の倶楽部同士はお互いを敵として認識していた。

顔を突き合わせればいがみ合い、足を引っ張り合う。

手を携えて協力する相手ではなく、蹴落とすべきライバルでしかない。

普段は互いに距離を置いている上位倶楽部が、こうして雁首を揃えているのには理由があった。

対抗戦に向けた『闘技場《コロッセウム》』での訓練予約を、あえてバッティングするように調整した結果である。

　それが誰の、どんな意図があったのか、実際にどこの倶楽部が最初に予約をしたのか、もはや睨み合う彼らにとってどうでもいい問題になっている。

　彼らには強豪倶楽部としての面子があるのだから。

「気に入らねぇなぁ……」

　最初に口を開いたのは、西の舞台に立った『聖夜の偶聖《ノエルチョッパーズ》』の副部長だ。

　ソフトモヒカンの男子は、顔面を愉快に引き攣らせていた。

　本人は脅しているつもりなのかもしれないが、睨めっこで無敗を誇れそうな表情になっている。

　彼らこそは自称、学園で虐げられているシャイな毒夫の味方。

　健全な男女交際を許さないという、謎の使命感をもつ男子が集った謎の倶楽部である。

　謎の使命感に支えられてダンジョン攻略を続けた彼らは、強さが優遇される学園でカースト上位者に辿り着きながらも、謎の使命感を忘れることなく抱き続けていた。

　乱暴、粗暴、そして少々歪んだ性格の彼らが引き起こすトラブルを嫌うものは多い。

　だが、一部の男子からは謎の支持があったりもする倶楽部だった。

　学園主催の珍しく健全な行事であるクリスマスパーティーを台なしにした事件は記憶にも新しい。

　実際、謎の使命感とは、ただの拗らせたコンプレックスであったが、本人たちに自覚などない。

「それはこっちの台詞よぅ……」

見下すように腕を組んだのは、北の舞台に陣取る『黒蜜《ブラックハニー》』の調達隊長だった。

ロングの癖毛を肩口でサラつかせたイケメン男子であり、物腰からは微かなジェンダー臭を発散させている。

この倶楽部も、学園では異色の集団として知られていた。

構成メンバーの大半が女子生徒で、それぞれがハイレベルの到達者だった。

クラスチェンジの恩恵は男女問わずに与えられるが、やはり上位クラスまで到達して活躍する女子生徒は少ない。

特に前衛クラスの場合、モンスターと正面から肉弾戦をする度胸が必要になる。

そして何より、黒蜜を異端たらしめているのは、倶楽部の活動方針であった。

ここにはいない倶楽部長の影響を受けた彼女たちは、独自の信念を掲げてダンジョンを攻略している。

ちなみに、『黒蜜《ブラックハニー》』の名前の由来は、設立時にたまたま部長があんみつを食べたかったというだけで深い意味はない。

倶楽部の名称などというものは、だいたいその場のノリで適当に決められていたりする。

名称の変更ができず、後で後悔するまでがテンプレだ。

「どうでもいいんだけど、私たちの邪魔だけはしないでちょうだい」

忌々しそうに髪を掻き上げたのは、東の舞台にいる『天上天下《ワールドマイン》』の会計主任だ。

明るく染めた髪をバンドで留め、スカートの後ろに差した刀の鍔《つば》をカチンカチンと鳴らしている。

ある意味、彼らの倶楽部『天上天下《ワールドマイン》』は、この学園を象徴しているような集団だ。

ダンジョン攻略やモンスターとの戦闘に、快感を見出したバトルジャンキー。

現代の日本では、社会不適合者と呼ばれそうな人種の集まりだった。

部員はハイレベル、ハイクラスチェンジャーのみで構成された実力主義を掲げている。

ランク『S』にもっとも近い戦闘集団。

それが『天上天下《ワールドマイン》』だと言われていた。

「ふん……」

刀を鳴らした彼女の視線は冷めていた。

ピリピリと張り詰めた空気に乙女《ピュセル》の呻き声が流れていても、彼女には何の感慨もない。

男子と張り合ってダンジョンの第一線で戦っている自分と、妥協し男子に媚びへつらうような女子は別の生き物だと割り切っている。

用意した乙女を男子メンバーが犯していても、気に留めはしない。

自分が哀れだと思うのならば、自分の足で立てばいい。

そして、強者に依存するのならば、せいぜい役に立ってみせることだ。

＊　＊　＊

隣接する舞台で続いている睨み合いに、張り詰めた空気は一触即発にまで高まっていた。

既に過去形である。

今は、むしろ高めようとしている最中だ。

バリ、ボリ、ガリッ、となにか硬い物を砕くような音が、乙女《ピュセル》の喘ぎ声を凌駕して響き渡っている。

四つある舞台《ステージ》の内、北側には奇妙なオブジェクトが設置されていた。

丸太を削りだしたようなベンチ。

四つの舞台が隣接し、三人が向かい合っているのと同じ角位置。

誰がそこにベンチを置いたのか、いつ置かれたのかわからなかったが、カメラアングルとしては特等席といえるかもしれない。

がさり、と手にしたビニール袋に手入れ、醤油色に染まった堅焼き煎餅が取り出される。

よほど硬いのだろう。

バリ、ボリ、ガリッ、とまるでコンクリートを齧るような破砕音が、口元から漏れていた。

大股でベンチに腰かけ、煎餅を食らう男子生徒はマネキンのような無表情だ。

隣で諦めたように顔を手で押さえているもうひとりの男子からは、何故か哀愁が漂っているように感じられた。

三人のなんとも言えない、微妙な表情を向けられているのに気づいたのだろう。

咀嚼を止めて煎餅を飲み下してから、口が開かれた。

「構わん。続けろ」

ゴッという鈍い音は、その男子が後頭部をフルスイングで殴られた音だ。

だが、微動だにしていない彼は、それに気づかなかったように袋から新しい煎餅を取り出している。

殴った手の拳を押さえ、プルプルと震えている相方の男子がとても痛そうだった。

「……オメェら、今日は俺たちの貸し切りだ。とっとと出て行ってもらおうか」

「……ハッ。舐めた口きいてんじゃないわよ。私たちに命令しないでちょうだい」

「……困ったわねぇ。私たちに争うつもりはないのだけれど」

各倶楽部の代表メンバーに、何も見えないという同意が結ばれた。

暗黙の了解というエアーリーディングフィールドは、時として強い強制力を持つ。

「わかってるんでしょうね。私たちは実力行使も辞さな――ねぇ、ちょっと、アンタ！」

ボギン、バギン、ゴキンッ、とまるで解体の工事現場のような音に耐えられなくなった彼女
が、あっさりとタブーを破ってしまう。

「どんだけ硬いお煎餅なのよ！　いや、そうじゃなくて、何なのよアンタは」

煎餅を飲み込み、しばしジッと視線を向けた男子は、そっと煎餅袋を差し出す。

「違うから、別に催促してないから！」

「あらあら、気が抜けちゃったわね……。でも見覚えのない子だわ。どこの倶楽部かしら？」

「オォイオォイ。坊やに色目かぁ？　このカマ野郎が」

「あア？　おい、レディーに向かってナンつった？　潰すぞ、三下が」

「ポテチも要らないから！　飴ちゃんもいらな……えっ、何ソレ。カルメラ焼き？　なんでどれもそんなに硬そうなの」

収拾がつかなくなった舞台の交差点で、張り詰めた空気というバランスが崩れ始めていた。

「つうか、そもそも何なんだオメェは。見世物でも眺めてるつもりか、この雑魚が」

顔を引き攣らせたソフトモヒカンが、苛立ちを安パイにぶつけるべく自陣から北側の舞台へと足を踏み出した。

これは暗黙の了解を越えた明確な敵対行為で、喧嘩を売ったという合図であった。

無言で差し出された煎餅袋を払いのけて、拳を振りかぶる。

「ホラ、吹っ飛んで消えろ。雑魚やろゥガ！」

ゴギン！　と、痛そうな音を響かせて、ソフトモヒカンが舞台の石畳に頭部をめり込ませていた。

片手に破られた袋、片手に拳を握った男子が、ゆらりと丸太ベンチから立ち上がる。

「……食い物を粗末にする輩は、死ぬがいい」

「おいっ、馬鹿っ、とう……クソ！　止めろ、何ぶち切れてんだ」

乙女にへばりついていた者、後ろでニヤニヤと観察していた者、この場にいる『聖夜の偶聖《ノエルチョッパーズ》』の全メンバーが戦闘態勢になる。

「女は下がっているがいい」

「……アンタ、マジでなんなの？」

「……あらまあ」

　女扱いされてカチンと切れた彼女と、当然のように女扱いされてキョトンとあっけにとられた彼を押し退けて、一歩敵陣の舞台へと踏み出していた。

「オイ、コラぁ。ヒャッペン死んだぞ、テメェ！」

「二度と顔を上げて歩けねぇようにキョウイクしてやんぞ、コラァ！」

「その奇麗なツラをフッ飛ばしてやる！」

「ククッ、さあ、戦え。命の煌めきを俺に見せろ、人間ども」

　西舞台にわらわらと集う『聖夜の偶聖《ノエルチョッパーズ》』の部員に向かい、両腕を左右に広げて口角を吊り上げる。

「……ヤッベ。人間ってアイツ、こっそり暴走モード入ってんじゃねえか……」

「頭イッてやがんのか、コラァ！」

「まあまあ、ちょっと落ち着きなさいな、アナタたち。騒ぎが大きくなれば治安部隊が出てくるわよ？」

　機嫌の良さそうな声で仲裁に入った彼を、遮るように手が向けられた。

「レディーの出る幕ではない」

「……悪ふざけはそこまでにしなさい。アタシは男よ」

「肉体は魂の乗り物に過ぎず。心がレディーであるのならば、レディー以外の何者でもありはしない」

「ヒッヒッヒ、コイツもカマホモ野郎かヨガッッ！」

くの字に身体を折り曲げたまま、斜め上へと吹き飛ばされた男子が舞台の外へ落下する。

「さあ。おしゃべりの時間はお仕舞いだ。剣を取れ、雄叫びを上げろ！　牙を剥いて猛り狂え！　殺せ、争え、闘争こそが快楽だ！　クハ、ハハハッ、ハーッハッハッハ！！」

大気を伝播する威圧と畏怖。

それだけでなく、物理的な圧力にビシビシと舞台の石畳にヒビが走る。

気を呑まれるようなプレッシャーは、彼らにとって覚えのある感覚だった。

深層の階層守護者《フロアガーディアン》、もしくは超級クラスのレイドボス、格下に対してバッドステータスを喚起させるパッシブスキルだ。

『聖夜の偶聖《ノエルチョッパーズ》』は武器を構えてステージ上の暴君へ突貫していく。

「何なの、アレは！　アンタたちの差し金っ？　ちょっと、ボーッとしてるんじゃないわよ」

「……え、ええ。違うわ。彼のようなナイスガイはアタシも初めてよ」

ドンッ、ドカッ、と無造作に振り回される拳に、人影が花火のように打ち上げられていく。

圧倒的なパワーであったが、そこに理だった技はない。

ＳＰの障壁ごと相手が吹き飛んでいるのが証しだ。

理性のないパワー系のボスに多いタイプだった。

威圧にさえ呑まれなければ、ダンジョンの最前線を攻略している者にとって、今更怖い相手ではない。

「はぁ……もう、仕方ないわね。アレ、殺るわよ。手伝いなさい」

「そうね。彼、狂乱系のイリーガルみたいだし、自分で正気には戻れないでしょ」

クラスチェンジのアーキタイプから外れた『規格外《イリーガル》』は、それほど珍しい存在ではない。

尖りすぎるほどに尖鋭化した『規格外《イリーガル》』は、一面では無類の力を発揮するが、他の面では使い物にならないほどに脆くなるのが常識だ。

『規格外《イリーガル》』で使い勝手がよく強いとされているのは、『勇者《ブレイバー》』やアーキタイプの近似クラスくらいだった。

「ふん、せめて痛くないように首を落としてあげる」

チャキ、と腰に差した刀の鯉口を切った彼女が、抜刀体勢に構える。

「すぐに蘇生させてあげるから心配しないでね。ナイスガイくん」

『闘技場《コロッセウム》』のセーフティーシステムは羅城門とは別物だ。

レイドクエスト『タルタロスの闘技場《コロッセウム》』の性質を色濃く残したフィールド内では、生命活動を停止した肉体に魂魄が留まり続ける。

闘技場ルールでも禁じ手とされる、肉体が消滅するような事態にならなければ、ポーションなどで肉体の損傷を回復するだけで蘇生する。

もっとも、そのまま長時間放置すれば散魂して死に至った。

深く居合の構えを沈めた彼女の隣で、拳を打ち鳴らした彼が足下に震脚を撃ち込む。

レアクラス『襲闘士《ストライカー》』は、素手の格闘術をメインとするクラスであり、SPスキルのコントロールに長けている。

圧倒的なパワーがある相手であっても、足下が崩れれば体勢を維持できない。

ひび割れ砕けた舞台の上で、ギョロリと振り向いた暴君の目には、太刀を左手に、柄に右手を添えた彼女の姿が映っていた。

音もなく、首元に銀線が閃く。

『戦士《ファイター》』系侍ツリー上位クラス『侍大将《サムライマスター》』の代表スキルとして知られる、『閃撃《スカッド》』からの一撃だ。

呼吸を止めている状態での超加速機動は、単発攻撃スキルなどよりも脅威的な対人性能があると知られていた。

ザッ、と何故か、元の位置までバックステップした彼女が残身する。

「はい。お仕舞いね……、ッ？」

振り向いた能面の如き顔の一部が、裂けた三日月のように吊り上がっていく。

それは切り裂かれた首元ではなく、獲物を食らうような赤い赤い、赤い――。

「……何でコイツが落ちてたんだかわかんねえが、とりあえず食らって寝ろ！」

崩れた足下の影からボッ、と飛びだしたマスクマンが、身長ほどもある巨大なハンマーを振り下ろす。

死角からのフレンドリーファイヤー＋『撃震鎚《インパクトメイザー》』のコラボレーションコンボが、謎の暴君

「地砕《アースブレイカー》」

の後頭部にクリティカルヒットした。

ＳＰやＧＰのバリアー機能は、基本的に敵対心がトリガーとなって作用する。

味方だと認識している相手にはシールド効果も薄くなった。

吹き飛ばされることなく、ガン！　とその場で一回転した男子は、闘技場の石畳に顔面を突っ込んでいた。

スタイリッシュな彫像となった相手の足を担ぎ、頭部を布でグルグル巻きにした彼は、ペコペコと頭を下げながら風のような速さで出口へと消えていった。

人は理解できないモノを目にすると思考が停止するものだ。

天使が通ったような静寂が過ぎると、闘技場に残った者たちが吐き出したのは震えるようなため息だった。

「……ええっと、何だったのかしら？」

「知らないわよ」

腕を組んで首を傾げる彼を尻目に、舞台から飛び降りた彼女は『天上天下《ワールドマイン》』の仲間へと合流した。

「クッハハッ。顔が青いぜ？　センパイ」

「……うっさい」

騒ぎの間中も変わらず、どころか戦気に当てられてなおさらに猛った逸物を乙女《ピュセル》に突っ込んでいる男子が笑った。

二年生にして『天上天下《ワールドマイン》』一軍エースを張る彼との交尾に、乙女《ピュセル》の女子は白目を剥いて舌を垂らしていた。

「やらかすことが滅茶苦茶でマジ笑えるぜ、アイツは。ククッ」

戦いの気に当てられた昂奮を鎮めるため、パアンッと音高く乙女の尻へと腰をブチ込んだ。

内股で痙攣する太腿に、盛大に吹き出した潮が滴っていく。

「あの化け物、知ってるの？」

「ちょっと前にタイマンで遊んでやったのさ。面白そうな一年坊主がいるからスカウト部隊回せっていったろ？」

「……忘れてたわ」

「ハァ？　って、オイ、こら足絡ませんな。このズベ公が」

尻を擦りつけて媚びる乙女が、望みどおりにスパァンスパァンとケツ叩きの刑に処されていた。

首を薙いだ。

刎ねるつもりで刃を当てた。

切り裂いた確かな手応えが、指先に残っている。

SP装甲は肉体に纏った不可視の障壁だ。

バリア自体を破壊してダメージを与える他の『戦士《ファイター》』系とは違い、『侍《サムライ》』クラスの斬撃はバリアを貫通するクリティカルヒットを意図的に発生させる。

彼女の妖刀はバリアを貫通し、たしかに首を切り裂いていた。

だが、切り裂いた肉には傷ひとつ残っていなかった。

「アレも化け物の一匹か」

斬って斬れなかった化け物は、ダンジョンの中でも、闘技場の中でも覚えがあった。

強者として君臨しているモノもいれば、ひっそりと隠れ潜んだゴミのようなモノもいた。

『規格外《イリーガル》』の中にポツリポツリと混じった、本物の化け物《オーバールール》たち。

「次は斬る」

そのためにダンジョンであらゆる力を求めているのだ。

彼女もまたダンジョンに魅入られた、一匹の化け物だった。

＊＊＊

「お前、馬鹿なの？　阿呆なの？　死ぬの？」

一応、俺も反省しきりなのだが、一方的に罵倒されるのは如何なものか。

静香と沙姫にサンドイッチ拘束された状態で、海春と夏海からバッサバッサされてる。

もうたぶん、正気に戻っているので大丈夫です。

「頭おかしい人って、自分を正気だって言うよねー」

あきれ顔の麻衣が、オレンジジュースのストローを咥える。

まあ、俺がどのように弁明しようと変わりはないのだが。

仮に正気じゃないと言っても、静香たちから嬉々《きき》として拉致されるのが目に見えている。

「つうか、静香たちと別行動してから一時間もしないで暴走開始とか、どんだけ情緒不安定なんだよ」

「まったくです。私たちを置いていく叶馬さんがいけないのです」

「旦那様ズルイですー。私も行ってみたかったです」

仲良く左右からがっちりとアームロックしているふたりだが、不満の方向性に違いがある模様。

あと、しょっぱくなってきたので、振り塩はそれくらいで充分だと思います。

高血圧になってしまいそう。

「まー、こっそり抜け駆けはよくないよね～。新しい女の子の下見かなーって思っちゃったし」

「ハァ……結局、ハイランク倶楽部に喧嘩売っちまっただけじゃねえか」

「そういうこともあるだろう」

「なんでお前が他人事なんだよ」

過去を振り返ってばかりでは前に進めない。

ただ、石榴山で先輩たちがハンドメイドしたベンチを置きっぱなしにしてしまったのが悲しい。

他の備品は拠点の迎撃要塞ごと空間収納《アイテムボックス》の中にあるのだが。

特に朱陽先輩が育てていた菜園は、雪ちゃんにも好評である。

だが、たしか中途半端に品種改良されていた、モンスターの自動迎撃機能搭載のバスケットボールみたいなトマトとかもあったはず。

それってもう半分モンスターなんじゃなかろうか。

瘴気が薄い外では育たないとのことだが、空間収納《アイテムボックス》の中はダンジョンっぽい環境になっているらしい。

「そもそもさー。マジックアイテムの使い方って、どゆこと？」

「ああ。なんつうか、力を引き出す方法っつうか、テクニックがあるらしいんだよ」

「……まったく。人前で何をイチャイチャしているの、君たちは。学生食堂には人目もあるんだから自重しなさい」

なんとなくデジャブを感じる声に振り返ると、乙葉先輩が腰に手を当てておられた。

「すまない。乙葉」

「ひ、人前で呼び捨てはダメ。そ、そういうのはふたりきりのときだけなんだから……」

そう呼べと言われていたのだが、何やら条件が複雑だった模様。

頬を染めて途端に可愛らしくなった乙葉先輩に、静香たちがジトッとした目を向けている。

「乙葉寮長、用事は終わったのですか？」

「う……。ちゃんとケリはつけてきたわよ。散々イヤミとか言われちゃったけど。てゅーかアイツら最悪、抜けて正解だったたって感じ」

空いている席に腰かけた乙葉先輩がヒラヒラと手を振る。

「もー、聞いてよ。あの倶楽部はね。私たち初期メンバーが立ち上げて少しずつ強くしていった倶楽部だったのよ。それなのに後から入ってきた分際で、好き放題にあーだこーだと注文つけてくれちゃってさぁ。やれ効率が悪いとか、女は引っ込んでろとか、ホントもうムカツクったら……」

何やら愚痴をぶちまけ始めた。

「そういえば、チョロイン先輩って一応ダンジョン組の武闘派なのよね？」

「その呼び方ヤメテくれるかな。麻衣ちゃん……」

「それは置いといて。マジックアイテムの使い方とか、先輩から聞けばよかったんじゃない？」

「えっ、なに？　何の話？」

言われてみれば正論である。

まあ女性陣に気づかれないように、こっそり修行しようという男のプライド的なものがあったのだ。

## 第四十八章　正しいマジックアイテムの使い方

「別に、もう身内だし普通に教えてあげるけど、ね」

麻鷺荘の裏庭、露天風呂の建設予定地にもなっている場所。

周囲に立木が生えていないというだけで、何もない普通の空き地だ。

「……逆にマジックアイテムを覚醒《アギト》させないでダンジョンを攻略してたっていうほうがビックリだよ」

静香が地面に槍の石突きを刺した。

そのままガリガリと適当な円を描き、東西南北の四方に塩を盛る。

ダンジョンの中ではなかなか使う機会もないが、『巫女』クラスの『聖域』という結界を張るスキルである。

触媒と地形に依存する儀式スキルということで、ダンジョンの外でも機能するらしい。

学生決闘委員会《メンズーア》の決闘結界も、コレを応用しているそうだ。

あとは結界内でモンスタークリスタルをいくつか砕いてやれば、ある程度の瘴気濃度が出せると。

元々、麻鷺荘の周辺は立地条件的に瘴気が溜まりやすいとのことだ。

それがお化け屋敷といわれる原因にもなっているのだろう。

「マジックアイテムを覚醒《アギト》させるのは、ダンジョン環境じゃないと無理だからね。ダンジョンでも階層が深いほど覚醒《アギト》させやすいし、マジックアイテム自体の力もブーストされるよ。まあ、それ以上にモンスターも強くなっていくんだけど」

相撲の土俵みたいな感じに完成した静香結界へと、乙葉先輩が足を踏み入れた。

目を閉じて鼻から息を吸い込み、うん、と頷いている。

たしかにダンジョンの中は瘴気臭いというか、魔法臭いというか、独特の臭いがするのだ。

「これなら充分だね。それじゃあ、お手本を見せてあげましょう」

「お願いします」

「乙葉ちゃんガンバー」

「格好つけようと気合い入ってるかな」

先ほどのメンバーの他に、蜜柑先輩と凛子先輩が見学に加わっていた。

職人メンバーの中では、武具製造と鑑定の専門家である。

「それじゃあ基本から。マジックアイテムのカテゴリーが三つに分かれているのは知ってるよね？」

これは『無銘《ノーネーム》』『銘器《ネームド》』『固有武装《オリジンギア》』の等級《グレード》だったはず。

「うん。叶馬くん正解。後でご褒美をあげるね」

家庭教師の先生っぽい乙葉先輩あざと可愛い。

ニッコリ頬笑んでいる静香さんはコワ可愛いです。

「実際に覚醒《アギト》できるのは、ネームド以上のマジックアイテムだけよ。銘なしのアイテムはいくら強くても覚醒《アギト》できないの」

腰のベルトに装備している、乙葉先輩コレクション武器から短剣を手にとった。

一年もダンジョンに潜っていれば、それなりにマジックアイテムも所持するようになるのだろう。

「こうやってマジックアイテムに魔力を注ぐ……というのはわかるかな？　スキルや魔法を使

うのと同じ感覚なんだけど」

　綺麗に磨かれた刀身に淡い光りが灯る。

「これがマジックアイテムの励起《れいき》状態。使用者の魔力、前衛クラスだとオーラっていってる力を注ぎ込んで活性化させた状態ね。アイテムの性能も上がるけど、当然その分のオーラは持続的に消費するわ」

　みんなオーッという感じで感心している。

　特に沙姫の目がキラキラしていてデンジャー。

「アイテムが銘なしの場合はこれで限界。だけど、ネームドなら――『灯れ！』」

　乙葉先輩のトリガーワードに反応した短剣が、ボッという音を響かせて炎に包まれた。

　みんなのオオーッという声も先ほどより大きい。

　刀身に絡みつく炎の蛇は、グリップを握る手にも及んでいる。

　だが、乙葉先輩は熱を感じていないようだ。

「これが『覚醒《アギト》』。マジックアイテムの力を一〇〇パーセント引き出している状態ね。アイテムの品質《クオリティ》にもよるけど、この状態を維持するのにはすごくオーラを消費するわ」

「格好イイです！」

「ふふっ。沙姫ちゃんならすぐに覚えられると思うわ。ただ、注意しなきゃいけないのは、強力な『銘』が刻まれているマジックアイテムは引き出させる力も大きい分、覚醒《アギト》させるのに必要なオーラも多いの。マジックアイテムにオーラを吸い取られて自滅した、なんて話は珍しくないから気をつけてね」

なるほど。

つまり、外付け増設式の追加スキルを使用できるといった感じだろうか。

騎士《ナイト》の先輩が火の魔法を使えるようなものだ。

弱点をフォローしたり、長所をブーストしたりすることができる、これは切り札になりえる要素だ。

「ちなみに、この短剣の銘は『火炎短剣《フレイムダガー》』よ。エレメンタル系マジックアイテムとしてはオーソドックスな武器ね」

「ほぉあああああっ！」

真っ先に乙葉先輩から短剣を借りた沙姫が、男らしい雄叫びを上げていた。

なんかもう圧倒的に刀身がビカビカしている。

「えっと、慣れない内は自分も熱くなっちゃったりするからゆっくりと……」

「『燃えろ』ーー！」

ボボッっと火炎放射器のような焔が剣先からほとばしった。

沙姫には教えちゃ駄目だったたっぽい気がする。

「あ、うん。……トリガーワードは、自分がイメージしやすい言葉を選ぶのが大事だからね。

うん。……私もダンジョンで鍛え直そうかな」

乙葉先輩がひとりでダンジョンに潜ると、くっ殺せになりそうな予感がするのでパーティーを組むべき。

とりあえず、『銘器《ネームド》』の扱いについては、刻まれた銘を識ることが大事だとわかった。

俺たちも宝箱からいくつかの『銘器《ネームド》』アイテムを見つけているが、武器名だけではどのような力を秘めているのかわかりづらい。

実際に試して、使い熟す訓練が必要だろう。

「ところで、乙葉先輩」

「うん？　ご褒美なら夜に……」

「『固有武装《オリジンギア》』の覚醒はどのように？」

夜は出来の悪い生徒と家庭教師シチュエーションでお願いします。

「あ～、『固有武装《オリジンギア》』は在学中にゲットできるかできないか、ってレア装備だからまだ気にしないでいいと思うけど。基本的には覚醒《アギト》のさせ方も同じだね。ただ、もし見つけても最初に覚醒《アギト》させる時は気をつけて。対抗戦とかでオリジンギア使いも見られると思うけど、アレは本当にヘンテコなアイテムだから」


——穿界迷宮『YGGDRASILL』、接続枝界『黄泉比良坂』——

——第『捌』階層、『既知外』領域——


今回のダンジョンダイブは攻略ではなく、マジックアイテムを活用する戦闘訓練が目的だ。

比較的大きめの玄室は既にクリアして、『天敵者《アグレッサー》』対策にはタイマーをセットしていた。

ちなみに、『闘技場《コロッセウム》』はほとぼりが冷めるまで出禁である。

「がおおぉー！　ですー」

沙姫が愛刀である『水虎王刀』をあっさりと覚醒《アギト》させていた。

蜜柑先輩メイドの水虎王刀は、既に沙姫のメインウェポンとして手に馴染んでおり、そうやって使い込んだアイテムほど覚醒させやすいそうである。

「……うわぁ。姫ちゃんあざとすぎぃ。なんかもう、うわぁ」

「あー、こういう発現しちゃうのかぁ。たしかにレアだけど、フィジカルブースト系の覚醒《アギト》はそんなに珍しくないわね」

蒼銀の燐光を纏った水虎王刀を手にしている沙姫には、虎柄の獣耳と尻尾がひょこっと生えていた。

瞳孔は赤色に染まり、頬っぺたにはお髭もにゅっと伸びている。

半獣半人な感じでメタモルフォーゼしてしまった。

化け物というより、こう、アニメとかに出てきそうな感じで可愛らしい。

「沙姫ちゃんスゴイ！　ダブルスキルの『銘器《ネームド》』をあっさり覚醒させちゃった」

「水虎ってモンスターもいるし、『水霊《アクア》』と『虎因子《タイガージーン》』は相性がいい組み合わせかな」

今回は危険が少ない訓練メインなので、乙葉先輩の他にも、引き続き蜜柑先輩と凛子先輩が同行している。

「覚醒を維持できるってことは、刀の品質《クオリティ》も高いみたいだね。ダブルのネームドとか羨ましい……。私も材料集めて蜜柑ちゃんにエンチャントしてもらおうかな。でも失敗すると壊れちゃうし……うぅ」

乙葉先輩が悩んでおられるが、リアルラックが低そうなのでクホホしそう。

アイテムにスキルをエンチャントするには、モンスターカードを融合してやればいいそうだ。

すると、カードが保有しているスキルのひとつが、ランダムに選ばれてアイテムに付与される。

ただし、失敗する確率もそれなりに高く、失敗すればアイテムとカードの両方が破壊される。

元アイテムの品質《クオリティ》がよいほど成功率も高いが、シングル、ダブル、トリプルと重ねていく度に成功率も激減していくそうだ。

モンスターカードによる付与の他にも、レアリティーの高い素材から作られたアイテムには最初からスキルが宿ることがあるらしい。

沙姫の水虎王刀は、このタイプの『銘器《ネームド》』だ。

カードを使ってエンチャントするのがお手軽な手段なのだろう。

そして、強そうなスキルを保有しているレアリティーの高いモンスターは、だいたいが複数のスキル持ちだ。

エンチャントされるスキルは一度にひとつだけ。

お目当ての強スキルが付くのか、ハズレの弱スキルが付くのか、実際にエンチャントするまでわからない。

完全にギャンブルである。

「あー、うん。そういう悲劇は伝説になってたりするよ。すっごいクオリティーの高い杖に高レアボスの『天使《エンゼル》』カードをエンチャントしたら、後光《ハイロウ》とかいう光るだけのスキルが付いちゃってね。ぶっ壊しちゃうつもりで適当なゴミカードをエンチャントしていったら、五つくらい奇跡的に付与が成功しちゃった神器」

「どっかに飾ってあったよね、アレ。たしか……後光《ハイロウ》の香る温かい振動する華麗なロッド、だったかな」

「『鍛冶士《ブラックスミス》』から見たらホントに神器なんだよ。たしか、確率的には小数点以下になっちゃうくらいの逸品なんだから」

蜜柑先輩の鼻息が荒いが、名前を聞くだけで紛《まご》う事なきゴミだとわかる。

エンチャントについてはギャンブル性の強い要素すぎるので、今の俺たちが手を出すべきではない。

師匠の教えどおり、配られた手札で勝負するべきである。

「……『沈め』」

『影の覆面《シャドウシュマグ》』を覚醒させた誠一の姿が、玄室の影に溶け込む。

誠一が多用する忍者スキルの隠遁と併用すれば、目の前からでも消えてしまいそう。

「……『啜れ』」

右手に構えた、『流血《ブラッドシェッド》のゴブリンソード』が禍々しく赤いオーラに包まれる。

「……『彩れ』」

左手に構えたマジックウェポンは、宝箱から入手した魔法の短剣だ。

蜜柑先輩がグリップをナックルガードに改造したが銘は変わらず、『幻惑《ダズル》のクリス』と表示されていた。

左右の腕を素振りすれば、赤いオーラが軌跡を描き、煌めく銀光が何重にもぶれて目を眩ませる。

加えてもうひと振り、『切り裂き《スラッシング》のククリ』という大ぶりのナイフが誠一の手札となっている。

「……くはっ。コレ、しんどいなんてもんじゃねえな」

「三割ほどSPを消費している」

「やっぱそんなモンか。多用できるもんじゃねえ。が、奥の手にはなるか」

「いやいや、三つも覚醒《アギト》を並列起動させるとか。普通やらないし、できないからね？」

「あはは。誠一くんもスゴイよ～」

蜜柑先輩から褒められる誠一にジェラシー。

「まあ、私たちみたいな『職人《クラフター》』とか『文官《オフィサー》』には向かないテクニックかな」

それぞれSP操作が『強化外装骨格《アームドゴーレム》』や『具象化《リアライズ》』に特化しているらしい。

「ふむ。しかし……」

「何だよ？」

忍者として正当な強化手段を手に入れたとは思う、が、こう、なんというか、地味だ。

存在感が薄いというか。

「……」

「ワーハハハー！　『豪火絢爛』に猛ろっ、ファイヤーッ！」

両手を掲げた麻衣の指先で、『火神の宝玉《ヴァルカンルビー》』が真っ赤に煌く。

轟々と唸りを上げて渦巻く炎が巨大な人影に変わった。

「人型に顕現するなんて、どれだけ格の高い精霊が宿ってるの……」

なにやら強力らしいが、その分だけ消耗も激しいようだ。

麻衣のＳＰバーがぎゅーんっと減少して巨人が消え、本人はパタリと倒れ込む。

「やべっ、麻衣？」

誠一が慌てて駆け寄っていく。

どうやら今の麻衣では使い熟せないポテンシャルのマジックアイテムだった模様。

「コレがあるからマジックアイテムの覚醒《アギト》は注意しなきゃだね。特に、叶馬くんのアレは、起こしちゃダメな予感がするかな……」

「もぉーサイアクぅ。まだ気持ち悪いし」

「あれは使うの禁止な」

「うん。……せーいち、もっとー」

正面から誠一にしがみついた麻衣は、腰の位置で抱っこされた体勢のまま足を絡ませる。

ひとしきり検証を済ませた一行は、羅城門のタイムアップ時間までダンジョンを流していた。

SP枯渇でダウンした麻衣は戦線から外れ、誠一とSP補給という名のイチャイチャタイムを満喫していた。

「殺ァァアーッッ！」

虎縞尻尾の残像を残し、蒼銀が閃くたびに分解されたモンスターが飛び散る。

「もー全部、沙姫ちゃんひとりでいいんじゃないかな？」

「えっと、あはは」

「たしかにフィジカルブースト系は低燃費だけどね。あれだけ維持できるってことは、よほど沙姫ちゃんと水虎王刀の相性がいいのかな……ぁ」

ビクッと震えた凛子から、顔を赤くした乙葉が視線を外す。

「あは……」

「あのね。私が知ってるダンジョンダイブと、こう何か違うかなって思うんですけどっ」

「うん、そーかも、だけど……あっ」

背後から顎先を押さえられた蜜柑が、強引に振り向かせられて唇を塞がれる。

凛子から抜かれたばかりの物が、同じように背後から蜜柑のスカートの中へと沈み込んだ。

蜜柑は腰に回された叶馬の腕を掴み、爪先立ちになって後ろからの挿入を受け入れる。

女性陣のショーツはみんな一緒に、前の玄室で脱ぎ捨ててあった。

つまり、いつものダンジョンアタックスタイルだ。

「こういうのはちょっと、アブノーマル過ぎるんじゃないかと思うんですけどぉ」

「それは今更かなっと」

ぽーっと余韻に火照った凛子がニヤリと笑う。

軽く挿入して少しばかり弄ばれただけのピストンでも、叶馬に順応した身体はしっかりと反応していた。

オルガズムを到達点としない、さながら温もりを分け合うグルーミングのような交尾。

「……あぅ」

ぽんっと尻から抜かれた蜜柑もオルガズムには至っていなかった。

僅かな照れと物足りなさと、我知らず凍えさせられていたダンジョンの影響を上書きしてくれる温もり。

「まー、叶馬くんがエロいハーレムプレイをしたいだけ、という可能性も否定しないかな」

「叶馬くんはエッチだもんね」

そもそも交尾は既に全員が一巡しており、一番乗り気だったのも乙葉だ。

「乙葉ちんは誘い受けがスタンスだからなぁ。最初にガツンと押したら簡単に堕ちちゃうみたいだけど」

「あっ、あっ」

背後から叶馬に抱きつかれた乙葉は、回された腕にがっしりと縋りついていた。

「それでは乙葉先輩が使い物にならなくなってしまいます」

「みんな、お疲れ様～」

玄室の掃討を終えた静香たちが合流しても、腰を揺すり合っている乙葉には聞こえていなかった。

「交替」

「です」

「猫耳プレイですー」

「乙葉先輩は焦らすくらいがちょうどよさそうなので。しばらく私たちのグループに混ぜて、身体で覚えていただこうかと」

ダンジョンのパーティーという意味ではなく、夜のパーティープレイである。

「う～ん、たしかに。乙葉はダメ男製造器みたいな性格だからなぁ。うん、私たちの一員となったからには、しっかりと矯正しておいたほうがいいかな」

「叶馬さんと相性がよすぎるので、私の管理下に置きます」

「あっ……えっ、ウソぅ……まって、まって、もうちょっとなのっ」

静香の指示による海春と夏海の無慈悲な拘束により、叶馬が引き離されていった。

「思うに、俺の意思をもう少し汲んでくれてもよいのではと」

「叶馬さんのよりよいハーレムのためです」

「旦那様、猫耳エッチですよ～」

「沙姫ちゃん。抜け駆けはダメ、です」

叶馬の火器管制装置《ファイヤーコントロール》はあまり統一されてはいないようだった。

「……うぅ。コレって普通にダンジョン攻略してるより難易度が高いんですけど」

「乙葉先輩は、待て、を覚えてください。叶馬さんのためです」

弱音を吐く乙葉を筆頭に、ぐだぐだなパーティーによるダンジョン攻略が進んでいく。

それでも、うっかりミスをカバーできるほどの過剰戦力パーティーである。

訓練が順調であれば下の階層へ降りる予定だったくらいには、安全マージンも確保してある。

「もういっそ、戦わせるだけか、ずっと叶馬くんの性奴隷のどっちかにしてほしいなって……」

「乙ちゃん先輩、泣きが入るの早すぎぃ」

げっそりした誠一の隣で、ノーマルモードに戻った麻衣が突っ込みを入れていた。

「だってぇ……」

「寮長さん。ファイト、です」

「ガンバ、です」

「うぅ、夏海ちゃんも海春ちゃんもいい子だよ……ひあゃ」

内股でよろよろと歩いていた乙葉の尻に、再びズブリと肉杭が埋められる。

「乙葉先輩。叶馬さんを昂ぶらせる媚態は充分です。後は自分のエクスタシーをコントロールできれば完璧です」

「ひゃっ、ひィっ……変な声でるぅ」

よちよちと回廊を進みながら、無駄に熟練した叶馬のピストン歩法が乙葉の臀部を責める。

「そのまま次の玄室《ルーム》でちゃんと戦えたら、ご褒美にフィニッシュオーケーです」

「ほ、ホント？　う、ウソだったら泣くからねっ」

「……友達が調教洗脳されていくのは、うん、結構面白いかな」

「……あ、あは」

だが結局、乙葉が合格してご褒美をもらうことはなかった。

ダンジョンの回廊を抜けた先にあった玄室。

道順としては夏海が検索案内《ナビゲート》した通過地点にすぎない。

既知外領域では珍しくモンスターのいない玄室には、界門《ゲート》とは違う、異形の歪んだ門が鎮座していた。

「ふむ」

最初にソレを発見した叶馬がコンコンと門を叩く。

「これ、は……？」

「これは異界門《レイドゲート》だよ。名前の通りにレイド領域に接続されてる転移地点。ここはマップ外エリアだから間違いなく未発見のレイドクエストになると思うよ。ほ、他にもいろいろ教えてあげるから、わ、私役に立ったよね？　ご褒美もらえるよねっ？」

「……乙ちゃん先輩、必死すぎぃ」

成り行きで発見してしまった異界門《レイドゲート》の座標は、夏海に記録してもらった。

その後は羅城門のオートログアウトで帰還。

満足げに、ぽーっと放心していた乙葉先輩から聞き出したかぎりでは、レイドクエストに挑むにはいろいろと準備が必要らしい。

ちなみに、静香からは再補習の評価を下されていた模様。

「それじゃ、第二回『神匠騎士団《アデプトオーダーズ》』の倶楽部会議を始めようかなっと」

「はーい」

蜜柑先輩のお返事が元気よくて二重丸である。

今回は正式な倶楽部会議ということで、乙葉先輩を含めた全員が参加していた。

今は夕食後の、まったりとした時間帯だ。

寮と部室が同じなのは、こういうときに便利である。

「仮だからね。あくまで仮部室」

寮長《ソロリティーリーダー》も兼ねている乙葉先輩が何か言っているが、みんな一様にガンスルー。

「最初の議題は……んー、来週に控えた対抗戦について。から始めようかな」

レイドクエストの話題が来るかと思ったが、優先順位としては対抗戦が大事だろう。

対抗戦とは倶楽部の格付け戦である。

別にイキって威張り散らしたい気持ちはない。

だが、女性陣にはそれなりのバックボーンがあったほうがいい。

舐められないための飴が必要だ。

「はい。リンゴ先輩、質問ー」

「なにかな？　麻衣ちゃん」

「えっと、倶楽部対抗戦って再来週なんじゃないの？　先生がそう言ってたんだけど」

「いや。それはお前が半分寝てたからだろ。再来週にあんのは対抗戦の本戦。予選は来週からスタートってこった」

あきれたように突っ込みを入れる誠一の脇腹に、頬っぺたを膨らませた麻衣のエルボーが突っ込まれた。

「まー、そういうことかな。事前に申請しておかなきゃいけないのは、対抗戦に出場するメンバー。これを決めなきゃだね。ちなみに、対抗戦への参加は強制だから、必ず決めなきゃいけない」

つまり、勝ち抜けられそうにないのなら最初から不参加、という手段は認められないと。

あまり戦闘向けではない『職人《クラフター》』クラスオンリーだった、去年の蜜柑先輩たちには酷な条件だ。

「対抗戦は……予選も含めて、色んな場所で戦わなきゃいけないし、正直かなりしんどい目に合うかな。だから、志願制でお願いしたいんだけど」

「凛子先輩」

気まずそうに顔を逸らした凛子先輩に告げた。

「敵は全員ぶちのめせ、と。それだけで充分です」

「だな。俺と叶馬は確定だろ？　後は……」

「強い人と戦ってもいいんですか！」

「ん〜、対人戦かぁ。『術士《マギ》』系も出てくるのよね？　今のあたしでどれだけ戦えるかなぁ」

手を上げようとしなかった静香に、海春と夏海は自分をわかっているいい子だと思う。

少なくとも対人戦には向かない子たちである。

「私も当然、出るわよ。前倶楽部の連中に吠え面かかせてやるわ」

「……うん。うん、ありがと。今の私たちはみんなと一緒だものね」

「うんっ、だよ！　私も出てドッカーンってしてやるんだから」

蜜柑先輩が張り切っておられるが、思い直したほうがいいのではないだろうか。

「倶楽部の代表メンバーは選手が五名の、補欠が二名になるかな。大将、副将、中堅、次鋒、先鋒も決めなきゃだね」

さっそく凛子先輩が用意していたプリントにメンバーが記載された。

倶楽部対抗戦　水無月杯
倶楽部：『神匠騎士団《アデプトオーダーズ》』
ランク：F
部員名簿：叶馬（部長）、誠一、静香（副部長）、麻衣、沙姫、海春、夏海、蜜柑（副部長）、凛子、杏、久留美、桃花、市湖、梅香、智絵理、柿音、朱陽、芽龍、鬼灯、乙葉

大将：叶馬（壱年丙組）
副将：麻衣（壱年丙組）
中堅：誠一（壱年丙組）
次鋒：乙葉（弐年戌組）
先鋒：沙姫（壱年寅組）

補欠：蜜柑（弐年丙組）
補欠：凛子（弐年丙組）

「えー、どーして補欠なの～」

「これ、姫っちの初見殺し感が、っぱねえな……」

「三連勝したら戦わなくてもいーんでしょ？　誠一、負けたらお仕置きだからね」

一部のメンバーに不満がある模様。

「というか、俺が先鋒で出たいのですが」

「叶馬くんは部長だから大将で固定かな。五人の代表が怪我や体調不良でリタイアしたら、補欠が埋める感じだね。残りが三人以下になったら、その時点で脱落。ペナルティーの発生かな」

何やらサバイバルでバトルロイヤルな感じ。

「とりあえず、これでいいかな？　叶馬くんたちには初めての対抗戦だから、後でルールとか注意点を教えてあげるね」

「ええ。何人まで殴り倒していいのでしょうか？　骨を折るのは何本までが許容範囲で？」

「センパイ！　木刀は一太刀に入りますかっ」

「……ふたりには後でゆっくり、覚えるまで教えてあげようかな」

凜子先輩による補習授業が課せられてしまった。

「本番は週明けからだしねぇ。ん〜、また校内が騒がしくなるな〜」

乙葉先輩も基本的に俺たち側、つまり、脳筋タイプなのでどことなく楽しそうだ。

腕を鳴らしてニヤリとした笑みを口元に浮かべていた。

「沙姫ちゃんは女の子だから、あんまり目立たないほうがいいかもって思ったけど……。返り討ちの山ができそうだよね。一番キルカウント稼ぎそう」

「なんかエロやばそうな予感！　誠一、ちゃんと護衛してよねっ」

「ほいほい」

「そこまで世紀末アウトローなヒャッハーイベントじゃないよ。ソコソコだよ、ソコソコ」

頃合いを見計らって凜子先輩がパンパンと手を叩いた。

「対抗戦についてはこんな感じでいいかな。それじゃあ次の議題なんだけど」

部室を見渡した凜子先輩が、一度言葉を句切った。

基本的に寮生出入り自由のオープンカフェな俺たちの倶楽部室だ。

最近は、お風呂上がりに紅茶を一杯、という寮生も増えてきたらしい。

今は扉に『会議中』の看板を出しているので遠慮してくれているようだ。

「この情報は一応、箝口令扱いだからみんなそのつもりで聞いてね？　……今日、ダンジョンの中で未発見だと思われるレイドクエストを見つけちゃったかな」

ざわっと息を呑むように緊張したのは、『職人《クラフター》』組の先輩たちだ。

やはり、レイドクエスト自体にいい思い入れがないのだろう。

「まあ、このレイドクエストの扱いをどうしようかなって話なんだけど……。はい、静香ちゃん」

「どのようにするのが普通の段取りなのでしょうか？」

スッと挙手した静香の問いに、凛子先輩が頷く。

「そうだね。まず新しく発見されたレイドクエストは、おいしいクエストだと言われてるかな。強力なマジックアイテムやら、がっつり経験値が稼げるボーナスチャンスだからね。攻略されたレイド領域は消滅しちゃうから、発見したパーティーが最初に乗り込むのが普通かな」

「ダンジョンを管理してる学園にとって、レイド領域はイレギュラーな存在だからね。レイド領域を攻略すれば報奨金も出るのよ。これは生徒の義務になってるんだけど、異世界門《レイドゲート》を発見した生徒は必ずダンジョン管理課まで報告しなきゃいけないの。発見者報酬ももらえるわ」

補足で優等生発言をする乙葉先輩に、凛子先輩がニッと笑みを浮かべた。

「まー、それは建て前ってやつかな。報告しちゃえば公式にクエストとして通達されちゃうからねぇ。こっそり自分たちで独占しておいしいところを掻っさらっちゃうか、自分たちの手に負えないと判断して渋々学園に報告するか、かな？」

「……うん。まあ、実際そんな感じだよね」

「他に知っておかなきゃいけないのは、レイド領域へのダンジョンダイブが、通常とは違って第伍門を通った特殊様式になるってことかな。これは、叶馬くんならもう知ってるよね？」

無論、頷く。

ダンジョンダイブ時に表示される、情報閲覧《インターフェース》メッセージも通常と違っていた。

あれからちょっとレイドクエストについて調べてみたのだが、レイドクエストが特殊様式になるのは、レイド領域が通常のダンジョンとは違った独立空間になっているから、らしい。

レイド領域の中では座標記録《ログメモリー》ができず、また死に戻ったり強制帰還した場合は、異界門《レイドゲート》にインした直後からの再スタートになってしまう。

最悪の場合は、羅城門へ戻ってこられない場合もあるとか。

羅城門の第伍『極界門』はレイドクエストに特化した機能があり、レイド領域内へ俺たちの存在を固定するような働きがあるらしい。

ちなみに、ダンジョンからの任意脱出系アイテムやスキルを使っても、レイド領域内に再出現してしまう。

最短の時間設定でも地上時間で丸一日、レイド領域の中へ強制的に監禁状態だ。

そんな面倒臭い仕様の専用ゲートであったが、安全面を考えれば必須であるらしい。

「うん、そういうことだね。ちょっと無理そうだからヤーメタ、ってできないのがネックかな。

未発見のレイドクエストは、入ってみるまでどれくらいの難易度なのかわからない。とはいえ、ダンジョン攻略組はガンガン突っ込むし、そうそう超級やら極級のレイドはないかな」

「そんなの当たり前でしょ。せいぜい、初級か中級よ。上級の新しいレイド領域なんて発見されたらお祭りになるわ。でも、初級の雑魚レイドであっても、高品質《ハイクオリティー》なマジックアイテムくらいは期待できるのよ。挑まない手はないわ」

初級クラスのレイド領域であれば、割とポコポコ見つかるそうだ。

通常の放課後ダンジョンダイブの途中で見つけて、そのまま攻略してしまうというパターンが多いらしい。

まさに早い者勝ちのボーナスステージといった感じだ。

「俺らが見つけた場所は管理マップ外だから、先を越されることはないと思うんだが……」

「異界門《レイドゲート》は定期的に移動しちゃうかな。夏海ちゃんが異世界《レイド》自体の座標をメモってるから、第伍門からのダイレクトダイブは可能になってるけど」

誠一はあまり乗り気ではないようだ。

死に戻りを禁じ手としている俺たちにとって、難易度不明というのはリスクが高い。

適当に見えて、用心深い男なのである。

だが、リスクを取る勇気がなければ、何も達成することがない人生になるとも言う。

「んー、レイドクエストってたしか放置するとよくないんだよね？　黙ってたりしたら怒られちゃったりするの？」

小首を傾げる麻衣に、肩を竦めた凛子先輩が答える。

「別に今日明日で異変が起こるわけじゃないし、気にすることはないんじゃないかな」

「見つけた異界門《レイドゲート》は第八階層だったしね。これがもっと浅い階層だったら緊急クエストになったりするんだけど。まあ、そのときは既知マップ内まで寄ってくるだろうから、他のパーティーが見つけると思うわよ」

攻略に乗り気になっている乙葉先輩が、言い訳のような言葉を口にする。

フロアの位置ではなく、階層の近さが問題ということだろうか。

新しく発見したレイドクエストについては、とりあえず秘密にしておいて対抗戦が終わるまで残ってたら攻略、という方向になった。

『職人《クラフター》』組の先輩たちは尻込みしてしまっている感じ。

だが、もしも大規模な高難易度レイドクエストだった場合でこそ、先輩たちの力が攻略に必要となってくる。

それは『轟天《ごうてん》の石榴山《ざくろざん》』クエストで立証されている。

ここは闇で先輩たちに奉仕しつつ、意識啓蒙に努めるべき。

あからさまにがっかりしている沙姫や乙葉先輩は放置で大丈夫そう。

俺の手をぎゅっと握ってくる静香は、一緒なら何も恐れることはないと瞳で語りかけていた。

「はぁ。久しぶりのレイドだと思ったんだけどお預けかぁ。……あ、そういえば蜜柑ちゃんたちって自壊した石榴山にいたんだよね。無事に戻ってこられてよかったよ」

「あは。うん、叶馬くんも一緒だったからね」

「う～ん。極級レイドの激レアアイテムとかボスモンスターとか、私も一度でいいから見てみたいなぁ」

空間収納《アイテムボックス》の中から、ィョゥという声が聞こえた気がした。

＊　＊　＊

ノスタルジックなアンティーク建造物である麻鷺荘は、同時に日本の台風や地震を乗り越えてきた質実剛健さの証明でもある。

しっかりとした壁の厚さがある割に、隙間風が吹き込んでくるのはご愛嬌だ。

学生通りの百均ショップで売っている隙間テープは、必須の人気商品になっている。

もっとも、各寮のアンティーク度合いには大差なく、中でも麻鷺荘の建屋が飛び切り古いというだけだった。

麻鷺荘を含めたエントリークラスの学生寮では、間取りに多少に違いがあれど部屋のインテリアに変わりはない。

「……は、ぁ……」

明かりの落とされたふたり部屋は、真ん中を通路として壁際にベッドが設置されている。

片方のベッドに仰向けで寝ていた朱陽が吐息を漏らす。

ファンシーな枕に頭を乗せ、ただ心地よい疲労感に身体から力を抜いていた。

寮生活の普段着にしている上下のスウェットパーカーではなく、可愛らしいデザインのネグリジェ姿だ。

「イチゴちゃん……」

「……なぁに、アケビちゃん」

隣のベッドで同じように寝ていた市湖が、うつ伏せていた枕から顔を上げる。

「レイドクエストのお話、してたね……」

「……うん」

ぽふ、と朱陽と同じくらいファンシーな枕に、また沈む。

ふたりとも、『職人《クラフター》』という底辺評価クラスにチェンジしてしまった故に、学園生活はどん底といえるような扱いをされてきた。

わざわざ『職人』とパーティーを組むような物好きはいない。

特に一年生の頃など、目先の戦いに精一杯で、役割分担をする余裕など存在しない。

クラスメートとも次第に開いていくレベルの差。

定期テストの度にハードルが上がっていくダンジョン攻略のためには、クラスメートの戦闘系クラスが組んでいるパーティーに縋るしかなかった。

同性のパーティーに寄生できる伝手があるのなら、まだマシだったのだろう。

だが、手っ取り早く受け入れてくれるのは男子だけだった。

一度頭を下げて媚を売り、断れない状況で強引に身体を求められた後は、もうそこから先の教室での立ち位置は決定されてしまった。

男子からは、都合よく使える性処理女。

女子からは、自分より哀れな者を見て自分を慰めるための鏡、そしてセックスに目覚めたクラスメート男子へのスケープゴート役として。

運よく蜜柑から拾い上げてもらえなかったら、進級する前に心を病んでいただろう。

毎年一年生の女子からは、そうした学園生活に耐えられなかった生徒が何人も出てくる。

鬱やストレス症候群と診断された生徒は、定期的な健康診断で選別され、保健療養棟に休養の名目で隔離された。

そこで施される治療の内容は生徒に知らされることはない。

ただ、半月もしないで学園に戻ってくる復帰者は、みんな大人しく従順に境遇を受け入れられるようにされていた。

「イチゴちゃんは……レイドに行くのが、イヤ？」

強制補習レイドクエストのように、誰も彼も余裕がなくなるハードな状況では更に扱いは酷くなる。

よくて性奴隷、酷いときには真っ先に切り捨てられる対象だ。

トラウマにならないほうがおかしい。

「……べつに、叶馬くんとなら」

せる。

「そう、だよね……あっ」

ビクッと腰を跳ねさせた朱陽が、枕を抱き締めたまま両脚を開く。

同じタイミングで腰を振るわせた市湖も、枕に顔を埋めたままシーツの上で太腿を捩り合わせる。

可愛らしいネグリジェを用意しているふたりの下半身は、生まれたままの姿だ。

下着など穿いていては、替えが何枚あっても足りない。

ふたりとも腰の下には重ねたタオルを敷き、漏らした場合の対策も万全にしていた。

「…あっ…あっ…あっ…」

ぐっと反り返った朱陽の腰が浮き、爪先に力が込められる。

何もない空中で卑猥に空腰を振る朱陽の股間は、目の前の見えない誰かに向かって大きく開かれている。

最初のひとりが始まってから、すぐに我慢できなくなった彼女たちはベッドに飛び乗っていた。

そしてじっくりと味わうように、仲間から伝わってくる感覚を堪能している。

共有されているのは官能だけではない。

抱き締められた身体の熱さや、焦らされているときの切なさ、一緒に達した後の心地よきい虚脱感。

追い求めるほどに深く、絡まり合っていく仲間たちとの絆。

それは、ただ心地よかった。

「んっ、はあ……」

仰向けになっている朱陽の股間は、そこに誰かが跨がっているように開かれていた。

学園の男子から使われてきた朱陽の花弁は、まだ可憐に初々しく内側から咲き誇っている。

見えない誰かの動きに合わせて、ヒクヒクとわななく陰唇はねっとりと濡れている。

仰け反った朱陽の胎内では、熱い精液の弾ける感触がしっかりと伝わっていた。

朱陽がオルガズムに達したのと同時に、うつ伏せて片足を抱えている市湖も達していた。

「はあ……っ」

股間をだらしなく開いたまま、力を抜いて余韻に浸っていた朱陽が顎を突き上げる。

倶楽部のみんなはふたり部屋、そのタイミングは二回連続でやってくる。

最初のシンクロに呑まれすぎて深いオルガズム状態にあった朱陽の股間から、チョロりと濃い体臭をかぐわせる液体が漏れていた。

麻痺している陰唇はタイミングに合わせて、ヒク、ヒクと蠕動し続けている。

自分と相手のタイミングがずれた快感の重なりは、快感を超えて苦痛ですらあった。

「ふっ…うっ…ふぅ……」

今度の相手は市湖と相性がよかったのか、うつ伏せになったまま腰を引いて枕にギュッとしがみついている。

『組合《ギルド》』ネットワーク共有にも個人の相性があった。

その日の体調や気分の問題もあるので、予測できないのがネックだ。

「なんかね、もう最初に『組合《ギルド》』を起動させたキー役の私が解除できないくらいスキル強度が上がっちゃってるかな。危ないと思ったらちゃんと自分から抜けてね。たぶんこれ、誰かが転んじゃったら、みんなに同じアザができるレベルかな」

思い込みによって偽の薬で効果があらわれたり、逆に体調が悪化したり、時として火傷のような幻痛を及ぼす現象は、『プラシーボ効果』や『ノーシーボ効果と』と呼ばれている。

精神によって肉体へと影響が及ぶ。

存在の階位《レベル》が上がり、星幽と肉体の優先度が逆転した状態に慣れている彼女たちなら、なおさらだ。

凛子からのメンバー全員への通達は、もはや警告といってもいい脅し文句だった。

それでも、『組合《ギルド》』の結束が揺らぐことはなかった。

凛子自身も、他のメンバーも、危険性をわかっていながらギルドを維持し続けていた。

心の脆弱なマイノリティーだった彼女たちにとって、既に傷を舐め合う仲間と依存対象は、二度と手放すことができない宝物になってしまった。

「ああっ……ぁっ……ぁっ……」

ビクビクッと丸くなったまま大きく痙攣した市湖がオルガズムする。

大きく股間を開いて、膣をヒクヒクさせていた朱陽もまたタオルを濡らしていた。

「「あっ……」」

ずるっ、と内側を刮ぎながら引き抜かれる感触に、余韻に震えるふたりが同時に声を漏らした。

続く心が温かくなるようなハグの圧迫や、ぎゅっと触れ合う肌の温もり。

ベッドの上で余韻に浸りながら堪能する幸福感を、どうやったら諦められるというのだろうか。

ぽーっとしたふたりは、次の部屋に彼が到達するまでのインターバルを、苦痛には感じない沈黙で待っている。

「ね……イチゴちゃん」

「……うん」

「頑張ろうね……」

「……うん」

彼の願いであれば、対抗戦だろうがレイド攻略だろうが、何だろうが一緒に立ち向かう。

それは言葉にしなくても、メンバーみんなに共通した思いだった。

コンコン、とリアルで聞こえた小さなノックに、ビクッとふたりがベッドの上で跳ねた。

「あわ、あわわ……」

「お、落ち着いて……と、とりあえずタオルとパンツ」

パタパタと身嗜みとベッドを整えた彼女たちは、ドアを開いて彼を迎え入れた。

# 群像艶戯《アンサンブルキャスト》

## ・艶媚［エンヴィ］

「ごめんね、竜也《たつや》くん。突然呼び出しちゃって」

「いやっ、全然！」

声を裏返らせた竜也が、大げさに手を振った。

「ちょうど予定が空いたところだったしさ。寮でボケッとしてるのもなんだし、声をかけてくれて逆に助かったっていうか」

「話は聞いてますよ。レイドクエストっていうのに参加してたんですよね？」

オレンジジュースをストローを掻き混ぜる保奈美《ほなみ》が頬笑んだ。

豊葦原学園の学生通りは、テスト休み中に羽を伸ばしている生徒で賑わっている。

彼らのいるオープンテラスの喫茶店も、そこそこの席が埋まっていた。

私服姿の生徒たちは、ダンジョンという幻想から解放されて平和を謳歌している。

「自分から補習に参加するなんて、竜也くんは真面目すぎますよ～」

「いやぁ、好きで参加したわけじゃないんだけどね……」

間延びした口調の彼女は、竜也のクラスメートでありパーティーを組んでいる仲間だ。

だが、まだプライベートで付き合うほど親密な関係だとは思っていなかった。

竜也から見ても、保奈美は充分に可愛らしい少女だ。

どこかつかみどころのない、おっとりした雰囲気の彼女は、クラスメートの男子からも隠れた人気がある。

人目を集めるような美形ではないが、その気安さと弛い感じが受けていた。

そんな彼女からメールで連絡があったとき、竜也に下心がなかったといえば嘘になる。

休日デートのお誘いに舞い上がっていたのは致し方ないことだった。

実際には、竜也の想像とはちょっと違っていたのだが。

「へへっ。誘ってやった俺に、もっと感謝してほしいもんだぜ。参加してたレイドが攻略されたから、がっぽりレベルも稼げたんだしよ」

「別にアンタが活躍したわけじゃないんでしょ。お零《こぼ》れに与《あずか》っただけじゃない」

同じテーブルには、ドヤ顔になっている信之助《しんのすけ》と、冷たい突っ込みを入れている李留《りる》がいた。

どちらも保奈美と同じく、クラスメートでパーティーを組んでいる仲間だ。

だが一応、ダブルデートと言えなくもないスタイルではある。

「どうしたんですかぁ？　竜也くん」

「ああ、うん。いや、何でもないんだけどね」

小首を傾げた保奈美が、可愛らしくクスッと頬笑んでいた。

まるで見透かされているような表情には、妙な色気があって艶かしかった。

ふと、竜也は初参加だったレイドクエストのことを思い出していた。

基地という鳥かごの中に囲われていた、艶かしい鳴き声を漏らすだけの女子生徒たち。

自分も信之助も、そのお零れで欲情を発散させてしまった。

クラスメートの女子を前にして、竜也が後ろ暗いと感じたのは、まだ学園に染まりきっていない証しなのだろう。

「あー、けど割とビビッたよな。いきなり地震かと思ったら羅城門に戻されてたしよ」

「でも、助かったじゃんか。基地が壊滅してからはずっと野宿だったし」

「まあな。つーか、あのクソ雑魚先輩連中マジでザマァ見ろだったな。デカイ面して人をこき使いやがって、あっさりモンスターから踏み潰されてんのとかマジ笑っちまったぜ」

アイスコーヒーを飲み干した信之助が、ガリガリと氷を齧っている。

竜也からすればあまり笑えるような経験ではなかった。

たまたま離れていた自分と信之助は遭遇しなかったが、襲撃してきたモンスターは基地と防衛戦力である男子メンバーを再起不能になるまで破壊していったのだ。

何故、殺さずに痛めつけただけだったのか、失神していた女子メンバーには被害がなかったのか、竜也にはわからない。

ただ、自害もできないほど徹底的にボコられていた彼らは、きっと死に戻り《リスポーン》したほうがマシだったはずだ。

どさくさに紛れて、目をつけていた女子を掠って逃げ出した信之助には、感心したやらあきれたやらだったが。

その後も、モンスターがいる森の中でのサバイバルや、何故か攻城戦イベントに巻き込まれたりと散々な目にあっている。

「竜也も大変だったわね。この考えなしの馬鹿に巻き込まれて」

李留に同情された竜也が苦笑いする。

彼女は保奈美とは逆に、歯に衣着せない毒舌タイプだった。

美少女であることに間違いはないが、付き合う相手としてなら保奈美のほうに人気があるだろう。

そんな気の強い彼女には珍しく、今日はそっぽを向いたまま視線を合わせようとしなかった。

別の何かを気にしているように、心ここに在らずといった様子だ。

「馬鹿で悪かったな。どうせお前らは、休みで暇を持て余しちまってゴロゴロしてたんだろ」

「うっさいわね」

「ハッ、図星だろ？　お前らの魂胆なんかまるっとお見通しだっての。他に構ってくれるようなダチもいねーし、仕方ないから俺らを呼び出してランチでも奢らせようって、そんな感じだろが」

信之助と李留の喧嘩腰になった掛け合いは、教室にいるときも同じだ。

「ち、違うわよ。私たちは、め」

「う〜ん。バレちゃいましたね。ぽ〜っとしてるのもつまらないですし、信之助くんたちとデートするほうが楽しいかなって」

　被せるように言葉を引き継いだ保奈美が、頬に指を当てる。

「それに信之助くんなら、デートの相手にランチをご馳走してくれるくらいの甲斐性、ありますよね？」

「まぁ、それくらいは当然だっつーの」

　おだてに乗った信之助はドヤ顔になって腕を組んでいた。

　手玉に取られている友人にため息を吐いた竜也は、顔を俯かせて小さく震えている李留に気づいた。

　膝の上で両手を握り締め、太股をぎゅっと擦り合わせている。

　気にはなったが、どうにも声をかけづらかった。

「そ、そういえば、由香《ゆか》ちゃんは一緒じゃなかったんだ？　ふたりが一緒だったから由香ちゃんも来ると思ってた」

「……うん。由香ちゃんは今、ちょっと用事があるの」

　曖昧な笑みを浮かべた保奈美が竜也に告げた。

「でも、もうすぐ合流するかも。近くにいるはずだし」

「ああ、さっき由香っぽい子を見かけたんだが、やっぱ気のせいじゃなかったか。白のフリフリワンピ着てめかし込んでたから人違いかと思ってたぜ。私服だとイメージ変わるよな」

　へぇ、と頷いた竜也は、由香の私服姿を想像した。

ここにいない五人目のパーティーメンバーである彼女は、特に目立たないタイプの女の子だった。

保奈美や李留にも見劣りしない美少女ではあるが、自己主張をしない性格が理由なのかもしれない。

「そうだったんだ。あ。もしかして俺たちを探してたのかな？」

何とはなしに周囲を見回した竜也は、視界の隅にチラリと白いヒラヒラが見えた気がした。

そこは喫茶店の店内で、観葉植物が並べられているお手洗いのほうだった。

「今は用事があるって言ってんじゃん。どこ見てんのよ、まったく男ってホントに……、っ」

「おいおい、怒鳴んなって」

追加のドリンクを注文した信之助が、やれやれと肩を竦めていた。

プルプルと肩を振るわせている李留に、竜也が手を伸ばしかける。

「李留ちゃん、何かあったの？」

「なんでも、ない。けど、ちょっと席外すね……」

逃げるように席を立った李留は、フラフラとした足取りでトイレのほうへと歩いていった。

体調が悪いのかもと心配したが、李留は逆に血色がよいくらいの顔色をしていた。

態度と口が悪いのはいつものことか、と竜也は気にするのを止めることにした。

「ふふっ……竜也さん。せっかくですからレイドクエストについて教えてくださいよぅ。楽しんできたんでしょう？　いろいろと」

楽しそうな保奈美から、含みのある視線を向けられた竜也が硬直した。

「はっ、いやっ。別に楽しんでなんか」

「俺のほうはそれなりに収穫があったぜ。コイツはムッツリの癖にヘタレで甲斐性なしだから——」

「おいっ。馬鹿、信之助。黙れって」

＊　＊　＊

その喫茶店のトイレは、男女兼用だがゆとりのあるスペースが確保されていた。

ふたつ並んだ手洗いの前には、大きな姿見の鏡が設置されている。

片方の鏡に映っているのは、洗面台に手をついて俯いている李留だった。

蛇口から流れる水を見詰めながら、ただ黙ってプルプルと震えている。

鏡に映った李留の背後には、ひとりの男子が立っていた。

彼から無造作にスカートを捲られても、李留は無言のままだ。

李留が穿いていた下着は、ほぼTバックに近いローライズショーツだった。

尻肉が半分以上はみ出しているような扇情的デザインは、彼女たち三人に穿け、と与えられたものだ。

それを穿かないという選択肢など、彼女たちにはない。

李留の太股にはガーターリングが装着され、ふたつのコントローラーが固定されていた。

ペンシル型のコントローラーから伸びている二本のコードは、ショーツの内側から伸びている。

少しショーツをずり下ろすだけで露わになった李留の秘部。

ぐっしょりと濡れている肉の穴それぞれに、細いコードが繋がっていた。

前の穴に繋がるコードをクィクィと引っ張る男子に、李留は唇を噛み締める。

ブブブ、という響きが肉の奥から聞こえ始めるも、まだまだコードはズルズルと引き摺り出されていく。

腹の奥から抜かれていく異物感に、李留は太股を擦り合わせながら背筋を反らしていた。

コードを咥えている穴から、にゅるにゅると粘液が押し出されてくる。

やがて肉の穴が少しずつ広がっていき、李留の膣穴からピンク色の卵が、にゅぽっと排卵された。

ムワッとした性臭に、ドロッと絡みついてる体液。

李留自身の愛液と、胎内に幾度となく射精した飼い主たちの精子が、混じり合って発酵したカクテルだった。

男子は程よく振動している玩具のスイッチを切った。

肛門の奥に埋め込んであるもうひとつの玩具はそのままだ。

ソッチの穴を好むメンバーは少数派だが、両方使えるように調教しておくのに越したことはない。

試しにアナルへと繋がるコントローラーを弄ると、李留の腰がビクンッと反り上がった。

振動する玩具は、竜也たちとのデートに出かける前に、李留と保奈美の胎内に埋め込まれたものだ。

彼女たちの尻は、出かける直前まで飼い主たちの玩具になっていた。

中出しされた精液がドロリと詰まっている穴に、栓をする役目も果たしている。

李留、保奈美、由香の三人は、テスト休みが始まってからずっと自分の寮に戻っていなかった。

元より平日の学園でも、『お尋ね者専用肉便器《ワイルドパンチ》』として使われている彼女たち三人だ。

素行の悪い上級生から目をつけられた彼女たちは、同級生たちよりも早く、ずっと深くまで学園の風紀に染められている。

テスト休みが始まってからは、彼らが幅を利かせている男子寮へと監禁されてのセックス漬けだった。

本来であれば、上級生が一年生に対して必要以上に干渉するのは、推奨されていない行為とされる。

だが、まだ擦れていない初心な果実、それが禁断であれば、なおのこと手を伸ばしたくなるものだ。

そして公にしなければ見逃されているのが現状だった。

休み中の李留たちは、朝から晩まで彼らの肉便器として使用されていた。

境遇に開き直ったり、羞恥心を摩耗させないように、気も使われている。

そんな女子は、学園に掃いて捨てるほどあふれているのだから。

「ほぅれ、ご主人様の生チ○ポだ」

「つ、んぅ」

ドロッと精液を垂らしていた李留の膣に、硬くて熱いナマモノがヌルッと這入り込んだ。

太股を振り合わせながら辛うじて堪えていた李留は、腹の中へと侵入してきた異物感に尻を突き上げていた。

全身の毛穴が開いて、発汗するような感覚。

焦らされていた肉体が盛大にオルガズムを迎えていた。

挿入されたペニスが誰の物なのか、李留にはどうでもいいことだった。

休みに入ってから丸二日間、飼い主のペニスは入れ替わり立ち替わりで挿入されている。

保奈美や由香と一緒に、男子寮の一室へと押し込められて輪姦されてきた。

彼らの顔とペニスの形状など一致していないし、覚えたくもない。

「あッ、は……ぁ」

「イキすぎだろ、お前。俺がイク前に失神すんじゃねーぞ」

尻からヌルッと肉棒の抜かれた感触に、また李留はイッていた。

ラブポーションの類いなど、もう使われていない。

素でそれだけ淫らな肉体へと、作り替えられつつあった。

「こっちはこっちでガバガバになっちまったな。そろそろ交替させようぜ」

隣の洗面台では、もうひとりの仲間が腰を振り続けていた。

鏡に映っているのは、清楚な白いワンピース姿の由香だった。

ボタンの外された胸元では乳房が揺れ、控え目に捲られたスカートから尻が覗いている。

少し身支度を調えれば、すぐに取り繕える乱れ具合だ。

実際、トイレに誰かが来る度にセックスは中断されている。

もちろんその程度ではトイレで何をしていたのか丸わかりだった。

わかっていても、学園の生徒にとっては事案でも何でもない。

ありふれた日常の一部だ。

「ソイツは部長のオキニだし、元からガバってるだろ」

洗面台に手を乗せている由香は、足を開き気味にして床に立っていた。

虚ろな瞳に上気した蓬け顔。

両足の間から垂れ落ちた精液が、足下で水溜まりになっている。

「そりゃそうだ。そんでも突っ込んでて気持ちイイのはレア体質だわ」

由香の背後に立ってる男子は、捏ねるように股間を押しつけ続けている。

ほぼ休みなく誰かの肉棒を挿入されている由香の中は、混じり合った精液でこれ以上ないほど茹だっていた。

「まーな。でもいい加減にヤリ飽きてきただろ。こっちの李留もいい感じのレア名器だし」

「オッケ。んじゃ、由香ちゃんには濃いのを一発注入ておくか」

グループデートについてきた飼い主たちは五人ほどだ。

ここにいない三人は学生街を遊び歩きながら、たまに戻ってきて由香で性処理をしていた。

李留たちが仲間の竜也をグループデートに誘ったのは、彼らの命令によるものだ。

理由は、マンネリになったセックスに、ちょっとした刺激を加えるため。

甘酸っぱい青春ドラマを覗き見しながら、ヒロインの少女たちをコマすため。

そして、彼女たちを日常という枠に戻してやれば、気分転換をさせてやることもできる。

だが、主な目的は彼らが楽しむためだ。

学生街をデートする竜也たちの後を、尾行しながら観賞する。

李留、保奈美、由香の内ひとりは、手元に残して性処理に使いながら。

性交渉もないクラスメートとの清い男女交際。

思わず笑ってしまうほどの初々しさは、見物に値した。

懐かしさすら感じる甘酸っぱいコミュニケーションに共感し、感情移入をする。

充分に気分を昂ぶらせた後は、そんなヒロインを肉便器として利用する。

その優越感と愉悦感。

その所業は、ロクデナシでヒトデナシ。

類は友を呼び、嫌われ者の掃き溜めとなる。

そんな外道倶楽部のひとつが、彼ら『お尋ね者《ワイルドバンチ》』だ。

「はいはい、由香ちゃん。特濃精子が出るよ。しばらく肉棒はお預けになるから、じっくり味わってアクメするんだぞ」

尻をパンパンと鳴らされている由香は、開いている唇に舌を乗せて蕩けていた。

今更イクもなにも、既にこうしてイッている。

ぶびゅっぶびゅっと腹の奥から響いてくるほど、大量の精液が由香の胎内へと注入されていった。

カクテル精液が押し出され、由香の太股に垂れ落ちる。

奥に沈殿した彼の精液は、下腹部の奥を火照らせる新しい火種となった。

「よーしよし。由香ちゃんの彼氏は竜也くんのほうだよな。休み中に会えなかったんだから、捨てられないようにちゃんと媚びてくるんだぞ」

「ぁ、はぁ……は、い」

素早く抜き取られた穴に、ピンク色の卵が填め込まれる。

ぐにゅりと肉を掻き分けながら埋め込まれていく玉は、子宮にまで満ちている大量の精子を堰き止めていた。

「ふむ。ちょっとエロ顔すぎるからシャキッとしな」

乳首をギュッと抓まれた痛みに、蕩けていた由香にも少しだけ理性が戻った。

腹の奥からブブブという振動を感じながら、ピンク色のローライズショーツが装着される。

機能的には何の役目も果たしていない、由香というヒロインを飾るだけのアクセサリーだ。

「ちょっとメイクしてやっから動くんじゃねーぞ」

大人しい由香に、丁寧なお色直しが施されていく。

男好みのナチュラルメイクは、意外なほどに巧みだった。

垢抜けない由香のルックスが、一段階上の美少女へと変わっている。

そんな自分に気づかない由香は、命じられるままに竜也たちへ合流しようとした。

「自分で歩けるだけ大したもんだぜ。由香ちゃんは地味にタフだな」

「あっ。ちょっと待てよ、由香。いいこと思いついた」

ビクッとして足を止めた由香が振り返った。

今の彼女たちに、飼い主から下される命令は絶対だった。

頭の大半にピンク色の靄がかかったようにボーッとしている。

「なんつーか、竜也は普通すぎて感情移入できねーんだよな。もう片方のやんちゃな、信之助だっけ？　アッチとちょっと一発ヤッてこい」

李留の膣穴に肉棒を挿れ直した男子は、上着もはだけさせてブラジャーをずり下ろした。

乳首をクリクリと転がされた李留が二度目のオルガズムに仰け反っている。

休み中にずっと彼らから開発を続けられ、竜也たちとデートしている間も玩具で焦らされていた身体だ。

肉棒が出入りする度に、胎内の奥が痙攣するほど簡単にイッている。

「な、ぁ……は、ぃ」

「お前さあ。やっぱり由香ちゃんには竜也くんだろ。んで、信之助くんは李留ちゃんと保奈美ちゃんの二股コースでさ」

「鉄板すぎても面白味がねーって」

「修羅場を演出するのは、もうちょっと後のほうが面白いだろ」

「チッ、しゃあねーな。おい、由香。ちょっと保奈美を呼んでこい。軽くハメたらすぐに戻してやっから。ほら、さっさと行け」

「……はい」

どうして自分がこんな目に遭っているのか、由香はぼんやりとした頭で考えてしまった。

李留の尻をパンパンと打ち貫いている男子が、そんな由香に気づいた。

「……どうして自分が、って顔してんな。ああ、いいぜ。教えてやるよ」

その理由は単純で明快で、とても意味がなかった。

「俺らの暇潰しのためだよ。ただの、暇、潰、し。お前にも理解できるくらい簡単な答えだろ」

ああ、そっか、と由香は納得した。

納得して、ホッとして、クラスメートの友人たちのほうへ歩き始めた。

肉体的な苦痛を与えられてるわけではない、少なくとも抵抗さえしなければ。

命令に従って流されていれば、肉の快楽だけは嫌というほど与えてくれる。

性的に愛でられながら、彼ら以外の悪意からは保護すらされていた。

仮初めであれ、恙なく日常を過ごせるように、こうして演出までしてくれる。

それは由香にとって、周囲から流されるのが当たり前だった彼女にとって、当たり前すぎて逃れようとも思わない檻の中だった。

## ・勇者団「ブレイバーズ」

豊葦原学園一年丙組。

既に時間は放課後となっている。

学園の授業スケジュールでは、午前中が座学、午後は自由時間だ。

放課後の自由時間の使い方は、人それぞれだ。

専門科目を受講すれば、新しいスキル学びながら単位も獲得できる。

ダンジョンを攻略するのも自由だ。

モンスターを倒してレベルを上げ、ダンジョンからアイテムを回収して通貨《ぜに》を獲得するのも、学園生活には欠かせないルーティンだった。

自由時間だからといって遊びほうけていれば、落ちこぼれコースが確定となる。

だが、もちろん息抜きも大切だ。

学習して実戦して休息を取る。

それが生徒に求められている放課後の過ごし方だった。

「ふああっ。やっと放課後かよ」

肩を鳴らしながら欠伸をしているのは、大柄な野獣系男子の剛史《たけし》だ。

野性味と愛嬌が同居している彼は、ガキ大将がそのまま成長したような男子だった。

「ふっ。剛史はほとんど寝ていたではないですか」

「勉強は苦手なんだよ。そういうのは虎太郎《こたろう》に任せるぜ」

肩を竦める剛史に冷笑してみせたのは、対称的に優男の虎太郎だ。

彼らが結成した倶楽部『勇者団《ブレイバーズ》』では、参謀的な役目を担っていた。

「それで、今日の部活動はどうすんだ？」

「当然、ダンジョンアタックでしょうね。倶楽部対抗戦が近いですし、少しでもレベルを上げなければ」

快適な学園生活のためには、倶楽部活動が重要になってくる。

一年生の彼らであっても、虎太郎が対抗戦のルールを調べたかぎり、まだ勝ち目はあると判断していた。

予選を突破し、ランクをひとつ上げるくらいなら難しくはない。

それに、上級生の混じった倶楽部に取り込まれてしまえば、自由に学園生活を謳歌することは難しくなる。

「当然だな。それに、自由に使える部室がねぇと、不便でしかたねーぜ」

「くっ、あっ……はぁ、はぁ」

ボキボキと腰を鳴らした剛史の正面には、前屈みになった弥生《やよい》が尻を突き出している。

カモシカのようにすらりとした脚はピンと伸ばされ、引き締まった尻は高く掲げられていた。

彼女の内腿を伝って垂れ落ちる精液が、膝までずり下ろされているショーツを濡らしていた。

教室から連れ出した弥生を、人目のない非常階段で性処理に利用する。

それが毎日の日課になっている。

「ええ。部室を確保できるランク『C』が目標ですね。新規の倶楽部なので仕方ありませんが、『勇者団《ブレイバーズ》』は現在『F』ランクのままです。堅実にランクを上げていきましょう」

「んぅ、んやぁ〜……んぅ、はぁ」

虎太郎の前にも、弥生と同じポーズで手摺りを摑んでいる奈々実《ななみ》がいた。

ねっとりとした腰使いに、挿入されている肉棒が胎内を掻き回している。

背後からスカートを捲られ、前屈みで尻を突き出している姿勢は、性処理に使われるためのポージングだ。

求められたときはスムーズに尻を出して、いつでも膣にペニスを受け入れられるように備える。

それが『勇者団』の女子メンバーに課せられた役目だ。

ヌルッと抜かれた肉棒が、奈々実の尻の谷間に乗せられた。

まだビクビクと痙攣している先端からは、精液が滴っている。

無論、大部分は奈々実の胎内に注がれており、割れ目から押し出されてくる白濁液がドロッと垂れていた。

「さて。そろそろ交替しましょうか」

「おう、よっと。ふ～う、少しはスッキリしたぜ」

彼女たち女子部員は、男子部員にシェアされている。

ペニスを抜かれた弥生の腰は、プルプルと子鹿のように震えていた。

弥生が下腹部に力を込めて息むと、大量に中出しされた剛史の精子が、ごぼごぼっと膣穴から押し出されてくる。

女子から野獣ゴリラだと思われている剛史は、そのイメージどおりに性欲も精力も人一倍強かった。

「もう一発抜いたら和人《かずと》と合流しましょう。剛史は際限がありませんからね」

「ハッ、そりゃそうだ。まだまだ余裕で勃起するぜ」

奈々実に遠慮なく突っ込んだ剛史は、ガツガツと貪るように腰を振っていた。

「まったく、やれやれですね」

「はぁ……コタロー」

後ろから回された手で、下腹部を撫でられる弥生が呻いていた。

丁寧に子宮の位置から恥丘へと撫で下ろされるマッサージに、弥生の膣からは剛史の精液がジワジワと搾り出されていった。

そうやって他の牡の精子を排除した膣に、虎太郎のペニスがヌルッと射し込まれた。

和人や剛史とは違い、女子メンバー全員に毎日欠かさず種付けしている虎太郎だ。

即座に反応した弥生の肉体は、ペニスへ吸いつくように精気を吸収し始める。

虎太郎は奈々実の膣内で我慢していた射精を即座に注入する。

そして弥生の反応を確かめながら、二発目のピストンを開始していた。

ちなみに、彼らのリーダーである和人は、授業の途中から保健室へと引き籠もっていた。

付き添いは聖菜《せな》、志保《しほ》、美依《みい》の、同じクラスメートの女子部員メンバーだ。

体調が悪いので保健室に、サボりの名目としてはスタンダードだろう。

女子が三人も付き添っているのだから、なおさらだ。

だが、不思議なことにクラスメートも教師も、心の底から彼を心配して保健室へと送り出していた。

何しろストレスの塊のような存在が、彼らの教室には棲んでいるのだから。


――穿界迷宮『YGGDRASILL』、接続枝界『黄泉比良坂』――

――第『参』階層、『既知』領域――


倶楽部対抗戦に備えて、勇者団のパーティーはダンジョン攻略に赴いていた。

彼らが達しているステージは、まだ第一段階《ファースト》クラスのままだった。

クラスチェンジも覚束ない同級生に比べれば、上澄みのトップ層であるのは間違いない。

だが、学園全体でみれば所詮、駆け出しの初心者にすぎなかった。

無論、彼らもその程度は自覚している。

今までの限界を超えるべく、新しい階層への試練に挑んでいた。

「セッ、ハァ！」

和人が振り下ろした『偽銀斧槍《ランペルスティルギア》』の一撃で、ゴブリンファイターが盾ごと吹き飛んでいった。

学園の管理下にあるマップ内領域、第三階層の界門守護者《ゲートキーパー》戦だ。

脱初心者の難関といわれている第三階層。

単独行動していたモンスターたちが群れをなし、自分たちと同じようにパーティーとして襲ってくる。

以降の階層では当たり前のように、パーティー《P》バーサス《V》パーティー《P》の戦いとなっていく。

たとえ個人の力量が勝っていたとしても、数の暴力は容易に状況を覆す。

「ウォオオリャア！」

右から左へ、左から右へと振り回される『狩猟斧《ハンティングラブリュス》』が、まるで草を刈るようにゴブリンを両断していく。

重量物を自在に操れる膂力は、剛史が『戦士《ファイター》』の能力を使い熟している証しだった。

「ウゼぇんだよ、テメぇらあッ」

この階層で嫌というほど戦ってきたゴブリンは、彼らにとってもはや雑魚でしかない。

だが、群雲のように湧き出てくるゴブリンとの戦いは、スタミナを消耗させていく。

「たしかにゴブリンはもはや雑魚。ですが、これはあまりにも……」

皮紙製のハードカバー本を手にした虎太郎が顔を歪める。

宝箱から入手した『青の魔導書《オーシャンワード》』は、励起状態にすれば自由に水を操れるというレアなマジックアイテムだ。

起動に必要なSP消費が少ないのが魔導書アイテムの特徴とはいえ、絶え間なく追加されるゴブリンの物量に圧倒されていた。

渦巻く流水を突破してきたゴブリンが、反りのある曲刀に貫かれる。

「護衛くらいならできるんだから！」

片手にカトラス、片手にバックラーを装備した聖菜は、虎太郎の前に立ちふさがった。

純戦闘クラスには劣るが、『盗賊《シーフ》』系レアクラスの『海賊《パイレーツ》』にも戦闘スキルはある。

ましてや水場ということもあり、クラスの特殊フィールド補正効果が発動していた。

「もう、限界ですっ」

モンスターカードからコボルトを召喚して戦わせていた志保が膝をつく。

経験を積ませてレベルを上げたコボルトなら、格上であるゴブリンとも戦える。

だが、やはり多勢に無勢であり、召喚したコボルトは消滅してカードに戻っていた。

「ゴメン……私も、限界、みたい」

剣と盾を携えたオーソドックスな『戦士』スタイルで戦っていた弥生も、出血による体力の限界から崩れようとしていた。

特にざっくりと切り裂かれた左足は真っ赤に染まっていた。

肉体にダメージを負うということは、SP障壁を貫通するクリティカルヒットを受けたか、

SP自体が枯渇しかけている状態を示していた。

それでも戦えているのは、『戦士《ファイター》』の自己強化《バフ》スキルである『昂揚《エンハンス》』の恩恵だった。

恐怖や苦痛を抑制して、闘争心を喚起させるという精神作用系スキルになる。

『戦士』へのクラスチェンジを推奨されている理由が、このスキルの存在だ。

それが喧嘩をしたことすらない一般人であっても、『昂揚』していれば戦場に立つことができた。

ただし、昂揚している間は、理性や判断力は低下する。

「もうマジ無理……魔法が弾切れだよぉ」

弱音を吐いてへたり込んでいるのは美依だった。

SPの枯渇した『術士《マギ》』など、一般人と同じだ。

その隣で倒れている奈々実も、気絶したままピクリとも動いていない。

勇者団のパーティーは、今まさに決壊しようとしていた。

まだ誰も死に戻っていないのは、戦力自体は拮抗しており、敵の物量に圧され続けているからだ。

「くっ。これが難関とされる、第三階層の界門守護者《ゲートキーパー》なのか……」

彼らのリーダーにして『勇者《ブレイバー》』の和人が、『偽銀斧槍《ランペルスティルギア》』を握り締めた。

界門守護者はゴブリンサモナー。

ボスが使用しているスキルは、無制限に続けられている雑魚ゴブリンの召喚だ。

取り巻きの親衛隊ゴブリンファイターは、辛うじて倒すことができた。

だが、ボスの足下にある魔法陣からは次々とゴブリンが湧き出ており、近づくことができなかった。

肉壁になっているゴブリンを突破さえできれば、貧弱なゴブリンサモナーを一撃で葬る自信はある。

「こうなったら奥の手を使うしかない」

「ちょっとぉ、そんなのがあるんなら最初から使いなさいよぉ！」

必死にゴブリンの攻撃を躱す聖菜の突っ込みには答えず、和人は『偽銀斧槍《ランペルスティルギア》』を床に打ちつける。

鼓膜を痺れさせるほど大きな残響音に、ゴブリンたちの動きが止まった。

コボルトキングからドロップした偽銀斧槍《ランペルスティルギア》は、特殊能力が付与されたマジックアイテムだ。

頑丈なハルバードという他にも、自在に音を発生させる特殊能力が宿っている。

最高等級《ハイグレード》のマジックアイテムとしては少々、いや、ネタ武器に分類されてしまう能力だろう。

コボルトが保有している唯一のスキル、『騒音《ランペル》』が付与された『銘器《ネームド》』がソレだった。

非殺傷用の音響武器として使用されることもあるが、基本的にはネタ武器扱いである。

だが、それが『銘器《ネームド》』ではなく、『固有武装《オリジンギア》』であった場合。

比類《オリジ》なき機能《ンギア》となる。

「みんなの力を、俺に貸してくれ！」

手にした武器を掲げ、『勇者《ブレイバー》』としてのスキルを開放した。

規格外《イリーガル》の代表として知られている『勇者《ブレイバー》』は、非常にオールマイティーな身体補正が掛かるクラスだ。

苦手はなく、得手もない。

均等に強化された能力に秀でたものはない。

そのオールマイティーさは、『勇者《ブレイバー》』のスキルに関係している。

「ぐうッ……」

「きゃあ！」

「う、ぁ」

「こ、これは……？」

ゴブリンとの戦いの最中に、突然脱力して倒れていくパーティーメンバー。

和人が使用したスキル『救恤《チャリティー》』は、パーティーメンバーからＳＰを回収するスキルだ。

パーティーメンバーが自ら捧げる必要はなく、同意も必要なく、拒絶もできない。

まさに救恤《きゅうじゅつ》そのものだ。

それは献身を捧げさせるスキル。

それは七つの救済《セブンスレクス》に数えられる、超越権限《オーバールール》のひとつ。

対をなす、七つの大罪《セブンスシン》と同様に、禁忌に分類されるスキルだ。

床に倒れ伏した弥生の身体が、輪郭を崩すように還元する。

続けて膝をついた剛史が、胸を押さえた聖菜が、困惑顔の志保が、振り向いた美依が、失神していた奈々実の姿が消えていく。

そして最後に残ったのは、床に這いつくばった虎太郎だった。

「和人、まさ、か……キミは……今まで、も……僕たち、をっ……」

生命活動を維持するためのＳＰすら回収されたパーティーメンバーが、羅城門を通して現世へと送還される。

一時的とはいえ、現状のキャパシティーを超えるＳＰを宿した和人が、『偽銀斧槍《ランペルスティルギア》』を掲げたまま雄叫びを上げた。

「オオ、オオオオーッッ！」

眩いほどに光を放った『偽銀斧槍《ランペルスティルギア》』が、和人の手の中から消滅した。

「みんなの想いを乗せて、お前を倒す！」

和人は召喚ゴブリンの群れに『突撃《ダッシュ》』で踏み込み、振りかぶった拳で『強打《バッシュ》』を放った。

『救恤《チャリティー》』でパーティーメンバーから捧げさせたのはＳＰのみではない。

スキルや能力値補正、そして、その経験も和人のモノだった。

吹き飛ぶゴブリンたちは空中でクリスタルと化していたが、新たな召喚ゴブリンが増えることはない。

覚醒《アギト》した『偽銀斧槍《ランペルスティルギア》』は、玄室内の全ての音を支配下に置いていた。

ゴブリンサモナーがゴブリンを召喚するのがスキルである以上、トリガーワードが必須だ。

トリガーワードが発音にできなければ、スキルは使用できない。

「これで、終わりだアアアアッ！」

打ち上げるようなボディーブローに、背骨ごとへし折られて打ち上げられたゴブリンサモナーがクリスタルと化した。

召喚主の消滅により、残っていた雑魚ゴブリンも消滅する。

そしてカツンと足下に、覚醒《アギト》が解除された『偽銀斧槍《ランペルスティルギア》』が実体化して突き立った。

「やり遂げたよ。みんな……。俺たちの勝利だ」

彼以外の誰もがいなくなったボスルームで、和人は『自ら進んで自分に力を托してくれた』であろう仲間たちと勝利を分かち合っていた。

実際、一度倒された界門守護者《ゲートキーパー》が復活するには時間がかかる。

日を改めてダンジョンダイブすれば、全員が問題なく界門《ゲート》を通過できる。

『勇者団《ブレイバーズ》』のメンバーは、既に第三階層を突破したといってもいい。

ひとり勝利の余韻にひたる和人は、自分が絶対的に正しいのだと確信していた。

### ・東方三賢人【メイガス】

『東方三賢人《メイガス》』は限定十二枠のAランクに所属する倶楽部だ。

上位ランクの倶楽部は、当然メンバーも上級生のハイレベル到達者で固められている。

黙っていても入部希望者が寄ってくる彼らが、わざわざ一年生をスカウトするのは異例だった。

青田買いという意味でも、まだ時期的に早すぎる。

だが、その倶楽部には特殊な事情があった。

彼ら『東方三賢人《メイガス》』は、メンバーが全て『術士《マギ》』系の上位クラスであった。

基本六種に含まれているアーキタイプの中でも、『術士』は比較的レアなクラスだ。

クラス保有者の少ない『術士』系クラスは、ダンジョン攻略でも欠かせない戦力になる。

対多数で活躍する魔法スキルの需要は高い。

燃費の悪さという欠点はあるにせよ、火力という面においては最強のクラスと言えるだろう。

「いらっしゃい。雨音《あまね》くん」

一年乾組の男子である彼は、オドオドした様子で部室の中へと足を踏み入れた。

その初々しい仕草に、案内役の女子部員が微笑みを向けた。

線の細いはかなげな少年は、スカウトのときに女子と間違ってしまったレベルだ。

本人にとっては男らしくない名前と一緒に、コンプレックスの原因になっている。

「入部を決心してくれたのね。歓迎するわ」

「ぼ、僕は……まだ、その」

視線すら合わせることのできない彼を、女子部員は安心させるように手を握った。

「大丈夫。私たちは味方だから。そして『東方三賢人《メイガス》』の部員になれば、今のように侮られたりイジメを受けたりするようなこともなくなるの」

「あの、どうして、僕を」

「それは私たちが『術士《マギ》』という、ダンジョンに選ばれたエリートだからよ」

にっこりと頬笑んだ女子の目は、どこまでも本気だった。

「君の才能に嫉妬する、有象無象の雑魚を相手にする必要はないのよ。最初から『精霊使い』にスキップクラスチェンジした雨音くんには、間違いなく才能がある。私たちの同士になる資格があるわ」

心地よく心に染み入ってくる自己肯定の言葉に雨音が震える。

自分に自信がなく、他人に認められたことがなかった者には、堪らなく甘美な誘惑だった。

ダンジョンダイブを繰り返す内に不要になるであろう、雨音の眼鏡が外された。

「強制はしないわ。ゆっくり考えてくれればいいの」

耳元で囁かれた誘惑に、雨音は言葉もなく頷いていた。

「やあ。期待の新人、雨音くんだったね？」

タオルを首にかけて、どこか気怠そうに見える男子が姿を見せた。

学園の男子に多いのは、鍛えられた身体に野蛮な雰囲気をまとっているようなタイプだ。

そういうスタンダードな上級生とは逆に、線の細さが目立っている理系タイプというイメージだった。

インドア派の雨音には、共感できる先輩に見えていた。

「は、初めまして、センパイ」

バネ人形のように頭を上げ下げする雨音に、微笑ましい眼差しが向けられた。

雨音が緊張しているのも、仕方ないとわかっている。

ランク『A』の倶楽部に割り当てられている部室は、学園の他施設とは一線を画していた。

まず木造のリフォーム建築群とは違い、最新の近代建築物だ。

内部施設もロビーにフロント、各倶楽部の専用エリアへのエレベーター、メディカルルームなどのサポートも充実している。

また、各々のAランク倶楽部が利用できる区画は、完全に隔離されている。

トレーニングやシャワールーム、リラクゼーション設備などは区画ごとに用意されていた。

備品や器具も、全てが一級品だ。

さながら、アスリート用に準備された高級ホテルのようなものだ。

まだ学園にも馴染んでいない庶民の雨音には、まるで別世界に来たように感じられていた。

「こーら、雨音くんはまだ入部してないんだから、プレッシャーをかけないの」

「ゴメンゴメン。気にしないでゆっくりしていくといい。君は部員でなくてもボクたちの同士なんだから」

決して威圧的ではない、どちらかといえば自分に似たタイプの先輩たちに、雨音の警戒心も弛んでいく。

「その様子だと、仕込みは終わったのかしら？」

「ボチボチといったところかな。他の素質がありそうな木偶《でく》も一緒だからね」

「今年は何匹が『触媒士《カタリスト》』になってくれるのやら」

頬に指を当てた女子部員が、物憂げにため息を吐いた。

「……あの」

「ああ、ごめんなさいね。雨音くんにプレゼントを用意していたのだけれど、まだ出来上がってないのよ」

「ちょうどいいじゃないか。彼にも好みはあるからね。実際に見て選んでもらおう」

「それもそうね。相性もあるから、試してもらえばいいんだわ」

戸惑う雨音の背が押され、部室の奥へと誘われていく。

雨音が驚いたことに、連れ込まれたエレベーターには、地上三階分と地下フロアの表示まであった。

そして、その全てが『東方三賢人《メイガス》』の倶楽部室だった。

ゆっくりと降下するエレベーターの中、不意に周囲を見回した雨音に感心する視線が向けられる。

「知覚したようだね。やはり雨音くんには素質がある。そう、Aランク倶楽部棟の地下フロアには、人工的なダンジョン空間が再現されているんだ」

「そ、それって」

「ダンジョンの第一階層程度の瘴気圧だけど、一応スキルも使えるし、モンスターもポップしたりする。ま、タマにね？」

「スキルの訓練場、といったところかしらね。これもAランクの特典よ」

チン、と鳴った電子音の後に、ゆっくりと扉が開かれる。

その地下フロアは、雨音の想像よりもダンジョンらしくなかった。

白い天井にモノクロームの内装。

当然だが窓はなく、圧迫感のある無機質なワンフロアになっていた。

フロアにはバトルステージや射撃場のようなスペースが作られており、いろいろな目的で活用できるようになっている。

また、雨音には理解できない観測機械や、使い方のわからないトレーニングマシーンも並んでいた。

その並んでいる十機ばかりの見慣れない器具は、全て使用中となっている。

「あら……誰もいないみたいだけど？」

「みんな休憩中だよ。ダンジョン空間で補充ができるといっても、精神的な疲れがないわけじゃあない。昨日から始めて丸一日は頑張ったんだ。褒めてほしいくらいさ」

新学期の最初となる、テスト休みの三連休。

それにタイミングを合わせて仕込みを始めるのは、『東方三賢人《メイガス》』に引き継がれる伝統のようなものだ。

「男子にはもっと頑張ってほしいところね」

和やかに会話する先輩たちを尻目に、ゴクリと唾を飲み込んだ雨音が固まっている。

そのトレーニングマシーンは、シートに着座して使用するタイプになっていた。

安全を考慮してか、器具に装着されている女子生徒たちは、手足をしっかりとベルトのような物で固定されている。

シートの上で仰向けにされている彼女たちの姿は、一糸纏わぬ全裸だ。

雨音からは器具に固定され、股間をこちらに向けている彼女たちの恥部が全て見えている。

揃って意識を失っている彼女たちが人形ではない証拠に、乳房がたわむように揺れ、閉じることの許されない太股がヒクヒクと痙攣し、吐息に混じった悩ましい呻き声が聞こえていた。

「雨音くんも興味があるみたいね」

肩を抱いた女子部員が、自然に雨音の背中を押した。

頭が真っ白になっている雨音はなすがままだ。

「さて、と。仕上がりは順調かしら……ね」

それは特殊カスタマイズされたトレーニングマシーンだ。

装着されている女子の身体はしっかりと固定して、長時間の拘束にも負担がかからない。

エコノミー症候群を予防するために、自由にポーズも変更できる。

実際、拘束されている十人の女子生徒は、あられもない扇情的なポーズで放置されていた。

その中のひとり、その正面に雨音を立たせた女子部員が器具を操作する。

目を閉じて仰向けになっている少女の股間が、変形する器具に合わせてゆっくりと開かれていった。

目の前にいる少女は、生まれたままの姿を余すところなく雨音に晒していた。

まだ淡い膨らみの乳房も、その頂きで膨らんでいる乳首も。

普段の教室ではスカートで遮られ、誰にも見せることのない陰部も、肛門も。

他の並んでいる女子たちと同じように、連休中にじっくりと上級生から仕込まれ、文字どおりに穴が開いたままになっている女性器も、全てが雨音の前にあった。

「この子はね。正直、あまり才能を感じなかったの。でも、きっと雨音くんはこの子に復讐したいんじゃないかって思ったから、ついでに捕まえてきて仕込んでみたの」

「エリ、ちゃん……？」

「でも、意外と素質はあったみたい。それに絵梨華ちゃんは処女だったの。癖がついてなくて扱いやすかったわ」

雨音のクラスメートである絵梨華、そして素質を見出されてしまった一年生の女子生徒たち。

彼女たちの裸体には、奇妙なデザインのボディーペイントが施されてあった。

額と喉、乳房の谷間、鳩尾からヘソの下、そして女性器と肛門の間。

身体の正中線上にペイントされた刻印は淡い光を放っている。

ゴム手袋を填めた女子部員が、さらけ出された絵梨華の女性器へ指を差し入れていた。

「あら？　まだ子宮に魔力を溜め込んでるわ。貪欲な子ねぇ」

クチュクチュと柔らかく粘っこい音が聞こえ、絵梨華の膣に溜っていた精液が尻溝に垂れ落ちていく。

その刺激に合わせるように、下腹部の刻印が光を放っていた。

「雨音くんは、まだ女の子の身体を知らないみたいね？　少しレクチャーしてあげましょうか」

絵梨華の媚肉を弄っている彼女がクスッと頬笑んだ。

「ほら、この穴が膣と呼ばれている器官よ。おマ○コとも言うわね。雨音くんの硬くなったソレを挿れてあげる場所よ」

「あ、あ」

中指と人差し指がヌルッと穴に沈み、内側からくぱぁっと開いて粘膜を剥き出しにさせる。

ピンク色の初々しい粘膜がヒクヒクと痙攣していた。

そして蠕動する奥の穴からは、注入された白濁液があきれるほど大量に押し出されてきた。

「少し上にある小さな穴が尿道口。ここに挿れようとしちゃ駄目よ？　そして、この襞の合わせり目にある突起が陰核、いわゆるクリトリスよ。これは敏感な器官だから優しく扱ってね」

絵梨華の肉体を教材にして、雨音の性教育が行われていた。

同性の指で女性器を弄くられる絵梨華は、気を失ったまま身悶えて尻を揺らしている。

下腹部にペイントされている大きな刻印も、肉体の反応に合わせて明滅していた。

「子宮にたっぷりと魔力を溜め込んでいるわね。肉体のキャパシティーは充分みたい。ちゃんと雨音くんへのプレゼントになれるかしら？」

「なり損ないでも、雨音くんの玩具となる予定は変わらないからね。安心してくれ。その子には変な癖がつかないように、みんなで代わるがわる仕込みをしているから」

雨音に親しげな笑みを向ける男子は、隣の器具に装着されている女子生徒と交尾を始めていた。

拘束されている足が揺れると、連動するように女子の臀部も揺れている。

それは快楽目的ですらない、儀式めいたセックスだった。

反応する肉体に揺り起こされた女子は、舌を出して蕩けるような喘ぎ声を漏らし始めている。

そして、絵梨華と同じように、下腹部の刻印も怪しく明滅を始めていた。

「できれば、その子もちゃんと『触媒士《カタリスト》』にクラスチェンジしてほしいものだけどね。何しろとても貴重《レア》なんだよ、触媒士は」

「ど、どうして、こんなことを」

「私たちがまだクラスを得ていない、一年生の女子に仕込みをしているのはね。『触媒士《カタリスト》』というレアクラスを作るためなの」

目を逸らしたいはずなのに身体は動かない。

ドクドクと心臓が高鳴り、耳鳴りがするくらいに昂奮している。

胸を押さえている雨音に、絵梨華を弄り回している女子部員が話を続けた。

「私たちのような『上級魔法使い《メイガス》』は最強のクラスだわ。圧倒的な破壊力、万能の応用力、魔法という奇蹟の力を行使する、選ばれし者たちなのよ」

熱に浮かされているような宣誓だった。

それは泥のようにねっとりと、焦がすような熱となって雨音の耳に染みこんでいく。

信仰にも似ている選民思想と、強烈なエリート意識。

『東方三賢人《メイガス》』にとって、『術士《マギ》』というクラスは尊重されて然るべき価値観だ。

学園に来てからもカーストの底辺として扱われ、絵梨華たちの女子グループには小間使いとして虐げられている。

そんな雨音には、自分の価値を認めてくれる彼らの言葉が魅力的すぎた。

「ただし、そんな『上級魔法使い《メイガス》』にも弱点はあるわ。強大な魔法を行使できるからこそ、すぐに魔力を枯渇させてしまう。でも、それは欠点ではないわ。足りないのなら補えばいい、それが『触媒士《カタリスト》』のクラス」

「そう。『触媒士《カタリスト》』は『術士』系に分類されたクラスだけど、ボクたちは別物として扱っている。魔力を周囲から掻き集めて溜め込むだけのクラス特性。自分では魔法を使えない無意味なクラスさ。だけど、ボクたちが使ってやれば素晴らしいシナジーを生み出す道具でもある」

額を押さえるように目を閉じた雨音の下半身は、いつの間にか下着まで剥ぎ取られて、包皮に包まれた陰茎を露わにされていた。

「ダメよ、雨音くん。目を開けて現実を見て」

「あっ、ああっ……」

卑猥な姿で隠すべき場所を全てさらけ出された絵梨華の裸に、反り返った未成熟なペニスがビクンとしゃくる。

「『東方三賢人《メイガス》』という倶楽部はね、実はボクたちが始まりじゃないんだ。知っていると思うが、部長として登録されている生徒が卒業してしまえば、倶楽部は引き継がれることなく強制的に解散させられる。だから、『東方三賢人《メイガス》』の理念を引き継いだ次世代が、また新しい『東方三賢人《メイガス》』を結成していくんだよ」

夢遊病者のような足取りで絵梨華に近づいた雨音を、ほっそりとした指先がサポートする。

初めての行為に迷わないように、しっかりとその穴へと先端があてがわれた。

「引き継いでいるのは理念だけじゃない。その中でもコレは、ボクたちが十全に力を発揮するための道具、『触媒士《カタリスト》』を誕生させるための秘術だよ」

「……ひイッ」

肉の割れ目、狭い肉窟への侵入で包皮を剥かれた雨音のペニスが、穴の中で痙攣した。

悲鳴を漏らし、反射的に退かれた腰は背後から押さえ込まれ、初交尾の初精を絵梨華の胎内へと注ぎ込んでいく。

「被検体は、まだクラスを獲得していない一年生の女子が望ましい。処女であればなおのこと確率は高まる。そうそう、この秘術はね、基本的には女性に限るんだよ。もしかしたら男性にも適応できるのかもしれないけど、その気がある男子部員はいなかったからね」

シートに固定された絵梨華と、背後から女子部員にサンドイッチされた状態の雨音は、舌を出して震えながら射精の断続的な快感に侵されていた。

「『触媒士《カタリスト》』の能力は、魔力を吸収して肉体に留め、それを体内で制御することだ。その感覚を肉体に覚え込ませる。クラスチェンジは条件を満たした、自分に見合ったクラスが選ばれることが多いんだ。魔力などという現代には馴染みのない力を扱う『術士《マギ》』が少ない所以さ。だから、ボクたち『上級魔法使い《メイガス》』が直接魔力を注ぎ込んで、肉体のキャパシティーを超えた魔力の飽和状態にする。こういうふうに、ね」

胎内に精液を注入された女子が、ビクンっと仰け反って腹を反らした。

女子の下腹部にある刻印は、はっきりとわかるほどに光を放っていた。

彼にとってはオナホールに精液を排泄するのと同じ行為。

だがそれは、丹田に溜めた魔力を精液に乗せて女子の胎内へと注ぎ込む手段だ。

性を主軸に発達した秘術は世界各地に存在している。

房中術、立川流、カーマスートラ。

それら陰陽の太極思想によれば、精を放つ男性は陽であり、受け入れる女性は陰だ。

元々、女性には精を受け入れる機能が備わっている。

丹田に受け入れた精、魔力は肉体を循環し、チャクラの位置に刻印された魔法陣から放出される。

「これを繰り返して肉体に馴染ませてから『聖堂《カテドラル》』につれていけば、そうだね……二割くらいの成功率で『触媒士《カタリスト》』を造ることができる。まあ、失敗したらだいたい『遊び人《ニート》』になってしまうのだけれどね」

「ぁ…ア…ぁっ…」

チャクラの位置に刻印された術式により、女子の肉体からは強制的にSPが抜き取られていた。

ダンジョンに潜ったことのある生徒であれば、誰でも無意識に纏っているSP障壁。

魔力、あるいはオーラ、アストラルと呼ばれている力は、ダンジョンの瘴気から身を守るための自己防衛本能だった。

それを強制的に剥ぎ取られ、他者の魔力を飽和するまで注入され、また抜き取られる。

本能的に身を守るため、与えられる魔力を貪欲に吸収し、霧散させられる魔力を留めようとする。

その流れは『触媒士《カタリスト》』というクラスの本質だった。

雨音は填め込んだままのペニスから、絵梨華の膣に吸引される感触に悶え続けていた。

「やっぱり魔力に敏感なのね。それは絵梨華ちゃんが雨音くんのおチン○ンから魔力を吸い取っているのよ。でも、とっても気持ちいいでしょう？　肉の交わりなんかより、ずっと高次元の快楽なのよ」

「ぁ、んあ、あ！」

「女の子みたいに可愛い喘ぎ声よ。ふふ、動いて肉の快感で気を紛らわせたほうが楽よ……ほら、こう、ゆっくり、ね？」

雨音の背中に密着したまま、一緒に腰を動かしてレクチャーを続ける。

唇を噛んだ雨音の、痛みにも等しい快感を伝えるペニスの接合部は、ヌポヌポと絵梨華の性器と混じり合っていた。

「そう、今までの悔しさや憤りは、全部吐き出してしまいなさい。心配することはないわ。彼女は雨音くんのモノになるのだから」

「……あ……ぅ」

魔力の枯渇により仮死状態となっていた絵梨華が、首を振って切なげな嬌声を漏らし始める。

「あら、もう隷属させてしまったのね。まだ雨音くんはレベルも低いはずなのに、よほど強い想念が籠もっていたのかしら？」

「ボクたちにとって思念の強さは大事だよ。雨音くんのために、その子は念入りに仕込んで『触媒士《カタリスト》』にしなきゃあね」

「そうね。『遊び人《ニート》』を飼っていても仕方ないわ」

女子部員は既に自分の意思で腰を振りたくっている彼を微笑ましく見守っていた。

雨音は口を開いたままハッハッと呼吸を荒《あら》らげながら、入学して以来ずっと苛められていた絵梨華を蹂躙した。

慣れない腰振りにペニスが抜け出ても、自分で正しい場所に挿れ直して仕込み続けていた。

「さて、ボクも少し魔力を補充しようかな。オイ」

「ハイ。ご主人様……お受け取りください」

――穿界迷宮『ＹＧＧＤＲＡＳＩＬＬ』、接続枝界『黄泉比良坂』――

――第『弐』階層、『既知』領域――


「何をやっているのよ。本当にトロイ奴！」

「ご、ごめ……」

薄暗く湿ったダンジョンの中で威勢のいい声が響く。

音に反応するモンスターも多く、本来はあまり推奨されない行為だ。

「まーた始まった。ホント、エリーはキツイ性格してるよね」

ダンジョンの表層に近いほど、その構造は現世の地下洞窟にも似た構造になっている。

それは地上の影響から逸脱していない、まだ現世との差異が大きくない証拠だ。

階段のような段差に足を取られた雨音の前に、仁王立ちした絵梨華が立ちはだかっていた。

彼女たち一年乾組の女子で構成されたパーティーには、男子の雨音がひとりだけ混じっている。

一見雨音のハーレムパーティーにも見えるが、実際には小間使いの荷物《ポーター》持ち扱いでしかなかった。

時には盾に、時には囮にと、モンスターとの戦いで矢面に立たされてきた雨音が、パーティーの中で最初にクラスチェンジできたのも当然だろう。

「キャハハ、でも雨音が鈍くさいのはマジじゃん」

「そーそー。見てるだけでイラっとすんだよねー」

「マジ使えねっし。ひとりで勝手に死んでろって感じ」

もっとも、それで扱いが改善することはなく、逆に鬱憤を晴らすように虐待されていた。

「ツ、……ちょっとみんな先に行っててくれる？　アタシ、コイツ折檻してくからさ」

「うわ。こわぁ」

「ほどほどにしときなよ。自分の足で歩けないとマジ邪魔だし」

「雨音の魔法なしだとゴブリンしんどくない？」

「楽ショーでしょ」

ゾロゾロと、まだ初心者セット装備の女子たちが、通路の奥へ進んでいった。

「ご、ごめんなさい……雨音。でも、アイツらに合わせないと怪しまれちゃうから」

許されない相手を罵倒する背徳感に、絵梨華の目は潤んで顔は上気していた。

身体の髄まで教え込まれた主従関係は、絵梨華をあっさりと改心させている。

わがままで幼い精神は、砂糖菓子のように脆く、安っぽかった。

「だから、あの子たちのせいで…あっ…アタシは悪く…あっ、んぅ」

ダンジョンの壁に押しつけられた絵梨華は、そのまま尻にペニスを突っ込まれていた。

スムーズな挿入は、絵梨華がノーパンにされていたからだ。

ダンジョンに入る前にも、同じように雨音に犯されながら下着を没取されている。

スカートの中に挿し込まれたペニスの出し入れに、絵梨華は声を堪えながら悶えていた。

テスト休み明けからも、毎日のように雨音からペニスを挿入されて、たっぷりと精液を注入されている。

日に何度も挿し込まれている雨音の陰茎は、包皮が亀頭からズル剥け、より大きく傘の張った状態で膣肉を穿っていた。

「ごめん、なさい、雨音……許し、あひッ、雨音のおチン○ンスゴぃ」

雨音は表情を変えることなく、機械的に絵梨華の尻を犯し続ける。

最初の頃は、挿れる度に射精感を必死に堪えていた絵梨華の膣穴も、ヤリ慣れた今では余裕を持って使用できている。

倶楽部の先輩たちから三昼夜たっぷり輪姦された絵梨華は、良くも悪くもない普通の穴という評価を受けていた。

もっと具合のいい名器だという同級生の女子をすすめられたが、雨音がもらったのはこの穴だった。

普通だというのなら、練習用には最適だと思ったのだ。

そして、罵倒されてフラストレーションが溜まった状態から絵梨華をレイプすると、とても気分が爽快になった。

毎日、始業前に中出ししてやった絵梨華がすました顔で友人たちと会話しているとき、太腿に自分が出した精子が垂れているのを見ると猿のように勃起する。

休み時間になると物陰に連れ込んで、毎回レイプしてやらなければ気が治まらないほどだ。

プライドだけは高い絵梨華なので、自分との関係を周囲に気づかれないように取り繕おうとしている。

そんな絵梨華を凌辱するシチュエーションに、快感を覚え始めている雨音だった。

「スゴイ、スゴイよ……雨音、気持ちイイっ」

射精を膣に受けることによる強制オルガズムで痙攣して、ヘソの位置に残されている魔力拡散刻印から抜け出る喪失感にもう一度痙攣する。

二重の快感に、絵梨華が潮を吹きながら尻をわななかせた。

「あっ、連続ぅ？　雨音、スゴイよ。逞しいよぅ」

「うるさいっ。このチ○ポ奴隷め！」

「だってぇ…だって、雨音のおチン○ンスゴイからぁ」

絵梨華のスカートの中に差し入れた手で腰を掴み、目を閉じたまま無心で腰を振り回す。

「あっ、イクぅ。出されちゃう前にイクぅ。雨音のチ○ポ奴隷、すごくイイよぅ」

「『触媒士《カタリスト》』になったら一生、ずっと使ってやるからなっ。このチ○ポ奴隷！」

「なるぅ。成るからぁ……あっ、イク、イクゥ！」

## ・腐海掲示板［ローズスクール］

**個人鯖掲示板**
**【禁忌の薔薇園】ロズスク情報交換スレｐａｒｔ１０【作者不明】**

**１：名無しの腐女子**
このスレは学園ネットで不定期にアップされる謎の同人漫画
ローズスクールハック＆スラッシュについて語るスレです

・＞＞９５０が次スレを立てること、＞＞９７０を超えても立たない場合立てられる人が宣言して立てること
・アップされた新作を発見したら速やかにスレで共有しましょう
・独占してもいいことはありません、人肉検索を覚悟してください
・リアル学園で登場キャラのソックリさんを見つけても視線を合わせてはいけません
　遠くから生温かく見守りましょう
・荒らしは特定ワードでＮＧ推奨
・荒らしに構うあなたも荒らしです

※最新話（暫定）
・『第４６話＿目覚めよ！禁断の覚醒［アギト］、野獣スキル発動と新入部員』

※前スレ
【新キャラ参戦】　ロズスク情報交換スレｐａｒｔ９　【外伝確認】

※関連リンク
・ロズスク保管庫（有志別個人鯖／１／２／３／４）
・ロズスク wiki

**2：名無しの腐女子**
＞＞1乙
テンプレはこんな感じでよさそうね

**3：名無しの腐女子**
＞＞1乙
急に同士が増えてきたしね
保管庫がないとクレクレちゃんが湧いてくるし

**4：名無しの腐女子**
zipでちょうだい

**5：名無しの腐女子**
カーッ（ﾟДﾟ≡ﾟдﾟ)、ペッ

**6：名無しの腐女子**
やめなされやめなされ
また荒れるからやめなされw

**7：※※※の※※※**
学園ネットは同性愛がＮＧワードじゃからの
逆恨みで通報されたら皆が迷惑するでありんす

**8：名無しの腐女子**
＞＞7
文字化けし杉、どこから繋いでるのw
それに同性愛じゃなくてボーイズラブよ

**９：名無しの腐女子**
同士が急増してるのは事実
うちの教室とか女子の大半が汚染されてる
というか、染めた（　ﾟдﾟ）

**１０：名無しの腐女子**
禁止されるほど恋しさが募るのは人間心理

**１１：名無しの腐女子**
わかりみが深い
学園に来てからはホントご無沙汰だった
入学当時はネットもスマホも使えないって発狂モノだったわ

**１２：名無しの腐女子**
それは確かだけど、絵も上手いしストーリー展開も普通に面白いよ
現役の生徒がうｐしてるんだろうけどプロ並みだと思う

**１３：名無しの腐女子**
最新話の聖市くん尊い……

**１４：名無しの腐女子**
聖市は尻軽すぎてダメ
野獣系純愛主義の当麻様が至高

**１５：名無しの腐女子**
どっちもわかってないわねぇ
今は総受けビッチや俺様系より、ダークサイドに堕ちた元ノンケ勇者でしょ

**１６：名無しの腐女子**
それ外伝だよね
っていうか、外伝と本編ってリンクしてるの？

**１７：名無しの腐女子**
してるっぽい
サイドストーリーで本編を補完していくスタイル

**１８：名無しの腐女子**
外伝が発見された時は真贋判定で大炎上したよねｗ

１９：名無しの腐女子
リアル騒動になりかけても作者は降臨しなかった
徹底的に匿名で続けるつもりなのでしょう

**２０：名無しの腐女子**
身バレしてもいいことないし
こっちもこっそり応援を続けるわ

**２１：名無しの腐女子**
あ．．．ありのまま、今日見かけたことを話すぜ
例のふたりが教室の前をイチャイチャしながら通っていった

**２２：名無しの腐女子**
こっちも初めて生で見た
眼福でしたわ　（'∀｀）

**２３：名無しの腐女子**
わかってるでしょうけどコンタクト厳禁だからね
近づくのも、撮影も禁止
トラブルが発生したら筆を折る、ってのが作者唯一の主張なんだから

**２４：名無しの腐女子**
新しい同士には念を押したほうがよさそう
……でも、それってつまり、肖像権の無断使用ってことじゃ

**２５：名無しの腐女子**
（∩ﾟдﾟ）アーアーキコエナイー

《つづく》

# 幕外　破滅の王座《ドゥームスローンズ》

ちらちらと埃が宙に舞っていた。
締め切られたカーテン。
すり抜けた光が、薄暗い部屋の中に射し込んでいる。
ゆらゆらと埃が踊っている。
部屋に閉じ籠もったまま、今が昼か夜かもわからない。
澱んだ空気に、澱んだ時間。
「……叶馬、さん」
部屋の隅にうずくまった静香が、ぼんやりと呟いた。
当たり前になっていた繋がりが感じられない。
胸の奥に、ぽっかりと穴が空いている。
寒くて、冷たくて、無機質で、何の価値も意味もない。
それが今までの自分。
学園に入学して、叶馬に出会う前の自分だった。

＊　＊　＊

毎朝起きると鏡を見ていた。

そこに映っている自分の顔は、とても無機質だった。

硝子のような目玉。

感情が抜け落ちた人形のような容貌。

両親の顔は記憶に残っていない。

養父の顔も、義兄弟の顔も思い出せない。

ずっと前から見るのをやめていたから。

ただ、毎晩のように聞かされていた荒い息づかいと、嫌な匂いだけは覚えてしまった。

最初は組み伏せられ、ねじ伏せられて犯された。

初体験の相手は養父で、義兄弟が成長してくると彼らも参加し始めた。

抵抗するのを止めたのは、結果が変わらないのと、そのほうが早く終わるから、そして楽だから。

養父よりも兄弟のほうが面倒だった。

相手をする時間は短くても、すぐに発情して日に何度も迫ってくる。

学校には毎日通っていた。

それに意味はないし、価値も感じなかった。

与えられた役割を演じていた人形だ。

友達もできず漫然とした日々を繰り返す。
私はただ人形の中で、澱んだ薄暗い場所にうずくまっていた。
そのままであったなら、きっと私はすり切れて消滅していた。
摩耗して何も感じなくなって、本当の人形になっていた。
私が私でいられたのは創作の世界があったから。
ファンタジックでコミカルで、愛と勇気があって、約束された救いのある世界。
そんな決して存在しない、幻想の耽美な世界に私は傾倒していった。
人形として日常を過ごし、空想の趣味に没頭していた。
私は薄気味悪い娘だったのだろう。
実際に、そう振る舞っていた。
だから売られた。
学校でも空気のような存在だった。
だから先生は、私の養い親に話を持ちかけたのだと思う。
入学金を支払うのではなく、支度金を受け取ることのできる『学園』を紹介した。
お前はいい値段で売れたと、養父が笑っていた。
孝行娘だと、ベッドの上で笑いながら犯した。
どうでもよかった。
うんざりする連中と離れられるなら、それだけで充分だった。

行かないでと、縋りつきながらレイプする義兄弟が、とても気持ち悪いと思ったくらいだ。

無一文で放り出された私は豊葦原学園へとやってきた。

この学園がどういう場所なのか、何を期待されて買われてきたのか。

マイルドな表現になっていたが、私たち向けのパンフレットには丁寧に記載されていた。

一部はファンタジーすぎる内容で、当時は信じていなかったけど。

他の役割についてはわかりやすかった。

変わらない、今までと何も変わりはしない。

私はとっくに壊れていて、だから他の同類もすぐに見分けられた。

そう、学園の女子生徒は大半が同類だった。

壊れたのか壊されたのか、普通から逸脱してしまった落ちこぼれの同類ばかり。

私は、ホッとしていた。

安堵してしまった自分は救われないと思った。

どうでもよかった。

だけど、つらいよりは楽なほうがいい。

少しでもマシなほうがいい。

「やっ、こんちゃ。あたしは麻衣。これからよろしくね！」

お互いに利用するつもりなのは承知で、寮のルームメイトとも友達になった。

少しでもマシな男をみつけて、他よりも先に誑《たら》し込む。

媚を売って尻を振る。

そして最初の登校日の教室で、私は。

あの人に出会った。


「叶馬さん……」

その人は、どうしようもなく壊れていた。

世間知らず、常識知らずだとクラスメートたちは遠巻きにした。

だけど違う。

世間も常識も、知らなくていいことも、きっと知るべきではないことまで、あの人には蓄積されていた。

だから摩耗して、零れ落ちて、どうしようもなくズレている。

そんな彼と一緒にいるのは心地よかった。

彼のモノになっているのは楽だった。

何故なら、どうでもよかったからだ。

彼にとっては、私も、誠一さんも、麻衣さんも、どうでもいい存在だったから。

来るモノは拒まず、去るモノには執着しない。

悲しんだり落ち込んだりはするだろうけど、きっと変わらないし変われない。

誰がいようといまいと、あの人は変わらない。

不偏であり続けてくれる。

そのことに安堵していた自分が、悲しいと感じるようになったのはいつからだったろう。

愛おしいと、そう思っていることに気づいたのは、いつだったろう。

あの人が欲しいと、欲してほしいと、そう思い始めていた。

「叶馬さん……」

これは恋なんて甘酸っぱくて優しい感情じゃない。

もっとドロドロと澱んで、汚くて、熱いモノだ。

空っぽの胸が疼いた、どうしようもないくらいに。

途切れた繋がりが切なくて涙が出る。

自分の中にこんな感情があるなんて知らなかった。

胸を掻き毟りたくなる狂おしい激情。

どうでもいいなんて思わせない。

私が去ったら泣いてほしい、私が消えたら絶望してほしい。

あの人の中へ、永遠に消えない傷跡を刻みつけたい。

これは私だけの欲望。

何よりも強い渇望。

私を求めてほしい、溺れてほしい、ドロドロに蕩けてしまいたい。

満たしてあげたい、満たしてほしい。

一緒に安らぎの中で微睡《まどろ》みたい。
「叶馬さん……」
あの人の残り香を求めて、胸に空いた穴へと沈んでいく。
混じり合った無数の思いが、黒くて熱くてドロドロした想念が澱んでいた。
光のない澱みがグルグルと渦を巻いている。
そこは深くて暗い、澱みの宮殿だった。
無数の扉があったけど、私の手には鍵がない。
だけど、そんなのは関係ない。
私がいるのは内側だから。
虚ろな宮殿でうずくまったまま、空の王座を見上げている。
想念で積み上げられた虚像の階段。
破滅の先にある、誰にも届かない虚座《クラス》。
あの人が選ばなかった、選ぶこともできた可能性。
だからこそ、あの人の内側にいる自分なら――手を伸ばすだけで簡単に。
「ッ……叶馬、さんっ！」
心臓が跳ねた。
立ち上がろうとして足がもつれた。
どれだけの時間、この場所でうずくまっていたのか。

呼吸が苦しくて目眩いがした。
ああ、だけどそんなことは構うものか。
扉を開けて廊下を駆ける。
足がもつれて転ぶ、声をかけられた気がする。
でも、聞こえない、関係ない。
寮の玄関を走り抜けて、あの人に向かって飛び込んだ。
「はぁ…はぁ…はぁ……うっぐっ、あ、ぁ…っ」
呼吸が苦しくて、嗚咽が漏れていた。
きっと自分はひどい顔をしている。
そんな私を、この人は優しく抱き締めてくれる。
胸に空いた虚ろが満たされていた。
「……ただいま」
少し困ったような、不器用だけど優しい声。
ぽんぽんと背中に触れる手。
「ぐすっ……はぃ。お帰りなさい、叶馬さん」
嗚咽《おえつ》と鼻水が止まらなかったけれど、この手を離すことはできなかった。
ただ自分は今、あるべき場所にいるのだと、心の底から確信できていた。

《了》

# あとがき

当作も四巻目を出させていただくことが叶いました。

ご覧になられている皆様には変わらぬ感謝を。

また、発刊でお世話になりました一二三書房の担当者様方、イラストレーターのアジシオ様、本作を応援してくださる読者の皆々様にお礼を申し上げます。

引き続き短いご挨拶となりますがご容赦くださいませ。

この本を手にしている貴方へ。

ただ、物語の世界を楽しんでいただければ幸いです。

竜庭ケンジ

## 豊葦原学園年中行事紹介

### 一学期：

### 卯月【四月】

・入学式及び始業式

学園の新しい風、新入生の季節。あるいは希望に満ちた一年の始まり。

・オリエンテーション

つつがなく学園生活を過ごすため、始業前の新入生に実施される教育プログラム。
サボったり話を聞かずに寝ていたりすると、後から悔やむことに。
また、一部の教育については男女別に分かれている。

・入寮式及び新人歓迎会

豊葦原学園は全寮制となっており、快適な学園生活を過ごすためには重要な要素。
新入生の入寮先は、エントリークラスの寮から無作為で決められている。
先輩後輩がコミュニケーションを取れる貴重な場であり、悪い遊びを教わることも。

## 皐月【五月】

・黄金休暇

全寮制の学園でもゴールデンウィークの休みは確保されている。

ただし、生徒たちの行動範囲は、学園の敷地内かダンジョン、そして学生街に限定されている。

また五月に入った時点から、一年生の倶楽部活動が解禁される。

・中間テスト（一学期）

全校生徒に対して、下旬に実施される中間考査。

テスト内容は、一般科目と専門科目に分けられている。

一般科目はペーパーテストのみ、専門科目にはダンジョン実習が追加される。

ペーパーテストの結果で落第することはないが、将来的に学園の教職員を目指すのであれば重要。

また、専門科目で赤点を取ると、補習《レイド》クエスト送りになる。

## 水無月【六月】

・倶楽部対抗戦［水無月杯］

倶楽部のランクを決定する、学園の一大イベント。

学園に登録されている全ての倶楽部が強制参加、ボイコットすると登録が取り消される。

暇を持て余している学園生徒にとってはお祭りイベント。

### 文月【七月】

・期末テスト（一学期）
全校生徒に対して、上旬に実施される期末考査。

テスト内容は中間テストと同じく、専門科目が重視される。

また、専門科目で赤点を取ると、『林間学校』への強制参加が決定される。

### 葉月【八月】

・夏季休暇
七月下旬から八月いっぱいまでの長期休暇。

一か月もある長い夏休み。

ただし、生徒の移動については制限されており、里帰りなどの許可も下りない。

ダンジョン内のネイチャーフィールド、学園敷地内の湖などが避暑地として利用されている。

・林間学校

通称『輪姦学校』。
期間は二週間ほどで、夏季休暇中に開催されている。
一学期の期末テストの赤点者は強制参加。
学園主催のバカンスイベントとして、自主参加する男子生徒もいる。
開催地は天然ダンジョン『磐戸樹海』。

## 二学期：

### 長月【九月】

・学園祭
正式名称は『高天原霊大祭』。
神迎え、あるいは神送りの儀式が原型とされるお祭り。
伝統的に生徒主体のイベントとして、生徒会が運営を一任されている。
ただし、お堅いイベントばかりで普通科生徒には受けが悪い。

### 神無月【十月】

・中間テスト（二学期）
全校生徒に対して、中旬に実施される中間考査。

専門科目のダンジョン実習では、規定階層到着の他にもサブクエストが追加される。

また、専門科目で赤点を取ると、補習《レイド》クエスト送りになる。

## 霜月【十一月】

・倶楽部対抗戦［霜月杯］
倶楽部の格付け決定戦にして、お祭りイベント。

対抗戦は基本的に『トーナメントな本戦』と『バトルロイヤルな予選』の二本立てになっている。

そして予選ルールは毎回異なっており、得意分野の異なる倶楽部にも平等なチャンスを提供している。

## 師走【十二月】

・期末テスト（二学期）
全校生徒に対して、上旬に実施される期末考査。

各々の教室でも補習メンバーが固定化する時期。

『失踪生徒《ロストマン》』が発生しないように調整するのも担任の役目となる。

また、専門科目で赤点を取ると、『新春特別イベント』への強制参加が決定される。

・クリスマス

二十四日から二十五日にかけて発生する特殊イベント。

学園公認クリスマスイベントの他にも、学生街ではクリスマスセールが行われ、各寮でもクリスマスパーティが開催と、まさに聖なる祝祭《ノエル》となる。

だが、忘れてはいけない。

クリスマスのキャッキャウフフを、ラブコメイチャイチャを憎む彼らの存在を。

そう、彼らの名は……どうでもいいので割愛。

・冬季休暇
十二月下旬から一月中旬までの長期休暇。

学園の冬休みは、雪景色に覆われているのが通例となる。

期間中は寮に引き籠もる生徒が多い。

**三学期：**

**睦月【一月】**

・新春特別イベント
通称『新春☆鬼ごっこ』
一月一日午前零時に開催される、毎年恒例の特殊レイドイベント。

二学期の期末テストの赤点者は強制参加。

学園公認のお墨付きがあり、参加するだけで特殊アイテムがもらえる、かもしれない良心的で安全安心なクエスト。

開催地は『極級』異世界《レイド》『鬼ヶ島』。

・中間テスト（三学期）
全校生徒に対して、下旬に実施される中間考査。

冬休み期間でだらけた生徒に喝を入れるため、ダンジョン実習の難易度は少し高め。

また、専門科目で赤点を取ると、補習《レイド》クエスト送りになる。

## 如月【二月】

・倶楽部対抗戦［如月杯］
三度目にして年度最後の倶楽部ランキング戦。

学園へのアピールや、次年度に向けての格付けが決められる。

学園最強勢力の決定戦。

## 弥生【三月】

・期末テスト（三学期）
全校生徒に対して、上旬に実施される期末考査。
学園の公式見解では、留年や退学となる生徒は存在していない。
実際に補習などの救済措置はいくつも用意されている。
また、専門科目で赤点を取ると、『空穂舟』への強制参加が決定される。

・卒業式及び終業式
学園生活の追憶と卒業の季節。あるいは変わらない明日の始まり。

## 豊葦原学園定期行事紹介

・フリーマーケット
月に一度、月初めの日曜日に開催される、学園公認の『蚤の市』。
開催場所はグラウンドが利用され、出店の申請は倶楽部単位となっている。
取り扱われる品は、古着からダンジョン内アイテムなどさまざま。
屋台設備のレンタルもされており、フランクフルトやタコ焼きの露店なども見られる。
それらはダンジョン攻略を不得手とする生徒にとって、貴重な収入源となっている。

転生貴族の異世界冒険録
～カインのやりすぎギルド日記～
原作：夜州
漫画：香本セトラ
キャラクター原案：藻
レベル１の最強賢者
原作：木塚麻弥
漫画：かん奈
キャラクター原案：水季
我輩は猫魔導師である
原作：猫神信仰研究会
漫画：三國大和
キャラクター原案：ハム

捨てられ騎士の逆転記！
原作：和田 真尚
漫画：絢瀬あとり
キャラクター原案：オウカ
身体を奪われたわたしと、
魔導師のパパ
原作：池中織奈
漫画：みやのより
キャラクター原案：まろ
バートレット英雄譚
原作：上谷岩清
漫画：三國大和
キャラクター原案：桧野ひなこ
コミックポルカ
COMICPOLCA
話題のコミカライズ作品を続々掲載中！
毎週金曜更新
公式サイト
https://www.123hon.com/polca/
Twitter
https://twitter.com/comic_polca
コミックポルカ
検索

唯一無二の最強テイマー
〜国の全てのギルドで門前払い
されたから、他国に行って
スローライフします〜
原作：赤金武蔵　漫画：田村紘一
キャラクター原案：LLLthika
異世界還りのおっさんは
終末世界で無双する
原作：羽々音色　漫画：ダンタガワ
ジャガイモ農家の村娘、
剣神と謳われるまで。
原作：有郷　葉　漫画：たぢまよしかづ
キャラクター原案：黒兎ゆう